은 퇴 자 의

A retiree's trip

세계 일주

around the world

● ○ ○ ○ ○

은 퇴 자 의
A retiree's trip
세계 일주
around the world

문재학

Europe

A retiree's

world

1

생각나눔

목차

은퇴자의 세계 일주_ 8

동유럽 여행기 제1부 · · · · · · · · 10

2011년 5월 23일·11 ┃ 5월 24일·12 ┃ 5월 25일·15
┃ 5월 26일·18

동유럽 여행기 제2부 · · · · · · · · 22

2011년 5월 27일·23 ┃ 5월 28일·30 ┃ 5월 29일·34
┃ 5월 30일·37

동유럽 여행기 제3부 · · · · · · · · 40

5월 31일·41 ┃ 6월 1일·46 ┃ 6월 2일·49

그리스 여행기 · · · · · · · · · 52

2017년 11월 5일 (일) 맑음·53 | 2017년 11월 6일 (월) 맑음·53 | 2017년 11월 7일 (화) 맑음·60 | 2017년 11월 8일 (수) 맑음·65 | 2017년 11월 8일 (목) 맑음·67 | 2017년 11월 10일 (금) 맑음·72 | 2017년 11월 11일 (토) 맑음·77 | 2017년 11월 12일 (일) 맑음·83 | 2017년 11월 13일 (일) 맑음·89

서유럽 여행기 1부 · · · · · · · · · · 91

2016년 4월 13일 (수) 비·92 | 2016년 4월 14일 (목) 맑음·93 | 2016년 4월 15일 (금) 비·98 | 2016년 4월 16일 (금) 맑음·104 | 2016년 4월 17일 (일) 흐림·107

서유럽 여행기 2부 · · · · · · · · · · 112

2016년 4월 18일 (월) 흐림·113 | 2016년 4월 19일 (화) 맑음·118 | 2016년 4월 20일 (수) 맑음·124 | 2016년 4월 21일 (목) 맑음·128 | 2016년 4월 22일 (금) 맑음, 비·132

서유럽 여행기 3부 · · · · · · · · · 140

2016년 4월 23일 (토) 비·141 | 2016년 4월 24일 (일) 맑음·143 | 2016년 4월 25일 (월) 맑음·152 | 2016년 4월 26일 (화) 비 흐림·155 | 2016년 4월 27일 (수) 맑음·159

영국,·프랑스· 이탈리아· 스위스 여행 · · · 166

2004년 8월 24일·167 | 2004년 8월 25일·168 | 2004년 8월 26일·172 | 2004년 8월 27일·181 | 2004년 8월 28일·189 | 2004년 8월 29일·196 | 2004년 8월 30일·201 | 2004년 8월 31일·207 | 2004년 9월 1일·212

이베리아 반도를 가다 1부 · · · · · · · · · 216

2013년 11월 28일 (목) 흐림·217 | 11월 29일 (금) 맑음·218 | 11월 30일 (토) 맑음·226 | 12월 1일 (일) 맑음·230

이베리아 반도를 가다 2부 · · · · · · · · · 234

12월 2일 (월) 맑음·235 | 12월 3일 (화) 맑음·236 | 12월 4일 (수) 맑음·244

이베리아 반도를 가다 3부 · · · · · · · 250

12월 5일 (목) 맑음·251 ┃ 12월 6일 (금) 맑음·256 ┃
12월 7일 (토) 맑음·262 ┃ 12월 8일 (일) 맑음·266

북유럽 여행기 1부 · · · · · · · · · · · 269

2015년 8월 23일 (일) 맑음·270 ┃ 2015년 8월 24일
(월) 맑음·272 ┃ 2015년 8월 25일 (화) 맑음·282 ┃
2015년 8월 26일 (수) 흐림·288 ┃ 2015년 8월 27일
(목) 맑음·292

북유럽 여행기 2부 · · · · · · · · · · · 297

2015년 8월 28일 (금) 맑음·298 ┃ 2015년 8월 29일
(토) 맑음·304 ┃ 2015년 8월 30일 (일) 맑음·307 ┃
2015년 8월 31일 (월) 맑음·313 ┃ 2015년 9월 1일 (화)
흐림·317

은퇴자의 세계 일주

　　　　지금은 모두 고인이 되셨지만, 옛날 중학교 시절 지리 선생님은 자기가 직접 남아공의 희망봉이나 아르헨티나의 팜파스 대초원을 다녀온 것처럼 이야기했고, 역사 선생님은 한니발 장군이 포에니 전쟁 때 이베리아 반도에서 알프스 산맥을 넘어 로마 본토인 이탈리아로 가는 전쟁에 참여한 것처럼 하셨고, 나는 그 흥미로운 이야기에 해외여행의 꿈을 키워왔다.

　공직생활을 정년퇴임하고 세계 여러 나라를 둘러보고픈 욕망, 즉 나라마다 어떻게 살아가는지 풍습이 궁금했고, 찬란한 유적 깊은 어떤 역사의 향기가 있는지, 그리고 아름다운 자연풍광을 직접 체험하려고 가는 행선지를 정할 때마다 가슴에는 늘 설렘으로 출렁이었다.

　흔히 해외여행을 하려면 건강이 허락해야 하고, 경제적으로 뒷받침되어야 하고, 시간이 있어야 한다고 했다. 필자의 경우는 건강과 시간은 문제없지만, 경제적으로 어려움이 있어 여행경비가 마련되는 대로 나갔다. 물론 자유여행이 아닌 패키지(package) 상품이었다.

　여행 중에 눈으로 보는 것은 전부 동영상으로 담아와 DVD로 작성하여 느긋한 시간에 언제든지 꺼내볼 수 있도록 진열해 두었다.

　세계 7대 불가사의(1. 브라질 리우데자네이루의 예수상, 2. 페루의 잉카 유적지 마추픽추, 3. 멕시코의 마야 유적지 치첸이트사, 4. 중국의 만리장성, 5.

인도의 타지마할, 6. 요르단의 고대도시 페트라, 7. 이탈리아 로마 콜로세움)와 세계 3대 미항(1. 브라질 리우데자네이루, 2. 호주 시드니, 3. 이탈리아 나폴리), 그리고 세계 3대 폭포(1. 북아메리카 나이아가라 폭포, 2. 남아메리카 이구아수 폭포, 3. 아프리카 빅토리아 폭포)도 둘러보고 독일 퓌센(Fussen)에 있는 백조 석성(노이슈반스타인 성)과 스페인 세고비아(Segovia)에 있는 백설공주 성 등 이름 있는 곳은 대부분 찾아가 보았다. 그리고 세계 각국의 아름답고 진기한 꽃들도 영상으로 담아왔다.

여행지의 호텔 음식은 세계 어느 곳을 가나 비슷하지만, 고유 토속 음식은 나라마다 조금씩 다르기에 그것을 맛보는 재미도 쏠쏠했다.

해외여행을 함으로써 좋은 분을 만나 글을 쓰게 되어 시인과 수필 등단도 하게 되었다. 처음에는 여행기를 메모 형식으로 간단히 하고 사진도 동영상 위주로 영상을 담다 보니 일반 사진은 다른 분이 촬영해 주는 것밖에 없었다. 더구나 일찍 다녀온 몇 곳은 관리 부실로 메모도 사진 한 장도 없어 아쉬웠다. 등단 이후에야 본격적인 기록을 남기면서부터 필요장면을 사진으로 담아 여행기에 올렸다. 그리고 자세한 여행기를 남기기 위해 여행 중의 주위의 풍경과 그 당시 분위기 등을 상세하게 기록하려고 노력했다.

또 세계 곳곳의 유명한 명소는 부족하지만, 시(81편)를 쓰면서 그 풍광을 함께 담아왔다. 본 세계 일주 여행기는 여러 카페에서 네티즌들의 격려 댓글을 받기도 했지만 앞서 여행을 다녀오신 분에게는 추억을 되새기는 기회가 되고, 여행 가실 분에게는 여행에 참고가 되기를 소망해 본다. 특히, 여행 못 가시는 분에게는 그곳의 분위기를 간접적으로나마 상상을 곁들여 느껴 보시기를 감히 기대해 본다.

2021년 소산 문재학

동유럽
여행기

1부

2011. 5. 23. ~ 6. 3. (12일)

독일, 폴란드, 슬로바키아, 헝가리, 슬로베니아, 크로아티아, 오스트리아, 체코

신록이 짙어가는 5월 하순 인천공항에 도착했다. 아시아
나 여객기 정비 때문에 3시간이나 늦은 오후 3시 30분경에 인천공항
을 이륙했다.

기대 속에 떠나는 여행. 프랑크푸르트 공항까지 거리는 8,554km,
소요시간 10시간 36분 예정이다. 독일 국제공항 프랑크푸르트에 현
지 시각으로 오후 7시 40분에 도착했다. 3,300m 상공에서 내려다본
공항 주변은 우거진 나무들 사이로 주황색 지붕의 마을들이 곳곳에
들어서 있는 것이 그림같이 아름다웠다.

경지 정리한 곳은 없지만, 세계에서 임목축적(林木蓄積)이 가장 많
은 나라답게 숲이 좋았다. 여객기가 숲속에 착륙하는 느낌을 받을 정
도였다. 날씨도 맑고 기온도 22도로 최적(最適)이다. 오후 8시가 다
되어가도 우리나라 오후 5시보다 해가 많이 남았다.

레이프칙시(독일의 10번째 상공업 도시)로 이동하면서 바라본 프랑크푸르
트시의 다운타운은 미려한 고층 건물들이 숲속에 있는 것 같아 인상적
이었다. 60인승 대형 버스가 6차선 숲속을 달리는데 승차감도 좋았다.

한참을 달리니 멀리 야산이 보이고 저녁노을이 길게 그림자를 드리
운다. 도로변은 초지도 많지만 밀을 재배하는데, 숙기(熟期)에 접어든
밀이 토양이 비옥(肥沃)한지 작황이 좋았다.

간간히 산재된 마을을 지나는데 삶이 여유로워 보였다. 9시가 되

니 대평원 위로 더욱 짙어가는 저녁노을에 이국땅에서 색다른 기분에 젖어 본다. 밝은 조명의 레이프칙시 공항을 지나 NH LEIPZIG MESSE 호텔에 투숙했다.

5월 24일

　　아침에 아름다운 새소리에 잠을 깼다. 날씨가 맑아 장거리 여행인데도 피로한 줄 모르고 창문을 열어 싱그러운 첫날의 독일 공기를 맛보았다. 호텔 주변에 처음 보는 꽃들이 많아 동영상으로 담았다.

　바흐와 헨델의 고향, 음악의 도시 레이프칙시를 떠나 독일의 수도 베를린으로 향했다. 거리는 약 200km 정도다. 독일은 인구 8천만 명. 1인당 GNP가 3만7천 불 우리나라보다 거의 2배다. 베를린 인구는 4백만 명이나 면적은 서울의 1.5배란다.

　베를린으로 가는 도로변에는 풍력 발전기가 돌아가고 적송이 수벽(樹壁)을 이루고 있어 이채롭기도 하지만 부러웠다. 베를린 시가지는 유럽 특유의 석조건물은 잘 보이지 않고 대부분 5층 내외의 콘크리트 집들이다. 시가지 풍경은 일반 도시와 별반 차이가 없었다. 그래도 마지막이라는 심정으로 중요지역은 열심히 동영상으로 담았다.

　녹지율 65%가 대변하듯이 베를린 시내는 가로수도 무성하고 공원도 많았다. 동물원 맞은편, 옛 베를린 기차역 앞에서 하차하여 전쟁의 상흔이 남아 있는 카이저빌헬름 교회(외관은 일부 수리 중임) 내부를 둘러보고, 가까이 있는 베를린의 명동이자 최대 쇼핑거리인 쿠담거리도 걸어 보았다.

천사(天使)상(8.3m 금박 동상)이 있는 전승기념탑의 로터리도 지나고 한국 대사관도 지났다. 그리고 대통령 궁 앞을 지나 베를린 중심으로 흐르는 슈프레강변을 따라 한참을 가니 국회의사당이 나왔다.

독일 국회의사당

수차례 변란을 겪은 의사당의 맞은편에 수상관저도 있었다. 관광객이 상당히 많아 사진 담는 것도 쉽지 않았다.

걸어서 통일 수도의 상징 브란덴부르크 문으로 가는 도로 가운데에 화강석으로 베를린 장벽의 흔적을 블럭 한 장 넓이로 표시하여 흔적만을 남기고 있었다. 그리고 브란덴부르크 문(문 위에 네 마리 청동 말이 있음) 앞에는 장벽 두께가 1m나 되어 보이는 흔적이 있었다. 또 브란덴부르크 문 동쪽은 과거의 동독이고, 서쪽으로는 프랑스 나폴레옹을 폐위시킨 기념으로 명명한 넓은 파리광장이 있다.

파리광장을 중심으로 미국, 프랑스, 영국, 러시아 대사관이 있다. 수많은 관광객이 몰려들고 화려하게 치장한 마차들과 기념 촬영을 돕는 가면 인형을 뒤집어 쓴 사람도 많아 복잡했다. 이곳 광장은 각종 집회를 하는 대표적인 장소라 한다. 베를린의 이곳저곳을 둘러본 후 폴란드로 향했다.

폴란드 국경을 지났지만 프리패스다. 동서독이 합하기 전에는 검문이 삼엄하였다는데 지금은 그 흔적도 찾아볼 수 없었다. 국경을 지날 때 가이드의 안내와 도로 요철이 심한 것을 느끼면서(국력 차이를 실감) 이곳이 국경인 것을 알았다. 또 필자의 핸드폰으로 폴란드의 전화요금 안내 문자가 동시에 울리는 신기함도 맛보았다.

폴란드 브로츠와프 시의 숙소까지 4시간여를 가는 도로변은 대평원이고 지형과 재배작목 수목 등은 독일과 전연 차이를 느낄 수 없었다. 도중에 휴게소에서 1인당 70센트(한화 1,100원)의 티켓이 발행되어야 출입하는 유료 화장실에서 에피소드를 남기기도 했다.

폴란드 쪽은 대부분 초지이긴 하지만 유채재배지도 있고 땅콩재배지도 보였다. 석양을 등지고 고속도로를 달리는 폴란드는 유채꽃과 더불어 눈부신 경관이 마음을 설레게 했다.

오후 9시경에 폴란드 브로츠와프에 도착했다. 조금 낡은 아파트가 많았지만, 자동차는 베를린 못지않게 많았다. QUALITY 호텔에 투숙했다.

먹구름을 헤치고 떠오르는 붉은 아침노을에 잠을 깼다. 오늘도 날씨는 맑을 것 같다. 호텔 부근은 4~5층 아파트가 즐비한 조용한 도시다. 폴란드는 면적 32만 평방킬로미터 한반도의 1.5배, 인구는 3천9백만 명의 나라이다.

호텔을 떠나 아우슈비츠 유태인 강제 수용소로 가는 길은 가도 가도 끝없는 대평원에 각종 농작물을 재배하고 있었다. 전 국토의 50% 가까이 경작을 하는 농업 대국이란다.

경작지 경계를 이루는 수벽(樹壁)의 아름다운 풍광을 즐기면서 3시간여. 아우슈비츠 수용소에 도착하였다. 비참한 살인 현장이 산더미처럼 쌓인 각종 흔적과 함께 보존되고 있었다. 처음에는 폴란드 지식인들을 수용 살해하다가 2곳의 수용소를 추가하면서 1941년부터는 유태인을 가스로 대량 학살하여 불태웠다 한다. 가스실 콘크리트 어두운 방의 벽면에 나 있는 손톱자국의 흔적은 가슴을 아프게 했다. 그 인원이 110만 명 또는 130만 명이라고도 한다.

아우슈비츠 수용소

　　푸르름의 녹음도 바람도
　　숨을 죽이는
　　아우슈비츠 수용소

연기로 사라진
수백 수십만의 고귀한 생명
통한의 흔적 찾아
끊임없이 밀려드는 발길

차가운
붉은 벽돌 사이로
오늘도 내일도 누빈다.

산더미 같은 주인 잃은 참극의 흔적
인류 최대의 참상 앞에
말문이 막히고 눈물도 말랐다.

이름 없는 작은 꽃들에도
이름 모르는 나무들에도

원혼의 절규
이슬이 되어
천근만근 젖어오며

마음의 두 손이 모아진다.
명복을 비는

이 비극의 현장을 보려 1일 150만 명의 관광객이 오는데, 이날도 밀려들고 밀려 나가는 관광객으로 북새통을 이루고 있었다. 현지 가이드의 설명은 주파수를 조정한 이어폰으로 들어야 했다. 서둘러 그곳을 떠나 왔다. 그리고 촬영한 영상들은 끔찍한 장면들이라 지우고 말았다.

다음은 완만한 경사진 산을 넘어 유럽 최초(1978년)로 유네스코 세계문화유산도시로 지정되어 많은 관광자원이 보존되어 있는 크라카우시로 향했다. 크라카우시는 17세기 바르샤바로 수도를 옮길 때까지 폴란드의 수도였다. 한국의 경주와 같은 곳이다.

폴란드 크라카우 주시가지 중앙광장

구시청사는 다 부서지고 시계탑만 남아 시내 전체를 볼 수 있는 전망대 역할을 하고 있었다. 구시가지의 중심지인 중앙광장과 중앙시장을 둘러보았다. 이 시장은 호박(송진 화석) 보석으로 유명하다고 할 정도로 호박 보석의 가공품이 많았다.

중앙광장의 한편에 있는 내부 장식이 화려한 고딕 양식의 성 마리아 교회를 둘러보고, 1인당 10유로(한화 1만6천 원) 주고 구시가지를 30분간 마차를 타고 옛 정취를 느껴 보았다. 석조건물은 아니지만 정교한 조각을 한 건물들이어서 정말 아름다웠다. 폴란드 왕의 왕궁이었던 웅장한 바벨성은 외관으로만 보는 것이 아쉬웠다.

5월 26일

아침 4시 반경, 호텔 창문을 여니 숲속의 아름다운 새소리가 마음을 밝게 해주었다. 7시경, 호텔을 나와 암염(巖鹽) 생산지를 관광지로 개발한 비엘리츠카로 향했다.

세계 12대 관광지로, 유네스코 최초로 자연문화유산으로 지정된 소금광산은 700년간 소금 채취를 하고 1996년에 폐광된 곳으로, 탄광 규모가 동서로 10km, 깊이 최대 320m, 방사선 채광 굴의 총연장이 300km이라니 놀랄 만하다.

산 전체가 거대한 소금산이다. 이중 공개하는 것은 갱도 1,200m, 깊이 135m, 2,080개의 방중 28개 방만 공개한다. 지상 출입구서 수직 64m 나무계단 378개를 돌아 내려가는데, 삐걱거리는 판자 소리 속에 현기증이 일어날 정도로 돌고 돌아 내려갔다. 관광객이 너무 많아 팀별로 현지직원이 한 사람씩 따라 다니며 속도 조절을 해주고 가이드 설명이 뒤따랐다.

산(山) 전체가 암염으로 구성되었다는 것이 신기하고, 동굴 벽의 소금 맛을 보면서 들어갔다. 곳곳에 광부들의 채취 광경과 생활상, 각종 도구, 작업을 도운 망아지(모형)까지 실감 나게 전시를 해두었다.

　바람을 조절하는 것인지 갱도 곳곳에 출입문이 있었다. 바닥도 천정도 벽도 모두 소금이고, 하얀 소금 꽃과 소금 고드름이 시선을 끌었다. 3단계로 지하 135m까지 내려갔다.

소금광산 내부

　소금 방에는 소금으로 만든 정교하고 다양한 조각상을 둘러 볼 수 있었는데, 10년에 걸쳐 만들었다는 거대한 킹가교회. 산데리아가 뻔쩍이는 대연회장과 커다란 식당 등도 있었다.

　2시간 가까이 둘러보고 마지막에는 9인 1조로 타는 조금은 허술한 고속 승강기를 타고 순식간에 지상으로 올라와 소금광산을 나왔다. 오전 10시 40분, 헝가리 부다페스트로 출발했다. 폴란드 고속도로변에는 주황색 지붕의 주택들이 숲속 곳곳에 있는데, 별장같이 아름다운 풍경이다.

곧이어 좁은 국도길이다. 구름 한 점 없는 숲속 길을 끊임없이 달렸다. 2시간여를 달려 폴란드 국경을 지나 슬로바키아에 들어섰다. 국경 검문소 시설이 남아 있지만, 지금은 프리패스다. 다만 핸드폰 문자 메시지와 벨소리만 이곳이 국경임을 알려 주었다.

슬로바키아는 체코와 합의 분리 독립한 작은 나라다. 면적은 한반도의 1/4 정도, 인구는 540만 명이다. 산악지대로 멀리 동구의 알프스라 불리는 아름다운 타트라산맥(해발 2,655m)이 잔설을 이고 손짓을 하는데 아름다운 산세가 국립공원으로 지정될 만했다. 등산객이 많이 찾는 타트라 산맥을 좌측으로 끼고 좁은 국도를 달렸다.

슬로바키아의 국도변은 초지 조성이 잘되어 있고, 짙어가는 신록의 그늘 따라 흘러가는 맑은 강물은 깊은 산속을 찾는 관광객의 마음을 시원하게 했다. 차는 타트라산맥 준령 허리를 감아 올라가는데, 깊고 높은 산중에 5~7층 아파트가 있는 작은 도시도 만났는데 이것 역시 신선한 느낌을 받았다.

그 유명한 독일 가문비나무가 울창한 숲을 이루는 아름다운 산악 지대를 꼬불꼬불 산길 따라 올라가면 곳곳에 잘 조성되어 있는 초지 지역을 만난다. 마치 스위스 알프스 산맥을 찾은 기분이다. 도중에 가끔 리프트 시설이 보이는데, 이곳에 스키장이 무려 150여 곳이 있다고 했다.

길은 계속 하늘이 보이지 않을 정도의 울창한 숲속 길을 달린다. 슬로바키아의 작은 도시 반스키디스리치에서 늦은 점심을 하고 부다페스트로 향했다. 국경을 지날 때 가이드의 안내와 함께 필자의 핸드폰에도 헝가리의 전화요금 안내 메시지가 울렸다.

헝가리는 면적 9만3천 평방킬로미터이고, 70%가 농경지이다. 인구는 천만 명이다. 부다페스트의 영웅광장을 지나 언더라시 거리는 100년 전에 12차선 도로(2차선은 가로수 도로 포함)를 조성한 것이 아주 이색적이고 오늘날 자동차가 늘어날 것으로 예상한 것처럼 보였다.

부다페스트 시내는 7~8층의 고풍스런 건물들이 새로운 호기심을 자극했다. 시내 카페 같은 곳에서 저녁을 먹는데 타 여행사 관광객이 많이 오는 것으로 보아 단골 식당으로 보였다. 중년의 남자 두 사람이 아리랑과 고향의 봄 등 음악을 연주해 반가웠다.

저물어 가는 다뉴브강변을 거쳐 세체니 다리 가까이 있는 HUHOR 호텔에 투숙했다.

💬 COMMENT

의　　　제	소산 님, 자세히 기록 하시느라 수고하셨습니다. 좋은 곳 다녀오셨습니다.
누　리　봉	감사합니다. 제가 다니는 듯 착각합니다.
봉　　　우	여행기 참으로 훌륭하십니다.
백　　　초	긴 여행기 쓰시느라 수고 많이 하셨어요. 좋은 곳 다녀오셨습니다.
에스더/박숙희	몇 년 전에 제가 다녀온 코스와 많이 비슷하네요. 선생님의 여행기를 따라서 다시 한 번 동유럽 여행을 떠나 보렵니다. 다음을 기다립니다.
이　뿌　니	이뿌니는 아우슈비츠에 갔을 때 이슬비가 부슬부슬 내리고 있었어요. 유태인인 듯 한 여인이 계단에 앉아 울고 있더군요. 사람에 기름을 짜서 그 기름을 썼다는 곳을 보았을 때는 속이 메스꺼워서 혼이 났답니다. 왠지 무섭고 비는 오고 정말 징그러운 곳이었어요. 목사님이 독방에서 앉지도 눕지도 못하도록 서서만 있어야 하는 그 방을 보고는 경악을 금치 못했습니다, 저는 다녀온 지 5년이 되였지만 지금도 그림이 그려지는 동유럽. 잘 읽고 갑니다.
幸 福 梨 花	동유럽 여행기 1~3부 모셔가며 감사드립니다.
청 암 류 기 환	시인님 덕분에 앉아서 유럽 여행 잘하고 있습니다. 부럽습니다. 즐거움 가득한 하루 되세요.
채　　　린	기행문 따라 그림자 되어 따라가 봅니다. 감사합니다.

동유럽
여행기

2부

2011. 5. 23. ~ 6. 3. (12일)

독일, 폴란드, 슬로바키아, 헝가리 슬로베니아, 크로아티아. 오스트리아, 체코.

오늘도 날씨는 맑다. 부다페스트는 다뉴브 강을 중심으로 서쪽의 부다와 동쪽의 평야 지대인 페스트와 합친 도시로 인구는 188만 명이다. 태권도 도장을 운영하면서 한국을 알리고 있는 젊은 청년 문현석 씨가 현지를 안내했다.

제일 먼저 겔레르트 언덕(해발 235m)으로 버스로 올라갔다. 겔레르트는 이태리 선교사로서 이 언덕에서 순교한 사람의 이름을 따 명명하였다 한다. 주차장에 내리니 하루살이 곤충이 많았다. 현재의 낮 기온이 30도가 되어 갑자기 많이 발생하였는지 모르지만, 농약을 사용 안 해서 많다는 것이다.

언덕의 정상에는 거대한 치타델라 성곽이 있다. 대공포로 방위역할을 하였지만, 독일 점령시는 헝가리인 처형 장소라 했다. 지금도 성곽 아래에 대공포가 몇 대 있었다.

겔레르트 언덕은 유네스코 자연문화유산(경치 분야)에 등록된 곳으로 전망대에서 바라다보면 유유히 흘러가는 다뉴브 강을 중심으로 좌측 부다(물의 뜻)와 우측 페스트(평야지) 전경을 한눈에 조망할 수 있었다.

성곽 한편에 우뚝 서 있는 자유여신상(1945년 소련 도움으로 세움)을 거처 한 바퀴 둘러보고 버스 주차장으로 왔다.

다뉴브 강

도나우 강이 드리운
다뉴브 강

깊은 역사의 향기
은물결 위에 싣고
유유히 흘러가네
부다페스트 심장부를

꿈과 희망의 열기는
강폭을 주름잡아
피어오르고

낭만을 실은 유람선에
흘러드는 감미로운 선율
일렁이는 가슴을
감흥으로 물들였다.

아름다운 풍광에
헤어나지 못하는
미련과 아쉬움

한 자락
그리움의 빛으로 남았다

다뉴브 강

　다음은 푸른색 돔이 중심에 있는 부다 왕궁을 외관만 보고 인접한 왕
실교회인 마챠시 교회와 동 교회를 다뉴브강 쪽으로 둘러싸고 있는 어
부의 요새(다뉴브강을 건너 기습하는 적을 막기 위해 만든 7개의 고깔모자의 탑)
를 동시에 둘러보았다. 관광객이 날씨가 무더워도 밀릴 정도로 많았다.

어부의 요새 일부

부다 왕궁

이어 버스를 타고 다뉴브강의 명물. 최초(1849년) 다리인 세체니 다리(현수교)를 지나니 우리나라 삼성의 이건희 씨가 투숙했다는 호텔이 다리 끝에 있었다. 이건희 방이라 명명해 두고 1박에 수백만 원 숙박료를 받는다고 했다. 다뉴브강 선착장으로 내려오니 크고 작은 유람선이 많이 정박해 있었다.

강폭이 300~400m나 되어 보이는 다뉴브 강을 유람선을 타고 40여 분간 세체니 다리, 흰색의 엘리자베스 다리를 거쳐 겔레르트 언덕의 자유의 여신상 있는 곳까지 올라가면서 부다 왕궁과 고딕식 건축물 국회의사당 등 강변의 아름다운 풍광을 즐기면서 부지런히 영상으로 담았다.

하선하여 다뉴브강의 동쪽에 있는 성이슈터반 대성당(50년 공사 끝에 1906년 준공. 돔 높이 국회의사당과 같이 96m)으로 갔다. 부족들이 초대왕인 이슈터왕에게 봉헌한 성당이라고 했다. 외관을 둘러보고 1유로씩 주고 성당 내부를 보았는데 내부 장식이 화려했다.

중식은 한인이 경영하는 식당에서 모처럼 한식으로 한 후, 세계문화유산으로 지정된 영웅광장으로 이동했다. 영웅광장은 헝가리 혁명의 중심지로서 헝가리 마잘족 정착 1,000년을 기념하는 거대한 가브리엘천사기념탑(36m)이 있다. 탑 아래는 7개 부족의 기마상 조형물이 있고, 그 옆으로는 초대왕 성 이슈트반 등 역사적 위대한 인물 14명의 동상도 있었다.

광장 좌우에 외관이 화려한 고전 및 현대미술관이 있고 기념탑 뒤편은 지름 1.5km나 되는 부다페스트 시민의 휴식처인 큰 시민공원이 있고. 광장 정면으로는 부다페스트의 아름다운 거리로 유명한 넓고 긴 직선도로 언드라시 거리(12차선)가 있다.

영웅광장 관광을 끝내고 언드라시 거리를 통과하고 다뉴브 강의 엘리자베스 다리를 건너 오스트리아 비엔나로 향했다. 비엔나로 가는 도로 연변은 구릉지 언덕 숲 사이로 그림 같은 농가 주택들이 가끔 보이기도 하지만, 끝없이 이어지는 대평원(헝가리는 국토의 78%가 농경지임)에 농작물을 재배하거나 초지로 조성되어 있고 휴경지는 없었다.

헝가리와 오스트리아 국경지대는 과거 검문하였던 시설물 잔해만 남아 있고 프리패스다. 주위의 지형과 재배하는 작물을 보고는 국경이 구별되지 않았다. 이곳에서 오스트리아 비엔나까지는 버스 내비게이션에는 45분 거리로 나온다. 아주 가까운 거리다.

영웅 광장에 있는 미술관

오스트리아는 면적이 한반도의 2/5 정도이고, 인구는 800만 명이란다. 오스트리아에 들어서니 도로 좌우 평원에 거대한 백색의 풍력 발전기가 집단으로 곳곳에 수없이 많이 돌고 있고, 철탑 전선이 거미줄같이 많았다. 무공해(크린) 에너지 생산시설을 우리나라도 본받아 많이 늘려야 하겠다.

그리고 고속도로 중간중간에 도로를 횡단하는 동물 이동 통로를 만들었는데(우리나라도 있지만 잔디 정도만 있음) 숲으로 조성한 것이 이색적이다. 동물의 보호 배려하는 이 점도 배워야 하겠다.

오스트리아는 악명 높은 히틀러의 출생 국이고 왈츠의 본(本)고장답게 요한슈트라우스. 모차르트와 슈베르트의 활동무대인 비엔나가 있다. 한때는 합스부르크 왕가의 오랜 지배하에 있는 경제 대국이었는데 1차 대전을 일으키면서 몰락했다고 한다. 오스트리아는 외침을 많이 당하면서도 국민소득 3만5천 불(유럽서 4번째)로 잘사는 나라이다.

오후 6시, 조금 지나 저녁노을이 짙어가는 비엔나의 도착했다. 독일서 내려오는 맑은 물이 강 가득히 흐르는 도나우강(다뉴브강 상류로 독일과 오스트리아는 독일어로 도나우 강이라 부름)을 지났다.

처음 보는 오스트리아는 이색적인 건물양식이랑 깨끗하고 밝은 건물 등 풍광이 아름다워 첫눈에 잘사는 나라 같아 보였다. 저녁은 고풍스런 분위기 카페에서 포도주 와인을 곁들인 현지식(現地食)으로 했다. 이곳에서도 백발의 노인 두 분이 바이올린과 아코디언으로 아리랑 등 한국의 음악을 연주하면서 관광객의 지갑을 열게 했다. 그래도 모두 합창을 하면서 기분 좋은 저녁 한때를 보냈다.

밖을 나오니 어둠이 내려앉는 속에 빗방울이 떨어지기 시작했다. 서둘러 버스에 타고 비엔나 공항 앞에 있는 NH WIEN AIRPoRT HOTEL에 투숙했다.

비엔나 공항 호텔에서 수염이 멋진 분과 함께

5월 28일

아침에 비가 부슬부슬 내리고 있다. 비엔나는 면적이 한국의 대구(834평방킬로미터)만 하고 인구는 160만 명 대부분 게르만 민족이고 독일어를 사용한다. 합스부르크 왕가의 여름별궁 센부른 궁전을 향하는 도로변에는 거대한 정유시설이 있었다.

OPEC 본부가 비엔나에 있을 정도로 오스트리아는 해외에 유전(OMV라는 상호)을 많이 가지고 있단다. 합스부르크 왕가는 1273년부터 번창하여 한때는 유럽의 50%를 장악하는 세(勢)를 누렸다고 한다. 1916년 1차 대전 폐망 시까지 수백 년 동안 세력을 유지했다. 함스부르크 여름별궁인 쉔부른 궁전에 도착했다.

쉔부른 궁전 전경

　부슬비가 약하게 내려도 관광객이 많았다. 궁전 내부에 들어서니 관광객들로 북새통이다. 예약 입장 시간이 남아 궁전 뒤편의 정원을 둘러보기로 했다. 궁전 우측으로 돌아가니 다양한 종류의 장미와 덩굴장미로 만든 터널이 너무 아름다워 동영상에 담았다.

　후원의 5,000여 평의 넓은 정원에 섬세한 조각의 분수대를 중심으로 많은 종류의 아름다운 꽃들과 방사형으로 난 길마다 나무를 수직 벽면의 수목들. 어떻게 전지(剪枝)를 하였는지 모르지만 멋진 조형물 조경에 모두들 감탄했다.

　멀리 정원의 끝 언덕에는 1775년에 프러시아와의 전쟁승리 기념하는 전승비 GLORIETTE(글로리에테)가 신전처럼 거대하게 있었다. 정말 볼거리가 많은 정원이었다.

　드디어 우리 일행의 궁전 내부 관람 시간이다. 1,443개의 방중 26개 방만 공개하였다. 밀려드는 관광객을 조정하느라 일정 시간을 두고 입장했다. 개인별로 무선 핸드폰을 주는데, 각 방(26방) 출입 시마

다 해당 방 번호를 누르고 녹색 버튼을 누르면 그 방 소개를 한국말
로 안내하는데 신기하고 편리했다.

쉔부른 궁전 정원의 일부

중요사항을 놓치면 반복해서 들을 수 있었다. 사람이 많아도 시선
은 방을 둘러보면서 다른 사람 방해 안 받고 각자가 충분히 감상할
수 있었다.

근위병들의 안내 방(1번 방)부터 시작하여 궁중의 일상생활(아이들
방, 식당, 침실, 접견실 등) 집기, 각종 가구와 가족들의 사진, 거울 방,
풍속도 등 대형그림이 있는 방도 있었다. 방마다 흰색 벽, 천장 등에
황금색 장식을 하였고, 가구와 집기 등도 황금색이라 그야말로 눈이
부시었다. 방 번호 26번으로 관람이 끝났는데, 영상을 담을 수 없어
아쉬웠다. 장소를 옮겨 약한 비가 내리는 속에 시민공원을 찾아 왈츠
의 황제 요한슈트라우스 황금 동상을 영상으로 담았다.

왈츠의 황제 요한슈트라우스 동상

　그리고 오페라 하우스, 미술박물관, 자연사 박물관, 대통령궁, 국회
의사당, 1883년에 완공한 고딕 양식의 시청 등 미려(美麗)한 석조건
물들을 둘러보았다. 일반 건물들도 모두 흰색 바탕의 깨끗한 인상을
주는 7~8층의 아름다운 건물들이 눈을 즐겁게 해 주었다. 필자 느낌
으로는 세계에서 가장 깨끗한 도시인 것 같았다.

　다음은 발길을 돌려 세계적인 크리스탈 브랜드 스와르브스키빈의
환상적인 작품을 둘러보고, 비가 그친 구시가지 중심 케른트너 거리
(한국의 명동)를 여유 있게 거닐었다. 마지막으로 비엔나의 상징인 슈테
판 성당을 찾아 외관과 내부의 아름다운 장식을 둘러보고 오스트리
아의 제2의 도시 그라츠(GRAZ)로 향했다.

　그라츠는 인구 29만 명의 작은 도시이지만 대학이 6개나 있는 교육
도시라 했다. 1996년에 세계자연문화유산으로 지정될 정도로 무어강
이 시내를 가로질러 가는 아름다운 도시다. 그라츠로 가는 6~8차선
고속도로변은 조경이 안 되어 바람을 가르는 차 소리만 요란하여 삭

막한 분위기였다.

　다만 도로변에 간혹 경작지가 있지만, 경사 완만한 야산(野山)과 평원에 울창한 나무숲이 가슴을 시원하게 하였다. 간혹 보이는 농가나 마을은 야산의 중간 숲속에 자리 잡아 주황색 지붕이 돋보였다. 맑게 갠 하늘에 흰 구름이 아름다운 그림을 그리는 방향 그라츠로 찾아들어 여장을 풀었다. 호텔(TREND HOTEL EUROPA GRAZ) 방에서 저녁노을을 바라보며 휴식을 가졌다.

5월 29일

　　　　　오늘 아침은 날씨가 맑다. 상쾌한 기분으로 크로아티아 국립공원 폴리트비체로 이동한다. 1979년에 유네스코 자연보호구역으로 지정된 자연 호수 공원이다. 소요시간은 3시간 반 정도 예상이다.

　오스트리아에서 슬로베니아 국경을 통과했다. 옛날의 검문 시설이 100m 폭으로 도로를 가로질러 있지만, 사용을 안 했다. 슬로베니아 도로변은 수목으로 수벽(樹壁)이 잘 되어 있어 경관은 물론 방음도 잘될 것 같다.

　시야에 들어오는 경작지는 옥수수. 감자. 맥주맥 등을 재배하는데, 작황은 별로 좋지 않았다. 평원이 많지만 대부분 방치한 상태다. 이곳도 다른 나라와 다름없이 산록 변에 주황색 지붕의 농가 주택들이 그림 같았다.

　슬로베니아 지역은 처음은 오스트리아와 지형이 비슷했지만, 크로아티아 국경이 다가올수록 산이 많았다. 슬로베니아에서 크로아티아 국경에는 철재 빔으로 폭 50m 정도 시설을 해두고 10여 개 차선 중 6개 차선에서 여권 검사를 했다. 방법은 검사원이 관광버스에 올라 여권에 확인 스탬프를 찍는 것으로 대신했다. 1km 정도 가니 다시 수화물 검사를 달관으로 하였다.

크로아티아는 비교적 산이 많고, 평야지가 있어도 경작지는 텃밭 정도로 소규모였다. 그리고 대부분 경사진 산을 이용 초지를 조성하였다. 좁은 국도를 한참을 지나니 오토바이 탄 사람들이 굉음을 내면서 집단으로 끊임없이 지나갔다.

폴리트비치 국립공원(80m 폭포)

드디어 폴리트비치 국립공원(해발 506m) 도착했다. 이곳에도 오토바이족이 많이 있었다. 통나무집에서 분위기 있는 현지식으로 중식을 하고 걸어서 관광에 나섰다. 공원 입구에는 각종 꽃으로 단장하였지만 이름도 모르는 처음 보는 야생화도 눈길을 끌었다.

먼저 폴리트비치 공원 입구 맞은편에 80m의 높은 폭포와 작은 폭포. 그리고 푸른 호수 주변 산책로로 개미처럼 적게 보이는 관광객이 줄을 이어 지나간다. 갈지 자(之) 급경사를 내려가니 호수는 특유의 석회석 쪽빛 물빛이 현란한 나무 산책로 따라 걷는데, 가는 곳마다 숭어 떼가 우글거렸다.

땀방울을 씻으며 많은 관광객을 비집고 코자크 호수(호수 길이가 3km나 되는 제일 큰 호수)에 도착했다. 이곳(3p 지점)에서 배를 타고 맞은편 p2 지점으로 유람선(승선 요금이 1인당 30유로=한국 돈 4만7천 원)을 타고 갔다.

충전기로 가는 배라 푸른 호수 위를 소리 없이 미끄러져 갔다. 물은 깨끗하고 호수가 넓기는 해도 중국의 구체구처럼 아기자기한 맛도 없고 너무 단조로웠다. 하선(下船)하여 비탈길 우거진 숲속을 올라가니 대형 호텔 앞에 버스가 기다리고 있었다.

버스는 크로아티아의 작은 도시 오글린으로 향했다. 2시간여를 이동하여야 하는데 운전기사가 시간 절약을 위해 지름길로 가는데 대형 버스가 지나가기는 불가능할 것 같은 좁은 길이다. 그것도 수백 미터나 되어 보이는 급경사 8~9부 능선을 지나가는데 머리끝이 서고 작은 승용차라도 지나갈까 봐 가슴이 조마조마했다.

10km를 지나니 이번에는 울창한 숲속 길이다. 시멘트로 간이 포장은 하였지만 마치 골목길을 대형 버스가 요리조리 지나가는 것이 신기했다. 여기서는 전복의 우려가 없어 오히려 여유를 즐겼다.

오후 6시가 지나 오글린에 도착하여 작은 고성(古城) 옆에 붙어 있는 FRANKDPAN HOTEL에 여장을 풀었다. 호텔 앞에는 토미슬라브라는 공원과 교회가 있었다. 공원을 산책하면서 처음 보는 초장 20cm도 안 되는 다양한 색상(15종 색상)의 초미니 다알리아 꽃을 카메라에 담았다.

　　오늘은 슬로베니아의 포스토이나 동굴 관광을 위해 7시 45분에 일찍 호텔을 나왔다. 도중에 세계에서 가장 아름답다는 크로아티아의 해양도시 리에카시를 지났다. 내려서 둘러보지 못하는 아쉬움이 크다. 아드리아 해변에 위치한 리에카는 부근의 산을 배경으로 자리 잡아 풍광이 정말 아름다웠다.

　크로아티아 국경서 출국(여권 심사) 확인을 받고, 약 500m 떨어진 슬로베니아 국경 지대에서는 정식 입국 심사를 한 사람 한 사람 받았다. 나무가 우거진 숲속 2차선 꼬불꼬불한 도로에 통행차량도 많고, 곳곳에 보수 공사를 하고 있어 11시 예약시간에 간신히 맞추어 도착했다.

　포스토이나 동굴(postoina cave)은 동굴길이가 20km로 세계에서 2번째로 긴 카르스트 지형 동굴이다. 미니 궤도 열차로 2km 타고 들어가면서 관람하고, 가장 아름다운 구간 1km는 도보로 관람했다.

　동굴 내 종유석과 석순은 처음 보는 주황색으로 색상이 너무 아름다워 감탄이 절로 나왔다. 어떤 곳은 순백의 종유석도 있어 황홀한 기분으로 둘러보았다. 동굴을 빠져나올 때도 미니 궤도 열차를 이용했다. 한꺼번에 수백 명을 실어 나르고 있었다. 필자가 본 동굴 중에서는 최고 아름다운 동굴인 것 같았다.

　동굴 입구에서 중식을 끝내고 서둘러 율리안 알프스 산지에 있는 호반의 도시 블레드(bled)로 향했다. 고속도로변의 슬로베니아는 평야 지대에도 우거진 산림들이다. 도착한 블레드 호수는 탄성이 절로 나는 한 폭의 그림이었다.

둘레가 7km 수심이 30m 호반에 위락 시설도 아름다웠다. 호수의 우측암산 절벽의 정상에 바로크 양식의 블레드 성은 절경 그 자체였다. 손으로 노를 젓는 플레트나 보트를 타고 호수 안의 섬으로 이동하여 부근의 티토 별장과 깨끗한 옥색의 호수를 바라보며 섬을 한 바퀴 돌면서 감상했다. 수영을 하는 사람도, 여인끼리 보트를 타는 사람도 많았다.

호반에 있는 처음 보는 아름다운 꽃들을 영상으로 담고 오스트리아 짤쯔부르크로 향했다. 소요시간은 3시간 반 정도, 깊은 계곡을 지나는 높은 교량, 긴 터널이 연이어 나왔다. 수려한 알프스 산맥 자락을 타고 북으로 향하는 길은 푸른 호수와 강, 비탈진 산록에 목초지, 주황색 주택들 모두가 하나하나 훌륭한 풍경화 같아 환상적인 여행이 계속되었다.

오후 8시경에 고속도로변 호텔(SERVUS EUROPA WALSERBE-RG)에 도착했다.

💬 **COMMENT** ────────────────────────────────

백 초	여행기 쓰시느라 참으로 수고하십니다. 편하게 잘 보고 감상해봅니다.
원 참	여행기를 읽고 가쁜 숨 몰아쉬는 아마도 이번이 처음인 것 같습니다. 한꺼번에 독일, 폴란드, 슬로바키아, 헝가리, 슬로베니아, 크로아티아, 오스트리아, 체코까지 숨찹니다. 그래서 또 덩달아 좋은 구경하게 됩니다.
소당 / 김 태 은	옥색의 호수가 눈에 아롱아롱. 여행기 쓰시느라 고생하셨습니다. 카나다 여행기 쓰는데 밤잠을 설치며 기록하느라 힘이 들었거든요.
의 제	앉아서 유럽 구경 여기저기 잘했습니다. 일일이 기억하시느라 고생하셨습니다. 감사합니다.
이 뿌 니	저도 동유럽과 발칸 반도 옛날 공산국가였던 곳을 골고루 여행하였습니다. 선생

님과 같이 기행문을 이렇게 책같이 써 내릴 줄은 몰라도 여행 마니아랍니다. 다시 한번 가보는 것 같습니다. 어쩜 이리도 자세히 기록을 하셨어요.

명 강 사	꼼꼼하신 여행기 감동입니다.
幸福梨花	서유럽 북유럽을 여행하며 두어 번 더 가야 할 것 같은? 마음인데…, 우선 동유럽, 발칸반도 여행을 준비해야 할 것 같습니다. 자상하신 여행일기가 많은 도움이 될 것 같습니다. 소중하게 옮겨가며 추천 누르고 감사드립니다.
석금영(27회)사랑	선배님께서 주신 삶의 풍경 시집 읽고 또 읽어도 좋습니다. 계속되는 산과 암자 해외여행의 줄거리를 읽으면 제가 다녀온 느낌입니다. 감사합니다. 장마가 온다 하니 건강관리 잘하시고 행복하세요. 꾸벅.
세 현	감사합니다. 여행한 기분입니다.
임 영 만	재미있게 잘 읽었습니다. 여행계획 세울 때 좋은 참고가 될 것 같습니다. 먼 나라 이웃나라에서 읽은 역사적 장소들을 두루두루 다니셨네요.
소 운	와~, 동유럽 여행 갈 일이 생기면 필히 선생님의 여행기를 챙겨 가야겠습니다. 너무나 섬세한 여행기 생생하게 느끼고 갑니다.
청 암 류 기 환	블레드 호수, 한 폭의 그림처럼 떠오릅니다. 고운 글 잘 보았습니다. 너무 수고하셨습니다. 늘 행복하십시오.
심 보 았 다	여행기 잘 보았습니다. 아주 상세하게 기록을 하셨네요.
임 곡	님의 상세한 여행기를 보면서 저가 거기 현지에 갔다 온 것 같은 착각을 일으키게 하네. 수고하셨습니다.

동유럽
여행기

3부

기간: 2011. 5. 23. ~ 6. 3. (12일)

독일, 폴란드, 슬로바키아, 헝가리, 슬로베니아, 크로아티아, 오스트리아, 체코

  오늘은 모차르트 생가 등을 둘러볼 예정이다. 짤쯔(소금) 브르크(성)는 지명과 같이 암염 생산지로 소금무역의 중심 도시였다. 짤쯔부르크는 인구 15만 명이지만, 사운드 오브 뮤직 영화 촬영지와 천재음악가 모차르트 탄생지로 유명하여 연간 1,000만 명이 넘는 관광객이 온다고 한다.

미라벨 궁전의 일부(호엔짤쯔부르크 성이 보임)

  1606년에 대주교 볼프 디트리히가 애인 잘로메알트를 위해 세웠다는 궁이 후일 개축이 되면서 미라벨 궁전으로 이름이 바뀌고 궁전 내부 정원에 계절마다 아름다운 꽃을 심고 가꾸었다. 다양하고 화려한 꽃들로 조성한 정원과 분수, 조각상 등을 둘러보았다.

짤쯔미라벨 전원 일부

　그리고 골목길을 돌아 1077년에 게그하트 대주교가 세운 호엔짤쯔 부르크 성을 리프트를 타고 올라갔다. 중세의 성 중 가장 크고 보존 이 가장 잘된 성으로 알려져 있고, 이곳에서 짤쯔부르크의 아름다운 시내 전경을 조망할 수 있었다. 중심을 흐르는 잘자흐 강이 신·구 시 가지를 구분하고 있는데 풍광이 아름다웠다.

　성 뒤편으로는 숲속에 주황색 지붕의 전원주택을 지나 멀리 독일 쪽으로 거대한 알프스 산맥 일부가 잔설(殘雪)을 이고 운무(雲霧)에 쌓인 것이 신비로울 정도로 아름다웠다.

　내려올 때도 리프트(후니클라) 타고 내려와 가까이에 있는 774년에 건립된 짤쯔부르크 대성당에 들어갔다. 모차르트가 이 성당에서 영 세를 받았고, 파이프가 6,000개나 되는 세계에서 가장 크고 웅장하다는 파이프 오르간을 영상에 담고 밖을 나왔다. 그리고 바로 앞에 있는, 서울의 명동에 해당하는 구시가지 도로 케트라이 거리에 들어서 모차르트 생가를 밖에서 바라보았다. 옛 모습의 거리라도 관광객 등이 많아 활기가 넘쳤다. 모차르트는 1756년에 여기서 태어나 17세까지 살다가 비엔나로 가서 활동하였다고 한다.

다시 알프스 호수로 아름다운 장크트 볼프강 호수를 보기 위해 짤쯔캄머구트(황제소금 창고라는 뜻)로 향하는 버스에 올랐다. 맑디맑은 볼프강 호수(둘레 13평방킬로미터) 호반의 식당에서 분위기 있는 중식을 끝낸 후 거대한 기암 절경의 알프산의 그림자가 드리운 장크트 볼프강 호수의 유람선을 탔다.

장크트 볼프강 호반

호수 주변의 주택들은 모두가 별장같이 아름다워 모두가 동경(憧憬)의 대상이 될 만한 그림 같은 풍경들이다. 40여 분을 경관이 좋은

곳을 둘러보면서 이런 곳에서 살고 싶은 심정을 느꼈다. 오스트리아
는 역시 축복의 땅인 것 같다. 아쉬움을 뒤로 하면서 반대편 선착장
에 대기하고 있는 버스에 올라 체코의 수도 프라하로 향했다.

장크트 볼프강

　프라하로 가는 길은 높고 험한 골짜기를 푸른 강물을 옆에 끼고,
아름다운 한 폭의 풍경화 속을 계속 달리는 기분이었다. 많은 터널과
호수, 장엄한 산세, 높은 다리를 통과하는가 하면 호수에 하얀 요트
가 수없이 떠 있는 아름다운 곳을 지나기도 했다.
　경사진 산에 산림이 우거진 사이로 곳곳에 조성한 푸른 초지들 주
황색 주택들의 풍경은 유럽에서만 느낄 수 있는 목가적(牧歌的)인 풍
경이다. 산악 지대를 벗어나니 대평원에 밀과 맥주맥 등이 결실을 앞
두고 잘 자라고 있었다. 경작 형태로 보아 대형 농기계로 파종한 것
같다.

도로는 어느새 2차선으로 바뀌었고, 골목길을 가듯 꾸불꾸불 속도를 줄이면서 달린다. 이 길이 프라하(PRAHA)로 가는 유일한 국도란다.

오스트리아와 체코 국경은 프리패스다. 지형이나 경작 상태. 울창한 산림 등 주위 환경으로는 나라 구별이 안 된다. 경작지가 부족하고 산림이 빈약한 우리나라로서는 모두가 부럽기 한이 없는 나라들이다. 곡물 생산이 많아 그런지 국도변에 거대한 곡물 처리장 탱크가 곳곳에 보였다. 장장 6시간이나 달려 프라하에 도착했다.

프라하 근교의 주택들이 형태가 같은 것이 집단으로 있는 것을 보니 취향을 무시한 공산 치하 때 지은 집인 듯 씁쓰레한 흔적으로 남아 있었다. 동부 유럽의 파리라고 하는 체코의 수도 프라하는 건물들이 깨끗하고 탑들이 많은 아름다운 도시다.

체코의 면적은 한반도의 1/3 정도, 인구 1,100만 명이고, 프라하는 면적이 약 500평방킬로미터, 인구는 200만 명이란다. 프라하의 지형은 높낮이가 약간 있지만, 대평원이다. 구릉지에 가까운 야산들이다. 8시 반이 지나니 어둠이 내리기 시작한다.

프라하의 중앙역을 지나고 프라하의 중심을 흐르는 블타바 강 다리를 건너 오랜만에 한인이 경영하는 식당에서 한식의 갈증(渴症)을 풀었다. 저녁 식사 후 빗방울이 떨어지는 속에 걸어서 가까이에 있는 프라하 성의 야경을 돌아보고 동영상에 담았다. 밤 10시가 지나서야 시내 중심에 있는 PARK HOTEL에 투숙했다.

6월 1일

　　　아침에 창문을 열어보니 약간의 구름은 있어도 날씨가 맑았다. 호텔 방(10층)에서 내려다본 프라하는 6~7층 건물도 주황색 지붕이라 시내가 온통 주황색 바다 같았다. 무척 평화로워 보였다. 시내 전경을 캠코더로 빙 돌려 동영상으로 담았다.

　프라하는 해발 400m로 비교적 높고 유럽의 정중앙에 위치한 체코의 수도다. 과거 신성로마제국을 총괄 지배하던 때도 있었다. 공산 치하에서 벗어 난지 20년도 안 되었지만, 국민소득은 2만6천 불로, 우리나라보다 높다.

　프라하는 1~2차 대전 시(大戰 時) 거의 폭격을 당하지 않아 문화유산이 잘 보존되어 있고, 전 시가지가 야외정원같이 아름다워 연간 1억의 관광객(우리나라는 전체 연간 4백만 명도 안 됨)이 찾는 700년 역사를 가진 도시다.

　아침에 제일 먼저 찾는 곳은 현존하는 중세양식의 성 중 가장 큰 규모를 가진 프라하 성이다. 프라하에서 높은 지역에 위치하는 요새 지역 성으로 올라가는 도로 양안에는 보리수나무가 경관을 더하고, 가로등에는 우리나라 삼성 간판 게시물이 계속 부착되어 있었다. 체코 대통령이 출퇴근 시 항시 볼 것을 생각하니 괜히 기분이 좋았다.

　제일 먼저 고색창연(古色蒼然)한 성 비투서 대성당을 대협곡 사이에 두고 외관을 영상에 담았다. 그리고는 근위병이 지키는 대통령 궁 후문에 들어섰다.

　대통령궁은 자유개방도 하였지만, 대통령이 일반 시민을 친구처럼, 아저씨처럼 허물없이 대한다고 하니 우리나라도 본받았으면 하는 심정이다.

조각상과 오래된 우물 등과 대통령궁 전체를 둘러보았다. 옥상에 대통령기 게양 여부에 따라 근무 여부를 알 수 있도록 하는 것도 재미있다. 대통령궁 좌측 문밖은 1,000년에 걸쳐 건축 하였다는(현재도 미완성 부문이 남아 있음. 이태리 밀라노의 대성당이 400년이 넘어도 계속 공사 중인 것에 비하면 그 규모는 작아도 오래된 것을 알 수 있음) 성 비투스 대성당을 관람했다.

철분이 많은 사암(砂巖)을 사용하여 축조연대에 따라 철분 산화에 의한 농담(濃淡)에 따라 연대를 구분한다는 것이다. 즉 흑색이 짙을수록 오래된 것이란다. 내부의 섬세한 석공예와 화려한 유리공예에 탄성의 소리가 절로 나왔다. 이에 매료된 관광객들은 사진에 담기 바쁠 정도로 아름다웠다. 대통령궁 정문 앞 광장으로 나갈 때 근위병들의 교대식을 담을 수 있는 행운의 기회를 잡을 수 있어 기분이 좋았다.

다음은 프라하의 최대 번화가 바츨라프 광장으로 갔다. 민주화 운동에 소련군 탱크 5,000대의 위력에 짓밟힌 그 유명한 '프라하의 봄' 사건이 있었던 곳이다. 지금은 시민들이 자유를 만끽하고 있고, 우리나라 명동과 같이 상점들이 많아 인파가 붐비는 곳이다. 바플라프 광장 거리(길이가 750m) 끝 지점에는 커다란 국립 박물관이 있었다.

신시가지(700년 역사) 구시가지(1,300년 역사)가 공존하면서 구별되는 거리로 이동했다. 도로 중심에 옛 성곽이 있던 자리(도로)에 검은색 돌로 표시를 해두고 관광객을 불러 모으고 있었다.

다음은 가까이에 있는 구시가지 광장에 있는 천문 시계탑(1410년에 건립) 앞이다. 매시 정각에 시각을 알리는 종소리 행사에 광장을 가득 메운 관광객과 함께 재미있는 장면을 보았다.

천문 시계탑

　600년 세월이 지나도 1초도 안 틀린다는데 한 번 더 놀랐다. 이곳 (구시가지광장)에는 틴성당, 구시가지 청사, 골즈 킨스키궁전 등이 광장 주변에 있어 볼거리가 많은 곳이다.

　다시 골목길을 돌아 프라하 성 쪽으로 발길을 옮겼다. 지난밤 야경을 영상에 담았지만, 주간에 보는 풍경은 색다르다. 블타바 강의 가장 오래되고 아름다운 카렐교다리(600년 전 길이 52m, 폭 9.5m로 석조 다리로 만듦)는 보행자 전용다리로, 다리 난간에 30여 개의 성인 조각상에 속설을 곁들여 놓아 관광객 발걸음을 즐겁게 했다. 이곳 다리에서 블타나 강의 아름다움과 프라하 중심부의 상하좌우를 감상할 수 있다. 다만 관광객이 너무 많아 물결처럼 밀려가고 오는데, 복잡한 것이 흠이었다.

　다양한 인종의 관광객은 마치 인종 전시장 같았다. 프라하 성 외관은 멀리서 바라보면서 다리를 건넜다. 이어 복잡한 시내 거리를 잠시 걸어 신형 전차를 타고 몇 정류장을 지나 블타나 강변에 대기하고 있는 버스에 올랐다. 일말의 아쉬움을 뒤로 하고 독일 뉘른베르크로 향했다.

뉘른베르크는 독일의 동남부에 위치한 인구 50만 명의 도시다. 1933년 나치본부 전당대회가 열리고 유태인 학살 악법인 뉘른베르크 법(유태인 독일 시민권 박탈. 독일인과 결혼 금지. 독일인 하인으로 둘 수 없음)을 선포하여 유태인 말살 정책을 펴기도 했지만, 2차 대전 종결 후는 전범 재판이 열린 곳으로 유명하다.

체코와 독일 국경지대에 과거 검문 시설이 있었지만 프리패스다. 독일 쪽으로 올라올수록 보리가 노랗게 등숙(簪熟)이 되고 있었다. 야산과 구릉지의 나무들이 곧기도 하지만 수고 15~20m 대단히 높아 보여서 용재림으로는 최상의 재질이 나올 것 같았다. 목재 자급률(木材 自給率)이 13%에 불과한 우리나라로써는 부럽기 한이 없었다.

광활한 농경지, 경지정리는 안 되어도 작황이 좋았다. 간혹 방목하는 가축들도 보였다. 오늘은 날씨가 흐리고 외기온도가 13도까지 내려가 약간 쌀쌀한 느낌이지만 여행하기에는 좋은 날씨다. 도중에 분위기 좋은 곳에서 중국 음식으로 저녁을 먹고 9시경에 뉘른배르크 시내에 있는 ACOM. HOTEL에 들었다.

6월 2일

　　　　오늘은 동화의 나라 아름다운 중세도시 로텐부르크 출발한다. 성곽 안 12세기 중세마을 구시가지가 관광 대상인데, 이것을 보러 이곳에도 연간 100만 명의 관광객이 온단다.

구시가지 관광은 차량출입이 통제되어 도보로 관광해야 한다. 구시가지 중심의 마르크트 광장을 중심으로 시청사, 성야콥교회, 종탑 등이 있었다. 그리고 광장 주변으로 크리스마스 전문 쇼핑점을 비롯해 많은 완구 가게들이 있고 관광객도 상당히 많았다.

로텐부르크 구시가지

11시 정각 시계탑의 시각을 알리는 조형물이 나타나면서 시간을 알 렸다. 이 시각이면 늘 하는지 모르지만, 때마침 유니폼을 입은 대학생으로 보이는 연주단(관현악)의 음악이 관광객들의 박수 속에 몇 차례(한 곡 한 곡 할 때마다 청중의 환호에 대한 지휘자가 감사의 인사를 하면서) 연주되었다.

완구 가게에 들러 선물을 구입하고 가까이 있는 식당에서 중식을 하러 들어갔는데, 일본인 관광객이 계속 들어오고 있었다. 중식을 끝낸 후 프랑크푸르트 공항으로 바로 출발했다. 공항 대기실에서 LG전자 TV가 독일 뉴스를 내보내고 있었다. 선진 독일 공항에서 대한민국의 전자제품을 보는 것은 자긍심을 갖게 했다.

오후 19시에 이륙하면서 내려다본 독일은 우거진 숲과 곳곳에 수많은 풍력발전 단지가 있고, 풍력발전기가 쉴 새 없이 돌아가고 있었다. 또 검은 운동장 같은 태양광 발전 시설도 간혹 보였다. 일본 원전 사고 이후라 그런지 우리나라도 그린에너지 생산시설을 서둘러 확충해 나가야 하겠다는 생각이 들었다.

💬 COMMENT

명 강 사	좋은 글월 文입니다. 퍼갑니다. 항상 건강하십시오.

이 뿌 니 소산 님, 이뿌니는 패키지로 이곳을 모두 여행하였습니다. 개인적으로 가셨어요. 저는 개인적으로 프라하가 가장 인상적이었지요. 폭격 하나 맞지 않은 고대 건물들, 도시 전체가 유네스코에 올라 있다고 하지요. 또 크리스털이 너무 많고 예뻐 쇼핑을 할 수 있어서 더 좋았습니다. 책 한 권 내세요. 누가 쓴 책보다 더 자세하고 정말 다시 가보는 느낌 그림이 선명하게 그려집니다. 수고하셨어요.

샬 라 유서 깊은 곳을 두루두루 구경하셨네요. 즐감합니다.

금 성 유럽 여행과 세계사 공부도 하고 갑니다, 독일에 금강송이 엄청나게 심겨 있습니다.

운 지 동유럽 여행 시리즈 배독했습니다. 다음 편 기대하면서 편안한 휴일 밤 되세요.

가은♡金 注 喜 여행을 즐기는 사람들이 부럽기도 합니다. 고마운 글 잘 보고 갑니다. 건필하소서.

麗 園 (려 원) 감사합니다. 멋진 여행입니다.

최 신 형 유럽 여행은 다녀온 적 있습니다만, 역시 작가(시인)님은 다르셔서 부럽습니다. 내용은 다음에 다시 들어와 읽어야겠네요.

그리스
여행기

2017. 11. 5. ~ 11. 13. (9일)

2017년 11월 5일 (일) 맑음

만추의 화창한 날씨 속에 그리스의 고대 유적지를 둘러보기 위해 인천공항으로 향했다. 출국수속을 마치고 23시 20분 중간 기착지인 이스탄불 행 터키항공(TK 0089편)에 탑승했다.

8,530km를 12시간의 비행 끝에 11월 6일 아침 04시 50분경(시차 6시간, 한국 시간 10시 50분)에 도착했다. 공항에는 계류 중인 여객기가 상당히 많았다. 이곳에서 유럽의 각 지역으로 환승하는 곳이라 상당히 붐비는 곳이다.

2017년 11월 6일 (월) 맑음

약 3시간 30분 체류 후 8시 20분, 그리스 북부 지역 도시 테살로니키(터키항공 TK 1881편)로 향했다. 날씨가 너무 맑아 창틈으로 스며드는 햇살조차 반가웠다. 약 1시간 30분지나 8시 50분(시차

7시간)에 테살로니키 공항에 도착했다.

간이비행장처럼 계류 중인 여객기가 몇 대밖에 없어 아주 한산했다. 간단히 입국 수속을 마치고 현지교민 가이드 조O팔 씨를 만나 대기하고 있는 버스에 올랐다.

그리스는 3400년의 역사를 가진 나라이다. 면적은 1,400개 섬을 포함하여 131,957평방킬로미터이고, 인구는 약 1,100만 명 정도이다. 그리고 에개해(海)를 끼고 있는 테살로니키(Thessaloniki)는 면적 19,31평방킬로미터이고 인구는 대략 310만 명이다.

가을이라 이름 모를 나무들이 곱게 단풍이든 도로변은 정감이 가고 가끔 보이는 사이프러스 나무가 바람에 흔들리고 있어 여유가 넘쳐흘렀다. 3차선 일방통행도로에 차량이 상당히 많이 운행되고 있었다. 주위의 10층 미만의 미려한 아파트들도 상당히 깨끗했다. 좁은 골목마다 우거진 가로수 아래 차량들이 질서정연하게 주차되어 있었다. 가로수와 정원수 등 모두 곱게 단풍이 들어 시가지가 화사해 보였다.

시내 중심을 한참 달려 해안가 공원에 있는 테살로니키의 심볼인 화이트타워(White tower, 높이 34m, 둘레 70m) 앞에서 내렸다. 12세기 비잔틴시대에 세워진 화이트타워는 처음에는 요새로 나중에는 감옥으로 사용되었단다.

특히 페르시아가 그리스를 통치하던 시기에 이 탑에서는 수많은 사람들이 살해되었다고 한다. 그래서 탑의 이름을 피의 탑으로 불리었다고 했다.

탑 전경을 영상으로 담고 가까이에 가을 분위에 젖어있는 넓은 광장에는 이곳이 고향인 알렉산더 대왕 청동 기마상이 있었고 그 뒤편 약간 떨어진 곳에서는 분수의 향연이 펼쳐지고 있었다. 긴 해안가로는 아담한 아파트들이 들어서 있었고 멀리 있는 항구에서는 하역 작업하는 부두도 보였다. 1시간 정도 돌아보고 10시 50분, 공중에 떠 있는 수도원이라는 애칭의 메떼오라로 향했다.

테살로니키 시내는 화려한 벽화도 가끔 보이고 붉게 물든 담쟁이들도 보였다. 11시 10분, 버스는 왕복 6차선 평야 지대를 시원하게 달렸다. 수확이 끝난 들판은 다소 황량했다. 들판 곳곳에 주택들이 산재해 있었다. 11시 22분, 고속도 요금소를 지나자 우리나라에는 보지 못한 제한속도 120km 간판이 눈에 들어왔다.

11시 35분부터는 멀리 구릉지 야산에는 붉은색 지붕의 큰 마을들이 보이기 시작했다. 다양한 나무들이 단풍이 들어 여행객들의 시선을 즐겁게 했다. 수확이 끝난 포도원을 비롯하여 과수원들이 많이 보였다. 고속도로 휴게소에서 중식을 하고 12시 40분, 메떼오라로 계속 달렸다.

조금 지나자 터널이 나타나기 시작했다. 그리고 터널을 통과할 때마다 들판에 있는 숲들이 고운 단풍으로 가을 향기를 뿌리고 있었다.

약간 멀리 있는 경사가 급한 높은 험산 위로는 하얀 구름도 걸려 있었다. 도로는 왕복 4차선으로 바뀌면서 터널이 자주 나타났다.

13시 30분부터는 다시 넓은 평야 지대가 나오고 고속도로 중앙분리대에는 높은 가로등이 벽을 이루면서 길게 이어지고 있었다. 구릉지가 많은 평야 지대에는 아직 수확 못 한 백설의 목화솜 꽃이 몽실몽실 하얗게 피어 있었다. 이곳은 테살로니키의 목화재배 집단 지역이란다.

이어 가끔 야외 태양광 시설이 나타나고 한가로이 풀을 뜯는 양 떼도 보였다. 도로변의 노랗게 물든 눈부신 미루나무를 배경으로 있는 산들은 이름 모를 작은 소나무 같은 것이 듬성듬성 있는 민둥산이었다.

드디어 멀리 메떼오라의 산이 보이기 시작하고, 산 아래에는 3~5층의 현대식 건물들이 보였다. 탄성으로 바라보는 메떼오라 산의 아름다운 바위는 차창으로 카메라 세례를 받는데 그 바위들을 뒤돌아 올라가면 더 좋은 풍광이 있다는 가이드의 안내에 모두들 흥분하는 것같았다.

공중에 떠 있는 수도원 메떼오라는 아득한 옛날(6천만 년 전?) 바닷속의 기암군(奇巖群)이 형성되어 만들어졌다고 한다. 10대 불가사의 건축물의 하나인 메떼오라 수도원은 마치 천상의 세계를 보여주는 듯하면서 천 년의 풍상을 견뎌내고 바위산에 우뚝 솟아 관광객을 불러들이고 있었다.

메떼오라 기암들이 병풍처럼 둘러쳐 있는 곳에 인구 1만2천의 칼라바카 소도시가 있다. 이 신비롭고 경이로운 경관은 1980년 유네스코에 의해 세계문화유산으로 지정되었다. 역광으로 비치는 기묘한 바위들을 차창으로 통하여 단풍과 함께 영상을 담으면서 구불구불 돌아 올라가니 제일 처음 아기오스 니콜라우스 수도원이 반겼고, 루사누(Roussanou) 수도원을 지나 발람(Varlaam) 수도원 주차장에 도착했다.

비수기인데도 관광버스와 승용차가 몇 대와 있었다. 모든 물자와 사람 출입도 도르래를 이용하여 속세와는 완전히 단절된 곳이었는데 1925년부터 바위를 깎아 길을 내기 시작하면서부터 일반인들의 접근이 가능했다고 했다. 14세기 전성기에는 24개 수도원이 있었으나 지금은 6개만 남았단다.

주 수도원 메떼오론(Meteoron) 가는 길은 아찔한 공중다리를 지나야 하고, 급경사 바위계단을 한참 숨차게 올라가야 했다. 제일 먼저 유일한 현대식 화장실에서 볼일 본 후 절벽에 도르래와 그물. 등 시설과 1만2천 명분의 거대한 나무물통 등을 돌아보았다. 바위 위에 정교하게 쌓아 올린 돌탑 등을 설명을 들으면서 관람했다.

대성당으로 들어가기 위해서 여자는 제공하는 치마를 입어야 했다. 성당 내부 전 벽면에는 예수의 일대기와 수도인들의 고난과 관련된 벽화(비잔틴 양식 프레스코화)로 장식되어 있었다.

수도원 중앙의 돔 천정에는 황금 예수의 양각상이 시선을 끌었고, 내부 바닥 대리석은 얼마나 많은 사람이 다녀갔는지 유리알처럼 반들거렸다.

촛대 등 장식물은 화려한 금박이고, 나무의자들은 디자인이 특이했다. 밖으로 나와 박물관 등을 둘러보고 버스에 올랐다. 가이드의 안내에 따라 조금 내려와 메떼오라의 기기묘묘한 바위들과 단풍과 어우러진 수도원들의 전경이 한눈에 보이는 곳에서 환상적인 풍광들을 영상으로 담고 또 담았다. 암벽에는 선홍빛 담쟁이가 석양에 불타고 있었다.

메떼오라(METEORA)

하늘을 찌를 듯이 솟아있는
기기묘묘한 바위들의 신비로운 조화
사람의 손길로 이룬 기적의 사원들이
경이롭기만 한 공중 수도원

요요한 달밤이면 천지의 고요가 내려앉고
현기증을 일으키는 아슬아슬한 자태가
무정세월에 꽃을 피워왔네.

신앙의 중심 대사원에는
예수의 일대기와 더불어
핍박의 고통이
벽면 가득 눈물로 얼룩져 있었다.

아름다운 바위산

역광으로 쏟아지는 햇살조차
성스럽기 그지없는 메떼오라

바위 첨봉에 고립된
처절한 삶을 위로하듯
선홍빛을 뿌리며
암벽을 기어오르는 담쟁이는
가을 향기에 불타고 있었다.

석양을 등지고 수천 년의 역사가 길이 숨 쉬는 아테네로 향했다. 소요 시간은 5시간 예정이다. 4차선 도로변 들판은 주택들이 산재해 있고, 곳곳에 있는 수목들은 역시 단풍으로 물들고 있었다. 아름다운 저녁노을 거느리고 이국땅을 황홀한 기분에 잠겨 달리다 보니 어둠이 내려앉고 있었다. 가끔 보이는 마을들은 밝은 가로등이 어둠을 밝히고 있었다.

18시에 저녁을 하고 3시간을 달려 아테네 시내에 있는 XENOPH-ONE 호텔 101호실에 21시가 지나서야 여장을 풀었다.

2017년 11월 7일 (화) 맑음

　　아침 6시에 호텔을 나와 매혹의 섬 산토리니(Santorini)로 향했다. 아테네(Athenae)는 면적 2,958평방킬로미터이고, 인구는 약 3,700천 명이다.

어둠 속 아테네 거리는 도로 양측과 중앙분리대에 가로수 조경이 잘되어 있었다. 왕복 8차선 도로에는 새벽인데도 차량이 많이 다니고 있었다. 20여 분 만에 부두에 도착했다. 관광버스 2대가 먼저 와 있었다. 지금은 비수기라 관광객이 아주 적다고 했다. 2만 톤 여객선(8층 규모) 선명(船名) Blue Star는 우리나라 대우에서 건조하였다고 하여 자랑스러웠다. 날렵한 에스컬레이터를 2번이나 갈아타고 계단을 올라 7층 오른쪽에 있는 객실 좌석 번호 431번의 안락의자에 앉았다.

7시 정각, 기적 소리와 함께 산토리니로 향했다. 소요시간이 8시간이라 조금은 지루한 시간이다. 먼저 여객선 내부 몇 개 층의 관람에 나섰다.

대우에서 건조한 것이라 그러한지 곳곳에 편리한 시설들이 한층 더 정감이 갔다. 다시 한 번 우리나라 선박기술의 자긍심을 느꼈다. 가끔 멀리 보이는 섬들 사이로 푸른 물결을 거느리고 여객선은 순항하고 있었다.

호수보다 더 조용하고 잔물결도 보이지 않는 푸른 바다 너무 신기하여 영상으로 담았다. 11시 15분 첫 기착지인 파로스 섬에 도착했다. 눈처럼 하얀 백색 건물들이 있는 섬의 풍광이 그림 같았다. 선미(船尾)로 돌아가 잔물결도 없는 바다에 긴 꼬리로 뿜어내는 하얀 포말을 동영상으로 담았다.

점점이 떠 있는 수많은 섬들이 기대감을 충족시키고 있었다. 머나먼 길 뱃길로 8시간 거리에 있는 산토리니 섬이 너무 궁금했다. 두 번째 기착지인 낙소스를 들린 후 다시 섬들 사이로 얼마를 갔을까? 멀리 검붉은 절벽위에 하얀 집들이 눈에 들어왔는데, 신기한 풍광이라 줌으로 당겨 영상으로 담았다. 이곳이 산토리니섬의 이아 마을이었다. 그림 같은 풍광은 탄성을 자아내기에 충분했다. 드디어 사방이 거의 수직 절벽에 둘러싸인 아늑한 선착장 아티니오스(Athinios)에 도착했다.

요란한 경고음 소리와 함께 배 뒷문이 열리면서 관광객이 쏟아져 나가고 이어 승용차와 버스가 하선했다. 배에서 내려 100m를 가니 대기하고 있는 미니버스들이 많았다. 꼬불꼬불한 급경사 절벽 길을 어떻게 내었을까 아슬아슬한 길을 손에 땀을 지게 하는 곡예 운전을 하는 차량들이 꼬리를 물었다. 성수기에는 이 짧은 길을 통과하는데 1시간도 더 걸린다고 하니 관광객이 얼마나 많이 오는지 짐작이 간다.

우리 일행은 차량이 밀리지 않아 몇 분 만에 통과했다. 산토리니섬은 B.C. 1610년 화산 폭발로 현재의 지형이 형성되었다고 한다. 아테네에서 200km 거리의 반원형 화산 군도(群島)로 면적은 73평방킬로미터이고, 인구는 1만3천여 명이 살고 있는 섬이다.

15시 50분, 산토리니섬 정상 부근에 올라섰고 이어 산토리니섬의 심볼인 파란 둥근 지붕과 순백의 집들이 조화를 이루어진 아름다운 석양으로 유명한 이아(Oia) 마을로 향했다. 성수기에는 하루에 관광객이 3~4만 명이 온다고 하니 정말 복잡할 것 같았다. 버스는 하얀 집들 사이 꼬부랑길을 따라가고 있었다. 경사가 급한 곳은 계단으로 경작지를 만들고 약간의 평야지에는 산재된 농가 주택들이 함께 보였다.

큰 나무나 숲이 귀한 다소 황량한 섬인데 이렇게 하얀 건물 위에 파란 돔들이 점점이 떠 있는 마을들을 형성하게 되었는지 모두 다 신기해하고 궁금해했다.

버스는 내려가기도 하고 절벽 길을 달리는가 하면 다시 꼬불꼬불 올라가고 있었다. 16시 25분, 이아(Oia) 마을 주차장에 도착했다. 몇 대의 미니버스와 승용차들이 많이 와 있었다. 이아 마을 일몰 전망대로 향하는 길옆 상점에서 한국말로 "안녕하세요." 하면서 무화과를 맛보라고 주어 시식도 해보았다.

좁은 골목길의 바닥 대리석은 얼마나 많은 사람이 다녔는지 반들거

리고 좌우의 상점들이 즐비하여 관광지다운 기분을 맛보면서 지나갔다. 일몰(日沒) 시간까지 이아 마을 곳곳을 누비며 이색적이고 아름다운 풍광을 동영상으로 담았다.

　일몰의 전망대는 비수기라 해도 관광객들이 너무 많아 황홀한 일몰 장면을 담아내는 것이 쉽지 않았다. 그래도 열심히 담아 보았다.

산토리니 섬의 풍광

아테네로부터 바닷길 이백 킬로미터
지중해의 보석 산토리니 섬

깎아지른 검붉은 절벽마다
억겁(億劫) 세월이 꽃을 피우고

기나긴 능선을 타고 펼쳐지는
온통 새하얀 건물들을
파란 돔들이 점점이 수놓는
동화 속 같은 환상적인 풍광을

마음으로 감동을 담고
동영상으로는 감미로운 추억을 담았다.

바람조차 황량하게 부는
거칠고 척박한 화산섬에

질곡(桎梏)의 삶이 눈부시었다.

일몰(日沒)로 이글거리는 낙조(落照)는
수많은 관광객들의 흥분의 도가니 속에
아름다운 이아(Oia) 마을을
황홀한 빛으로 물들이고 있었다.

　조명이 들어오는 이아(Oia) 마을을 다시 한 번 둘러보고 샌드위치
비슷한 것으로 저녁을 하고, 19시 20분, 버스에 승차하여 산토리니
동쪽 끝에 있는 카마리(Kamari) 비치 마을로 향했다. 섬의 서쪽 끝
에서 동쪽 끝까지 거리라 거의 1시간이 지나 20시 20분에 도착하여
THE BEST 호텔 10호실에 투숙했다.

오늘은 10시에 출발 예정이라 시간적 여유가 많았다. 아침에 인접한 카마리 비치로 나갔다. 마침 일출(日出)의 장관이 펼쳐지고 있어 영상으로 담아 보았다. 그리고 세계에서 유일할 것 같은 검은 모래(화산재라 약간은 검붉은 색임) 해변을 느긋하게 즐겼다.

아침 식사 후는 마을의 곳곳을 둘러보았는데 사람이 적어 한산했고, 유칼리 대경목과 유도화가 상당히 많아 보였다. 승용차들도 자주 보였는데 거의 소형차였다. 10시 정각에 버스에 올라 산토리니섬 중심지인 피라(Fira) 마을로 향했다.

지난밤 어두워서 보지 못한 꼬부랑길을 오르락내리락하면서 가고 있었다. 좌측으로는 수백m의 깎아지른 절벽이고, 우측으로는 멀리 해안선까지 완만한 곳이 많아 경작지들 사이로 백색의 농가 주택들이 산재해 있었다. 피라 마을 입구 주차장에는 미니버스와 승용차들이 일부 주차되어 있었다. 마을이 인구 1만3천 명이라 그러한지 상당히 큰 규모였다.

제일 먼저 케이블카와 당나귀로 오르내리는 구항구가 내려다보이는 곳으로 갔다. 좁은 골목길마다 관광지답게 많은 상점들이 개성 있는 상품을 진열해 두고 있었다. 가파른 절벽에도 계단식 길을 내고 집을 지어 전부 하얀 페인트로 단장하였기에 멀리서 보면 마치 거대한 백설로 뒤덮인 능선으로 보인 것이다.

케이블카는 여러 대를 묶어 동시에 운행되고, 나란히 있는 있는 갈지(之) 자 길에는 당나귀들이 관광객을 태우고 다녔다. 그리고 사람이 도보로 다니는 길에는 해변에서부터 계단마다 푸른색 바탕에 하얀

페인트로 계단의 수를 차례로 표시했는데 마지막 계단이 588계단이었다.

멀리 섬들 사이로 푸른 바다를 누비며 하얀 포말을 일으키는 선박들이 다니는데 무척 평화로워 보였다. 마을의 이색적인 풍광들을 둘러보고 14시 20분 선착장으로 향했다. 다시 선착장으로 내려가는 예의 그 절벽 길이다.

개설한 지가 15년 정도 되었다는데 거의 수직 절벽에 어떻게 길을 내었는지 더구나 대형 차량이 교행이 가능하도록 해두어 감탄이 절로 났다. 아슬아슬한 꼬부랑길을 무사히 내려왔다.

15시 50분, 어제 승선했던 Blue Star의 7층 같은 객실에 자리 잡았다. 조금 떨어진 피라 마을 구(舊) 항구 가까이에는 거대한 호화유람선이 떠 있고 그 뒤로 백색의 피라 마을이 긴 능선 따라 길게 드러누워 있었다.

출항 전 대우조선에서 건조한 Blue Star호

급경사에 다니는 케이블카와 당나귀들이 다니는 갈 지(之) 자 길이 손에 잡힐 듯 가까이 보였다. 이아 마을을 지날 때는 붉은 색 절벽 위의 백색 마을이 눈부신 빛을 뿌리고 있었다. 선상의 일몰도 볼거리였다. 포도주를 마시면서 기분 좋은 분위기에 젖어 보았다.

어둠을 뚫고 23시 35분에 아테네 항구에 도착해 대기하고 있는 버스에 올라 호텔에 도착하니 24시 20분이었다. 315호실에 투숙했다.

2017년 11월 8일 (목) 맑음

9시 호텔을 나와 미케네(Mycenae) 유적지로 향했다. 아테네 시내 도로는 특이하게도 중앙분리대에 조경수를 대경목(大徑木)으로 조성하여 마치 단풍 숲속을 지나는 분위기였다. 왕복 10차선 도로가 복잡할 정도로 차량이 많았다. 대부분 건물 옥상에는 태양광 시설을 해두어 아침 햇살에 빤짝이고 있었다.

9시 40분, 에게(Ege)해를 지나고부터는 도로 중앙분리대가 철재로 돼 있고, 도로는 왕복 6차선이지만 차량이 적어 시원하게 달렸다. 10여 분 지나 고속도로 요금소를 지나고부터는 차량이 거의 다니지 않았다. 도로변은 주로 올리브를 재배하는데, 가끔 밀감 농장도 보였다. 수확이 끝난 포도밭은 고운 단풍으로 물들고 있었다.

10시 43분, 버스는 2차선 산길을 달리고 있었다. 주위의 산들은 땅이 척박한지 수목이 아주 빈약했다. 그리스의 대부분 산들은 수고(樹高) 1m 미만의 이름 모를 나무들이 뒤덮고 있었다. 간혹 섞인 활엽수(闊葉樹)들은 단풍으로 곱게 물들고 있어 풍광이 좋았다. 미케네 궁전 유적 주차장에는 11시 10분에 도착했다. 버스 몇 대와 승용차들이 와 있었다.

미케네(Mycenae) 문명은 헬라도스 문화(Helladic culture)가 미노스 문명의 영향으로 발달하던 기원전 17세기에서 동부 지중해에서 청동기 문명이 쇠퇴하던 기원전 12세기까지 번성했다. 미케네 문명은 그리스 문명의 시원이란다.

기원전 9세기 그리스시인 호머의 서사시 일리아드와 오딧세이에 나오는 트로이전쟁의 그리스 측 연합군 총사령관 아가멤논왕이 통치했던 나라이다. B.C. 1350년경 미케네 문명 최성기 때는 성곽 아래 약 32헥타르 면적에 인구 3만 명이 살았다고 했다.

미케네 궁전으로 가는 길 좌측 아래에 있는 박물관을 먼저 찾았다. B.C. 1,300년 전의 생활용품 다양한 토기와 아가멤논의 황금마스크 등 화려한 금장식품 들을 영상으로 담았다. 도보로 오르는 궁전 입구는 거대한 돌로 정교하게 쌓아 올린 성곽이 줄지어 있고, 출입구 정문의 문 위에는 16톤이나 되는 통 돌의 두 마리 삼각형 사자상이 장식하고 있었다. "사자상 주변 벌어진 틈은 과거 황금으로 장식되어 있었다."라고 했다.

사자문을 지나자 납작한 돌기둥을 사방으로 세우고 그 아래 석축을 쌓은 거대한 원형이 왕들 무덤이며, 이곳에서 대부분의 황금 유물이 발굴됐다고 했다. 이 무덤은 1876년 독일의 아마추어 역사학자 Heinrich Schliemann에 의해 발견되어 세계사에 등장하게 되었단다.

현재 미케네 유적지는 유네스코 세계문화유산으로 등재돼 있다. 미케네 궁전 성벽은 길이 900m, 성벽 위 넓이 5m로 일부만 남은 폐허 상태였다.

많은 관광객들이 보이는 정상으로 올라가 보았다. 정상에 있는 남쪽으로 흔적만 남아 있는 궁전터는 상당히 소규모였다.

궁전 관람을 끝내고 맞은 편 가까이에 있는 아가멤논의 아버지 아트레우스의 무덤으로 걸어서 갔다. 입구 양측으로 길게 이어지는 대규모 석축 길(36m)은 탐방객을 압도하고 있었다.

3,500년 전 조성한 고분의 입구

커다란 석문(높이 5.4m)을 들어서면 잠시 어둠에 잠기게 했다. 가이드의 설명에 의하면 넓이 14.5m, 높이 13.2m의 거대한 돔이 바닥에서부터 천정까지 돌 크기를 줄여가며 둥근 아치형 지붕으로 정교하게 쌓아 올린 3,500년 전의 석축기술은 불가사의 한 일이라 했다. 무덤의 꼭지에 있는 정점의 큰 돌을 빼내어도 묘지가 무너지지 않는다고 하니 그 기술이 신비로울 뿐이었다. 까맣게 돌이끼가 낀 성벽 내부를 동영상으로 담아 보았다.

13시 30분, 버스는 다음 방문지인 모넴바시아(Monemvasia)로 향했다. 소요시간은 3시간 예상이다.

2차선 도로변 넓은 평야 지대는 탐스러운 밀감들이 수확을 기다리고 있었다. 멀리 높은 산 능선으로 꽃 그림을 그리는 흰 구름이 손짓을 하고 있었다. 그리고 얼마 지나지 않아 버스는 산악 지대로 접어들고 있었다. 깨끗하게 포장된 4차선 도로는 개설한 지가 얼마 되지 않은 것 같았다. 주위의 산들은 여전히 수목이 빈약한 상태이고 산록변 토심이 깊은 곳에는 어김없이 올리브나 밀감을 재배하고 있었다.

14시 2분부터는 2차선 도로이고, 수확이 끝난 일반경작지는 황량했다. 도로변에는 가끔 대리석 하치장도 있었다. 알록달록한 단풍잎이 오후 햇살에 눈부시게 부서지고 황금빛 은행나무도 운치를 더하고 있어 기분 좋은 여행길이었다.

버스는 풍력발전기가 집단으로 돌고 있는 산 능선을 오르고 있었다. 버스의 스피커에서 경쾌한 멜로디의 그리스 음악이 흘러나오는 것을 들으면서 산길을 넘었다. 멀리 험산 타이게토스 산맥이 보이기 시작할 때쯤 버스는 내리막길을 내려가기 시작했다. 완만한 산세의 산록 변은 스페인처럼 대규모 올리브 재배를 하고 있었다.

15시 30분부터는 끝이 보이지 않는 평야 지대가 나왔다. 스칼라 지방을 지나서 얼마 안 가서 16시 25분경 모넴바시아(Monemvasia)에 도착했다. 그리스의 라코니아 주 펠로폰네소스 반도의 동쪽에 위치한 작은 섬(넓이 800m, 높이 200m, 둘레 1,500m) 모넴바시아는 375년경 지진으로 인해 육지로부터 분리되어 섬이 되었다고 한다. 583년, 도시로 발전하면서 이 시기에 슬라브족과 아바르족의 침략을 방어하기 위한 요새도 함께 건축되었다. 절벽의 꼭지까지 성벽을 쌓았는데 사람의 능력은 한계가 없어 보였다.

10세기부터 그리스 남부의 해상무역의 거점지로 발전하였고, 1460년까지 비잔틴제국의 지배를 받았다. 1500년대 초반까지는 베네치아 제국에 속했고, 1800년대 초반까지는 오스만 제국의 지배를 받는 등 수많은 변란을 겪었다. 그리스 독립전쟁 후 1821년 7월, 오스만 제국으로부터 독립되었다.

섬의 마을은 육지에서 400m를 지나야 보이지 않던 바위산 마을이 나왔다. 인구는 300여 명 정도이지만 모두들 경제적 여유는 있다고 했다.

마을 중앙에 교회를 중심으로 차도 다닐 수 없는 미로 같은 좁은 길이 관광객을 유혹하고 있었다. 상당히 오래되어 낡은 건물들로 이루어진 모넴바시아 마을은 모두 바다를 향하여 들어서 있었다.

골목마다 다양한 상품을 판매하고 있는 것을 보니 관광객이 많이 오는 것 같았다. 1시간 30분 정도 마을을 둘러보고 어둠이 내려앉는 18시 정각에 버스에 올라 50분 거리에 있는 스칼라라는 작은 도시에 있는 OASIS 호텔 303호실에 여장을 풀었다.

2017년 11월 10일 (금) 맑음

9시 30분 호텔을 나와 스파르타의 옛 도시 미스트라(Mystras)로 향했다. 야산의 허리를 감고 도는 2차선 도로변 좌측에는 올리브나 밀감이 재배되고 있는 평원이었다. 9시 50분부터는 넓은 산 능선이 별천지처럼 나타나고 농작물 재배지 사이로 간간이 농가 주택들도 나타났다. 한참을 달려 10시 30분부터 버스는 미스트라로 오르는 숲속 1차선 꼬부랑길에 들어섰다. 급경사 꼬부랑길에 55인승 대형 버스의 곡예 운전이 시작되었다. 마주 오는 차가 있다면 교행이 불가능할 정도로 좁은 길이고, 곡각 지점을 돌 때는 장애물에 부딪힐까 조마조마한 마음을 생애 처음 경험해 보았다. 다행히 비수기라 마주 오는 차는 그나마 없었다.

단풍이 바람에 일렁이는 것을 감상하면서 10시 43분에 주차장에 도착했다. 우리 일행 이외는 관광객이 없었다. 인접한 타이게토스(해발 2,400m)의 장엄한 백색의 험산이 내려다보는 미스트라 정상

680m에는 돌출된 아름다운 성채가 보였다. 아쉽게도 정상의 성채(빌라르두앵)까지는 1.5km나 되어 도보로 왕복 2시간 가까이 소요되기에 포기하고 아래로 내려가면서 유적을 둘러보기로 했다. 1249년 성채를 조성한 후, 14~15세기의 비잔틴 문화 유적을 상부 후문(유적지 하부에 있는 것이 정문임)으로 들어갔다.

상부마을에 있는 낡은 성소피아 교회(황실 교회)부터 찾아보았다. 미스트라는 비잔틴 제국의 후기에 가장 번성한 지역이었다. 상부 도시에는 황궁과 귀족들의 가옥, 황실 교회가 들어섰다.

하부도시에는 수도원과 교회, 주요 관청의 건물과 공직자들의 가옥이 형성되었다. 일반 백성들은 외성 밖 산기슭과 가까운 평원에 마을을 형성해 살았다. 이곳이 망한 후는 이곳 주민들은 멀리 들판에 보이는 스파르타 지역으로 이주하였다고 했다. 거대한 시설물들이 폐허가 되어 옛 삶의 터전에 세월의 이끼가 끼고 덩굴식물이 뒤덮고 있었다.

　중부 마을에 있는 성 니콜라스 교회와 1350년의 궁전 등을 영상으로 담고 발길을 옮겼다. 제일 하부에 있는 미트로폴리스 교회(어머니 교회)의 화려한 내부를 들여다보고, 대기하고 있는 버스에 올라 12시 5분 스파르타 시내로 향했다. 강인했던 스파르타 전사들의 정신력과 용맹했던 전투력을 상상하면서 스파르타 시내에 들르셨다.

　황색 단풍으로 가을을 재촉하는 마로니에 가로수와 야자수가 반갑게 맞이하고 있었다. 부근의 거대한 타이게토스 산맥이 병풍을 이루고 있는 비교적 넓은 분지인 스파르타 도시는 인구 2만 명의 소도시다.

　중심 도로변에 있는 식당에서 중식을 하고 중심 도로 끝에 있는 스파르타 왕(네오니다스)의 칼과 방패를 든 장부다운 강인한 모습 청동상을 영상으로 담았다.

　기원전 480년, 테르모필레의 산악지역에서 페르시아 제국의 크세르크세스 1세가 직접 대군을 이끌고 그리스 본토를 침공하자 레오니다스는 뒤를 이을 아들 후손이 300명의 최정예 스파르타 병사를 이끌고 테르모필레 협곡에서 함께 방어전을 폈다.

페르시아의 대군을 맞아 2일 동안 페르시아군에게 엄청난 손실을 주면서 방어했으나, 한 그리스인 배신자 에피알테스가 페르시아에게 테르모필레를 우회하는 샛길을 알려주었고, 이를 우회한 페르시아 정예부대에 맞서 다른 그리스와 노예 병사들을 모두 남쪽으로 후퇴시키고 자신과 스파르타의 300명의 용사들은 이곳에서 끝까지 그 기개를 잃지 않고 싸워 장렬히 전사했다. 이 300명의 용사들과 레오니다스 왕을 기념하는 기념 동상을 세웠다고 한다.

이어 인접한 곳, 작은 동산에서 지금도 발굴 진행 중인 스파르타 유적 발굴 현장을 40여 분에 걸쳐 그 옛날 찬란한 문화유적을 돌아보았다.

올리브 나무들이 원줄기가 한 아름씩 되는 것이 많았는데 수백 년의 수령(樹齡)을 자랑하는 것 같았다. 아담한 스파르타 시내 전경을 동영상으로 담고 언덕을 내려와 대기하고 있는 버스에 올라 14시 30분 올림피아로 향했다.

　올림픽의 시초지이며 성화 채화의 도시인 올림피아로 가는 길은 2 시간 30분 소요예정이다. 15시 10분부터 왕복 2차선 도로변은 검푸른 올리브와 밀감 농장 곳곳에 송곳처럼 듬성듬성 서 있는 사이프러스 지대가 계속되었다.

　17시경, 버스는 아주 불편한 농로 같은 곳을 대형 버스인데도 잘도 지나가고 있었다. 드디어 올림피아 마을에 도착했다. ANTONIOS 호텔 220호실에 짐을 풀어놓고 18시 30분까지 비교적 한적한 올림피아 마을을 주도로 중심으로 둘러보았다.

　올림피아(Olympia) 마을은 인구 1,000여 명의 조용한 시골 마을이다. 관광지답게 보석상과 액세서리와 대리석 소품 등의 상가가 즐비했는데 비수기라 그러한지 어둡고 조용했다. 19시에 저녁 식사 후 호텔 방으로 들어갔다.

아침 8시에 호텔을 나와 그리스 신화로 잘 알려진 제우스(바람둥이란 뜻) 신전으로 향했다. 올림피아는 엘리스에 있는 고대 그리스의 성소로, 경기는 4년마다 한 번씩 열렸으며, 올림피아 경기의 기원은 기원전 8세기(B.C. 776년)부터 시작되어 A.D. 393년 사이에 4년마다 개최되어 293회나 계속되었다.

A.D. 349년, 1170년 만에 로마 황제 테오도시우스 1세는 올림피아 경기를 이교의 잔재로 여겨 폐지를 명하여 시설물이 많이 훼손되었단다.

입장권(6유로)을 구입하여 올림피아 야외 박물관으로 들어섰다. 고대 올림픽이 열렸던 이곳은 각 도시국가를 대표하는 선수들이 펼쳤던 스포츠 제전이지만, 그 이상의 중요한 의미를 가진 행사였다. 각 대표 선수들이 기량을 펼쳐 자신과 도시국가의 명예를 높인 것은 물론 시와 음악까지 겨루었던 종합 문화 행사였다고 했다.

이곳의 유적은 1875년부터 지표 3~4m까지 발굴하여 2천5백 년 ~3천 년 전 유물을 발견하였다. 제일 먼저 레슬링과 복싱경기가 열렸던 곳, 짐나지움(Gymnasium)을 둘러보고 기원전 435년에 고대의 유명한 조각가 하늘의 신 제우스를 본뜬 제우스 상을 만든 페이디아스(Pheidias) 작업장도 들러 설명을 들었다.

이어 가까이에 있는 제일 높은 곳의 제우스 신전은 도리아식 신전 건축을 대표하는 건물로서 아테네의 파르테논 신전과 맞먹는 규모였다고 한다. 현존하는 3층 기단 위에는 앞뒤 6개, 측면에 11개, 총 36개의 기둥으로 이루어져 있었다. 높이 10.53m의 원기둥 아래쪽 지름은 2.23m이다. 현재는 상징적으로 복원된 한 개의 기둥만 서 있다.

그 앞에 시상식이 열렸던 거대한 삼각형 대리석 등을 영상으로 담고 바로 옆에 있는 헤라 신전으로 발길을 옮겼다. 헤라 신전은 올림피아의 유적지 중 현재 그리스에 남아 있는 신전 중 가장 오래된 B.C. 7세기에 지어진 제우스의 아내 헤라 여신을 모신 도리아식 건물 신전이다.

가로 16개 세로로 6개의 기둥으로 이루어져 있다(높이 7.8m). 헤라 신전 앞에는 4년에 한 번씩 올림픽 성화를 채화하는 장소가 있다.

사진 앞 하얀 선이 있는 곳이 성화 채화 장소이다.

전체의 거대한 유적지에 남아 있는 돌기둥 등을 감탄의 눈으로 보면서 영상으로 담았다. 이어 가까이에 있는 육상 경기장에 들렀다. 현재 모습은 옛날 그대로의 모습이다. 일부를 제외하고는 자연 지형의 언덕을 깎아 관람석으로 하고 운동장 주위로는 작은 수로를 만들어 선수들이 이용토록 했단다. 돌로 만들어진 출발선에서 결승선까지는 193m이다.

경기장은 약 45,000명을 수용할 수 있는 규모이다. 경기장 주위 둔덕에 돌로 만든 의자는 없었고, 시상식 자리만 돌로 남아 있었다. 시상식 자리에 올라서서 안내원이 만들어준 월계관을 우리 일행들 모두 한 번씩 쓰고 승리한 선수의 기분을 내어 보았다.

넓은 유적지를 급하게 둘러보고 매표소 입구로 나오니 관광객들이 말려 들어오고 있었다. 9시 30분 고린도(Corinth)로 향했다. 고린도로 가는 주위 풍광은 완경사지 넓은 지역에 곳곳에 붉은 지붕들의 마을이랑 농가 주택들이 이국적인 풍경을 그리고 있었다. 버스는 계속해서 2차선 평원을 달리고 있었다.

주위는 대부분 수확이 끝난 일반 경작지이고 올리브나 밀감재배지는 간혹 보였다. 초록 융단을 이루고 있는 밀밭이 계속되고 있었다. 10시 20분, 가끔 유리온실과 비닐하우스 등이 보이는 대평원이었다. 10시 50분 지나자 버스는 산록 변 이오니아 해안가를 달리고 있었다. 탁 트인 바다는 언제나 가슴을 시원하게 했다. 버스 내 TV에서는 그리스 영화 「맘마미아」 음악이 흘러나오고 있었다.

해안가의 주택들은 그림 같은 풍경을 그리고 있었다. 건물마다 옥상에는 태양광 시설을 해두었는데 우리나라도 그렇게 해야 하겠다. 11시에 빠다라 작은 항구를 지나고부터는 왕복 6차선 도로가 이어지는데, 차량 통행이 적었다.

이어 나타나는 이오니아 해(海)를 가로지르는 대형 현수교가 이채로 웠다. 버스는 계속하여 산록을 달리는데 터널이 자주 나타나더니 어느새 왕복 4차선으로 바뀌었다. 아름다운 해안선을 시원하게 달려 12시 10분, 고린도에 도착하는 2차선 도로에 들어섰다.

고린도는 그리스 중남부의 펠로폰네시스 반도에 위치하며 아테네에서 서쪽으로 약 80km 떨어져 있는 해발 566m의 돌로 된 언덕 도시다. B.C. 1000년경 그리스의 도리아인들이 정착하였고 B.C. 146년에 로마에 함락되어 폐허가 되었다가 100년 후 로마의 줄리어스 시저에 의해 로마의 식민지로 재건된 도시이다.

지금은 인구 3만 명의 시골이지만 로마 시대에는 인구 60만 명의 부와 방탕의 도시로 유명했다고 했다. 고린도와 코린토스는 같은 말이다. 고린도의 아크로폴리스 신전이 있는 높은 산이 바라보이는 주차장에 도착하니 대형 버스들이 몇 대 와있었다.

중식 후 14시 30분, 고린도 박물관에 입장(입장료 4유로)하였다. 박물관 광장에 있는 머리 없는 석상을 보니 탤런트 이순재 일행이 다녀간

것이 생각났다. 박물관 내 아우구스 전신상과 네로 황제의 머리 모습 등 전시실 내 유물들에 대한 설명을 들으면서 동영상으로 담았다.

도리아식 거대한 아폴로 신전은 태양신 아폴론을 모시기 위해 B.C. 6세기경 38개의 원형기둥(높이 7.2m, 기둥 직경 1.8m)이었으나, 현재는 7개만 남아 있다.

옥타비안 신전, 헤라 신전 등 모든 유적이 두 차례 지진으로 많이 파괴된 것을 복원과 발굴 작업이 계속되고 있단다. 고린도의 화려했던 그 옛날의 거대한 야외 박물관을 영상으로 담고 15시에 고린도 운하로 향했다. 왕복 10차선 도로를 15분 정도 달려서 고린도 운하 주차장에 도착했다.

1893년 프랑스 기술진에 의거 12년의 공사 끝에 완공된 고린도 운하는 세계 3대 운하 중에 하나이다. 그리스와 펠로폰네소스 반도 사이에 있는 운하로 서쪽 바다인 이오니아 해(海)와 동쪽의 에게 해(海)를 통과하는 운하다. 길이 6.4km, 폭 25m(바닥은 21m) 깊이는 70~80m이고, 수심은 10m이다. 석회암을 사면(斜面)으로 정교하게 잘라낸 면이 보기 좋았다.

우리가 방문하였을 때는 배 운항하는 배가 없어 다소 아쉬웠지만, 이 운하로 운항 거리를 430여km 단축할 수 있다고 했다. 다리를 통하여 고린도 운하 이쪽저쪽을 건너다니며 아름다운 고린도 운하를 둘러보았다.

16시 45분, 아테네 시내로 향했다. 17시 30분, 어둠이 내려앉는 아테네 시내는 교통체증이 심하고 전기 사정이 좋지 않은지 비교적 어두웠다.

교민이 경영하는 식당에서 한식으로 저녁을 하고 18시 30분부터 아테네 시내 야간 관광에 나섰다. 조명에 빛나는 개선문을 끼고 있는 구 시가지로 먼저 갔다. 온갖 상품을 진열 판매하는 골목에는 상당히 붐비고 있었다. 추억에 남을 볼거리를 부지런히 동영상으로 담아 보았다.

40여 분을 둘러보고 걸어서 파르테논 신전이 잘 보이는 곳으로 갔다. 약간의 언덕진 우산 소나무가 우거진 곳에 있는 조명이 아름다운 야외 카페에서 은은한 음악과 함께 포도주를 들면서 마주하는 높은 성벽 위에 거대한 파르테논 신전의 화려한 야경을 바라보면서 그리스 아테네의 마지막 밤의 흥을 즐겼다.

이어 호텔에 도착하니 밤 20시를 지나고 있었다. 첫날 투숙했던 XENOPHONE 호텔 125호실에 여장을 풀었다.

2017년 11월 12일 (일) 맑음

아침 8시에 호텔을 나와 아테네 시내 관광에 나섰다. 그리스의 아테네 시내 골목은 골목마다 프랑스 파리와 비슷하게 5~6층의 건물들이 늘어서 있었다. 지진 때문에 고층건물을 제한하고 있단다. 골목에는 가로수 아래 도로 양측으로 승용차들이 주차되어 있었다. 오늘 마라톤대회 행사 때문에 전국에서 모여든 마라톤 복장의 수많은 선수들이 모여드는 옆을 지나기도 했다.

파르테논 신전은 아테네 시내 정중앙에 있는 높은 언덕으로 신과 인간이 조화를 이루며 살아가는 신화의 땅이다. 이곳에 올라서면 아테네 시내 전경을 사방으로 잘 볼 수 있다.

고대 그리스 문명과 특징을 지니고 있는 도리스 양식 신전의 극치를 나타내는 그리스의 상징 파르테논 신전을 오르는 길은 올리브 나무숲을 지나야 했다. 폭 5m 정도의 대리석 계단 길은 관광객들의 발길로 닳아 윤기가 흐르고 미끄러질까 조심조심 걸어야 했다.

제일 먼저 남쪽으로 있는 관객 6,000명을 수용하는 헤토데스 아티쿠스 극장 겸 음악당을 찾았다. 중앙무대는 옛 모습 일부만 남았고 반원형 객석은 모두 복원을 해 두었는데, 그 옛날 그리스인들의 음악 사랑을 짐작해 볼 수 있었다.

이어 거대한 돌기둥이 압도하는 프로펠리아 계단을 오르면 출입구 오른쪽 높은 곳에는 승리의 여신 니케를 위해 기원전 5세기에 세운 이오니아식의 날렵하고 아담한 나이키 신전이 자리 잡고 있다.

나이키 신전

프로펠리아의 긴 출입구를 지나 들어서니 넓은 바위(대리석) 광장이 나왔다. 좌측으로는 건물을 받치고 있는 여섯 명의 아름다운 소녀상이 있는 에릭테온 신전이 먼저 반겼다. 오른쪽 정면에는 수리중인 거대한 파르테논 신전이 우뚝 서 있었다.

파르테논 신전은 B.C. 479년에 페르시아인이 파괴한 옛 신전 자리에 아테네인이 아테네의 수호여신 아테나에게 바친 것으로서 아크로폴리스에서 가장 아름답고 웅장한 건축물이다. 이는 조각가 페이디아스의 총감독하에, 설계는 익티노스, 공사는 칼리크라테스의 손으로 진행되어 B.C. 447년에 기공하여, B.C. 438년에 완성하였다. 신전의 기초 부분은 동서로 약 69미터, 남북으로 약 25미터이다.

3단의 계단 형태로 이루어져 있다. 기단 주위로 모두 46개의 기둥이 둘러싸고 있으며, 정면과 안쪽에 8개씩, 측면으로는 17개씩 배치되어 신전을 떠받치고 있다. 도리스 양식의 최고봉으로 일컬어지는 파르테논 신전은 얼핏 보기에는 직선과 평면으로 보이지만, 실제로는 곡선과 곡면으로 이루어져 있다.

세계에서 균형이 가장 잘 잡힌 건축물로 기둥의 간격을 균일하게 보이도록 하기 위해 시각 효과에 따라 다르게 조절하는 등, 사람의 착시까지 감안하여 곧바르고 균일하게 보이는 과학적인 건축법을 이용했다.

힘과 무게를 지닌 장중함을 자랑하는 파르테논 신전은 2,500년 동안 서구 건축의 모델이 되어 왔다. 여기에 신전에 모셔진 아테나가 지혜의 여신이어서 더 큰 의미를 갖는다.

세월이 흐르면서 이 신전은 교회, 회교 사원, 무기고 등으로 사용되면서 많은 손상을 입었다. 유네스코는 파르테논 신전을 제1호 세계문화유산으로 등재하였고, 건물 측면 모습을 유네스코를 상징하는 문양 마크로 사용하고 있다.

파르테논 신전

인류 문명의 걸작품
파르테논 신전

아테네 시내 중심 아크로폴리스에
세계문화유산 일(1)호로 등록된
살아 숨 쉬는 대표문양에
이천 년 역사의 향기가 감돌고

거룩한 아테네 여신의 전당(殿堂)에
화려한 빛을 뿌리는 야경은
황홀하기 그지없었다.

밀려드는 관광객들을 매료시키며
착시현상을 이루는 건축술(建築術) 등
장엄한 자태가
탄성의 두 손을 모으게 하고

기원전 고대 그리스인들의
조화의 극치를 이루는
미려한 도리스 양식의 진수(眞髓)가
아침 햇살에 찬란히 빛나는

아 무한한 인류의 신앙심이여!

　1687년 9월 26일, 신전 안에 쌓아 놓은 오스만튀르크의 화약 더미가 마주 보는 산 정상에 있는 8각형 바람의 탑에서 베네치아 군이 발사한 포격으로 폭발하면서 크게 훼손되었다. 현재도 유네스코의 지원을 받아 복원 중이다.

　신전에서 바라다본 항만을 끼고 있는 아테네 시가지는 아침 햇살에 밝게 빛나고 있었다. 시내에서는 오늘 진행되는 전국마라톤 방송이 신전에 울려 퍼지고 있었다. 아테네 시내 사방의 전경을 동영상으로 담고, 9시 50분, 맞은편에 있는 소크라테스가 한 달간 갇혔던 감옥이 있는 필로파포스 언덕으로 걸어갔다.

　소크라테스(Sōkratēs B.C. 470~B.C. 399)는 조각가인 아버지 소프로니코스와 산파였던 피이나레테의 장남으로 태어났다. 세계 4대 성인의 한사람인 고대 그리스 철학자 소크라테스가 젊은이들을 잘못된 방향으로 이끌어 간다는 무고한 죄명으로 갇혀 "악법도 법이다."라는 말을 남기고 독배를 마시고 69세의 생을 마감한 곳이다. 커다란 암벽에 설치한 감옥은 3개의 녹슨 철창문이 있는데 거칠고 초라해 보였다.

　관람을 끝내고 언덕을 내려와 10시 20분 아테네 공항으로 향했다. 공항으로 가는 해안가는 발코니가 있는 6층 내외의 미려한 아파트들이 해안선을 따라 그림처럼 아름답게 줄지어 있었다. 지진 때문에 고층 아파트는 없었지만 복잡하지 않아 생활이 편리할 것 같았다.

　11시 30분, 공항에 도착했다. 아테네 공항은 규모도 작고 조용했는데 인천공항과 같은 시기에 준공했다고 했다. 이곳의 택시는 전부 노란색이었다.

　15시 30분, TK1850편으로 이스탄불로 향했다. 소요시간은 1시간 30분 예정이다. 하늘에서 내려다본 아테네 공항 주변은 경지정리가 되지 않아 경작지들이 무질서했고, 그 가운데로 나 있는 포장도로 주위로 주택들이 산재되어 있었다.

　흰 구름 사이로 민둥산이 자주 보여 조금은 삭막해 보였다. 17시 30분(시차 1시간 당김) 이스탄불 상공에서 내려다보니 산에는 임목도 많고 경지정리는 되어 있지 않았지만, 경작지에는 파랗게 농작물이 자라고 있었다.

주택들이 별장처럼 산재된 곳을 지나 이스탄불 시내를 통과하기에 미국의 뉴욕처럼 시내 전역을 동영상으로 담을 수 있었다. 낙조가 드리운 공항에 17시 40분 가볍게 내려앉았다. 아테네 공항과는 달리 계류 중인 여객기도 상당히 많고 복잡했다. 9시에 이스탄불 공항을 이륙하였다.

2017년 11월 13일 (일) 맑음

8,530km를 9시간 30분의 긴 여정을 끝내고, 13일 날 12시경(정오)에 인천공항에 도착했다.

💬 COMMENT

수 장	전 여행하면 보는 것도 바쁘던데 이렇게 빼곡히 여행기 쓰시는 것 보니 대단하십니다. 도움이 많이 될 것 같아요.
月花/홍현정(68)	함께한 건 아니지만 한눈에 앉아서 많은 것을 볼 수 있게 해주셔서 감사합니다. 영화나 다큐멘터리 프로를 통해 보았던 신전들 그 웅장함을 상상해 봅니다. 살면서 가까운 유적지를 돌아보며 사는 것도 사실 참 어려운데 멋진 여행 너무 부럽습니다. 자세한 설명과 함께 제가 여행한 것처럼 느끼게 해주셔 거듭 감사드립니다.
所向 정윤희	와, 대단하십니다. 이 기회에 선생님 덕분에 그리스 여행 눈으로 봅니다. 즐거운 여행, 몸은 괜찮으신지요? 세계 곳곳 누비시는 선생님 정말 열정적인 자료 더욱 감사드립니다.
노 을	소산 님 그리스 명승지 여행을 다녀오셨군요. 잘하셨네요. 덕분에 편히 앉아서 즐겁게 여행을 하게 해주셔 감사드립니다. 마치 다큐 보듯이 눈에 선하게 표현을 잘

해주셔 즐감입니다. 건필하십시오.

정 미 화	손산 문재학 시인님, 신들의 나라 그리스를 여행하셨군요. 자세히 소개시켜 주시니 공짜 여행한 기분이네요. 건안하시어요.
꽃 미	제가 그리스에 와 있는 기분입니다. 그리스 탐방해 봅니다.
자스민 서명옥	말로만 듣던 그리스 다녀오신 여행담 자세한 설명 정말 좋았어요. 수필을 보노라니 그리스에 있는 것처럼 느껴지네요. 이달 초에 다녀오셨군요. 어쩐지 안 보이신다 했어요. 오랜 비행시간 지치진 않으셨는지요. 이 글을 보면서 대리만족이랄까 가보지 못했던 곳 사진과 설명으로도 충분했습니다. 고맙습니다. 다음 여행하실 때도 이렇게 멋진 사진과 여행담 들려주세요. 전 언제 그리스 여행해볼지 아직은 미지수입니다. 여건이 주어지면 꼭 가보고 싶은 곳이에요.
思 岡 안 숙 자	이제부터 저도 소산 님을 따라 여행길에 오르려 합니다. 바위 위에 세워진 수도원, 기기묘묘하고 장엄한 메떼오라의 전경, 그리고 하루에 수만 명의 관광객이 온다는 이색적인 산토리니 마을 등 세심하게 기록한 글과 영상으로 현지를 관광하는 듯한 느낌이었습니다. 아마 여행기를 완독하려면 거의 여행 일정과 맞먹지 않을까요? 소산 님께선 사진 촬영술도 좋으시군요. 특히 일몰은 명작이었습니다. 재미있게 보았습니다.
연 지 ♡	우와, 월제가 정말 가고 싶은 곳이 그리스였는데 정말 여행기를 꼼꼼히 잘도 쓰셨습니다. 어찌 이렇게 순간순간을 메모리를 잘해놓으셨는지요? 여행기를 구체적으로 잘 쓰신다는 건 많은 사람들을 간접경험을 하게 하시는 아주 훌륭한 일을 하시는 겁니다. 귀에 익은 지명들 자세한 설명 들으면서 저도 그리스를 한 바퀴 돌아온 듯 뿌듯합니다. 잘 읽고 갑니다.

서유럽
여행기

1부

16일 10개국

영국, 네덜란드, 벨기에, 룩셈부르크, 독일, 오스트리아, 이태리, 모나코, 스위스, 프랑스

2016년 4월 13일 (수) 비

　　　오늘은 20대 국회의원 선거일이다. 연초록 물결이 산하를 물들이는 호시절(好時節), 봄을 재촉하는 싱그러운 봄비 속에 인천공항으로 향했다. 서유럽 10개국 16일, 조금은 장기여행이다. 벨기에의 공항과 지하철에 테러로 인한 대참사가 있어도 미지에 대한 호기심의 열망은 꺾지 못했다.

　　10여 년 전 서유럽(5개국), 동유럽(8개국) 여행 시에 6개국은 한번 둘러보았지만, 베네룩스 3개국과 프랑스의 니스와 모나코를 보기 위해서다. 인천공항으로 가는 주변으로는 온통 개나리꽃이 노랗게 물들이고 있었다. 오전 11시에 가이드 홍선영 씨를 만나 탑승 수속을 밟고 오후 2시 30분, 아시아나(OZ521) 편으로 이륙했다. 여객기는 빈자리 하나 없는 만원이었다.

　　런던 히드로 국제공항까지는 12시간 소요 예상이다. 여객기 운행 화면에는 낮은 밝게 밤은 어둡게 나타나는데, 러시아 상공을 지날 때는 한국의 상공은 어둠에 잠기기 시작했고, 그 검은 그림자는 계속해서 우리 여객기를 따라오고 있었다.

　　런던 히드로 공항 상공에서 내려다본 런던 외곽지대는 경지정리가 되지 않았고, 푸른 작물들 사이로 황토색 지붕의 농가들이 산재되어 있었다. 이어 런던 시내 상공을 날고 있었다. 구불구불 템스강(Thames)이 시내 중심을 흐르고 국회의사당과 시청 등 눈에 익은 건물들이 손에 잡힐 듯 가까이 다가왔다. 활주로에 내릴 무렵에는 옅은 구름 사이로 눈부신 햇살을 뿌리는 저녁노을이 우리를 반기고 있었다.

관광객이 많아 입국 수속이 늦어지고 일행 31명과 함께 인사하다 보니 밤 9시경에야 ST GILES hotel 521호에 투숙했다.

2016년 4월 14일 (목) 맑음

아침 8시에 호텔을 나와 런던 시내로 향했다. 영국의 면적은 24만 평방킬로미터로, 우리나라 면적의 1.2배이나 한국과는 달리 평야 지대가 70%란다. 인구는 6,400만 명이다. 또 런던의 면적은 1,579평방킬로미터이고 인구는 850만 명이다.

호텔이 비행장 부근이라 멀리 관제탑이 보이고 여객기의 이착륙도 볼 수 있었다. 한창 연초록을 자랑하는 나뭇잎들이 재잘거리는 새소리와 함께 마음을 시원하게 하였다.

런던 시내는 어디를 보아도 산이 보이지 않았고 간혹 보이는 수림(樹林) 지대는 울창하였다. 이름 모를 꽃들을 둘러보면서 시내에 들어서니 깨끗한 석조건물들이 인상적이었다. 복잡한 시내를 지나 9시경에 템스강변에 도착했다.

한때는 전 세계 70% 정도를 식민지화하여 해가 지지 않는 나라로 위세를 떨치던 나라의 수도 중앙을 유유히 흐르는 템스강에서 흥망성쇠의 역사의 숨결을 느낄 수 있을 것만 같았다. 깨끗이 정비된 강변을 따라 버스는 달리고 있었다.

　만수(滿水)를 이루고 있는 강물은 호수처럼 잔잔하고 간혹 나타나는 화려하고 이색적인 건물들이 그림자를 드리우고 있었다. 그리고 다리를 건너고 15분쯤 지나 런던 현지가이드 노현경 씨를 만나 열정 넘치는 해설에 여독(旅毒)에 지친 일행들에게 생기를 돌게 했다.

　버스 기사는 '피트'라는 우람한 체격의 인도인으로 상당히 친절했다. 잠시 후 1894년에 준공한 그 유명한 런던의 명물, 길이 250m의 타워브리지 부근에 도착했다. 버스에서 내려 빌딩 사이로 보이는 북한의 유경 호텔과 외관이 비슷한 유럽에서 가장 높은 2012년에 준공한 높이 336m, 87층의 '더 샤드(The SARD)' 호텔을 외관을 둘러보았다.

　템스강 중앙에 커다란 폐군함(?) 뒤로 강 건너편에는 독특한 디자인과 화려한 색상의 런던 금융가 빌딩들이 유혹의 손짓을 하고 있었다. 타워브리지 가까이에는 첨단공법으로 자연광을 이용하기 위한 유리알 같은 런던 시청이 계란형으로 곧 쓰러질듯한 자태가 호기심을 자극했다. 햇빛이 건물 내부 깊숙이 파고들어 에너지를 절약한다고 하니 신기해 보였다.

배가 지날 때는 다리를 들어 올리는 우람한 타워브리지 첨탑에 있는 사월의 햇빛에 유난히 빤짝이는 황금빛 조형물을 지나 강 맞은편에는 한때는 감옥으로 사용했다는 흉물처럼 낡은 건물이 있었다.

아쉬움을 뒤로 하고 버스에 올라 1512년에 완공한 강변에서 바라보면 길이 300m나 되는 고딕 양식의 국회의사당을 보면서 다리를 건너 역대 국왕의 대관식이 거행되고 찰스 황태자가 결혼식을 올리기도 한 '웨스트민스터 사원(Westminster Abbey)' 앞에서 내렸다.

국회의사당의 동쪽 끝 첨탑의 이름이 빅벤(Big Ben)이다. 공사담당관인 벤저민의 이름을 축약해 빅벤이라 부르게 되었으며 지금도 정해진 시간에 정확히 타종한다.

시계탑의 높이는 106m, 시침은 2.9m 분침은 4.2m, 시계판 글자는 5m, 시계 상판의 지름이 7m, 시간을 알리는 종의 무게는 13.5톤에 달한다. 1분마다 종소리가 울리며 2명의 기술진이 항시 상주하고 있다. 손으로 태엽을 감는 시계지기는 자손 대대로 가업을 이어가고 있다고 한다.

다시 버킹검 궁전(Buckingham Palace)으로 향했다. 가까이에 있는 한국 대사관에는 반가운 태극기가 펄럭이고 있었다. 버스에서 내려 11시에 실시되는 근위대의 교대식 관람을 위해 버킹검 앞 대형 광장에는 엄청난 인파가 운집해 있었다. 필자가 십여 년 전에 왔을 때는 사람이 별로 많지 않아 궁전 정문 앞 광장 중앙에 빅토리아 기념비가 세워져 있는 곳에서 관람하였는데, 정말 사람들이 많이 찾고 있었다. 여왕이 궁전에 있을 때는 궁전 정면에 왕실기가 게양된다.

11시 20분경에 백마를 탄 근위대장(?)을 선두로 장엄한 음악에 맞추어 커다란 검은 털모자 등 독특한 복장의 근위병들이 행진하는 광경을 인파 사이로 겨우 영상으로 담고 자리를 떴다.

　버스는 4만8천 평을 자랑하는 버킹검 궁전 뒤뜰(?)을 통과하여 나폴레옹과의 전쟁에서 승리한 웰링턴 장군 승전 기념문을 지났다. 그리고 해롯 백화점 인근에서 현지식으로 점심을 했다.

　다시 버스는 77만 평을 자랑하는 런던의 중심부에 있는 영국에서 가장 큰 '하이드 공원'으로 갔다. 울창한 나무들이 한창 연초록으로 물들고 있었다. 도로변에 있는 커다란 탑 중앙에 빅토리아 여왕의 남편인 알버트 공을 기념하는 황금 동상은 굳게 닫힌 철문 너머로 달리는 버스에서 바라보아야만 했다.

　화창한 날씨 속에 관광은 계속되었다. 런던 시내는 세계 최초로 1863년부터 지하에 12개 노선의 400km가 에스컬레이터를 몇 번이나 갈아타야 하는 지하 400m까지 거미줄처럼 지하철을 만들어 런던 시민의 교통편의를 돕는다는데 그저 놀라울 뿐이다. 1992년부터 민영화되어 운행되고 있단다. 그리고 런던 시내의 전선은 전부 싱가포르처럼 지하화하여 거리를 깨끗하게 유지하고 있었다. 미국대사관을 지나 영국의 특산품 카슈미르와 트렌치코드 등 매장을 둘러보고 대영 박물관에 도착했다.

1759년에 세계 최초로 설립한 대영박물관 후문으로 들어가서 이집트문화, 그리스, 로마문화 등 수천 년 전의 신기하고도 찬란한 문화를 한 시간 정도 관람했다. 규모는 작지만 한국관도 함께 둘러보았다.

박물관 관람을 마치고 밖을 나오니 그동안 소나기가 한차례 지나가고 연초록 잎새에 맺혀있는 물방울이 밝은 햇살 아래 빤짝이고 있었다.

일행은 버스에 올라 브뤼셀로 가기 위해 복잡한 시내를 돌고 돌아 중앙역에 도착하여 수하물과 여권을 지참하여 출국심사를 마치고 고속열차인 URO STAR 8호차 14객실 좌석 번호 55에 앉아 오후 2시 4분에 출발했다.

열차는 구릉 평야 지대를 지상과 지하를 반복하여 드나들며 달리고 있었다. 평야 지대의 파란 초지들은 밝은 햇살 아래 아주 시원하게 펼쳐져 기분 좋은 풍광을 이루고 있었다. 현재 시간 오후 3시 20분인데 해는 지평선으로 기울고 있었다.

열차는 오후 3시 25분경에 해저에 진입하여 20여 분이 지난 55분에 해저를 통과 지상으로 나왔다. 다시 고속열차는 중간중간 이국적인 정취를 뿌리는 주택들의 마을들이 있는 구릉 평야 지대를 시원하게 달렸다. 오후 8시 5분(시차 9시간)경에 황토색 지붕들의 밀집 주택들을 지나 넓은 선로들이 얽혀 있는 브뤼셀역에 도착했다. SI 테러가 일어난 나라치고는 비교적 조용했고, 고층 건물들이 새롭게 다가왔다.

열차에서 내려 우리 일행들은 출구를 찾았으나 곳곳에 닫혀있어 가이드가 뛰어다니면서 알아보니, 얼마 전에 있었던 테러 때문에 넓은 역 구역에 한 곳만 열어두어 수백 미터를 돌아가는 불편을 겪어야 했다.

피곤한 몸을 이끌고 대기하고 있는 버스에 올라 호텔로 향했다. 주변은 전기 사정이 좋지 않아서인지 비교적 어두웠다. 20여 분을 달려 벨기에의 브뤼셀의 외곽에 있는 초라한 호텔 IBIS budget 1층 14호실에 투숙했다.

2016년 4월 15일 (금) 비

아침 7시 30분에 풍차와 화훼의 나라 네덜란드의 수도, 암스테르담으로 향했다. 네덜란드는 면적 41,000평방킬로미터, 인구 1,694만 명이다. 지난밤에 비가 내려 촉촉이 젖은 대지가 한결 상쾌한 기분을 자아냈다. 먼저 네덜란드의 상징인 풍차마을 잔세스 칸스(Zaanse Schans)으로 향했다.

왕복 6차선 도로에 가득히 차량들이 달리고 있었다. 차창 밖으로는 원근(遠近)에 산재된 이색적이고도 독특한 건물들이 쉴 새 없이 나타나며 호기심을 불러일으키더니 끝없이 이어지는 대평원에 펼쳐지는 초록 융단의 초지(?) 등이 눈을 시원하게 하였다.

현재시간 8시 30분, 맑은 날씨가 갑자기 비가 내리기 시작했다. 이 지방은 5월까지가 우기 기간이라 날씨가 하루에도 몇 번씩 변한다고는 하나 여행에 차질이 나지 않을까 염려스러웠다.

9시 30분경에 네덜란드 국경을 지났다. 한눈을 팔면 국경이 어딘지도 모를 정도로 논스톱으로 통과했다. 국경을 지나자 곳곳에 풍력 발전기가 위용을 자랑하며 돌고 있고 지금도 거대한 크레인으로 풍력발전 설치작업을 하고 있었다. 그리고 유리온실도 꽃의 나라처럼 보이기 시작했다. 울타리처럼 서 있는 나무들 사이로 파란 초지에는 말, 염소, 양들이 한가로이 풀을 뜯고 있었다.

네덜란드는 국토가 평야 지대라 자전거가 국민 1인당 거의 한 대꼴로 1,100만대나 있다고 했다. 그리고 GDP도 우리나라 거의 2배인 4만4천 불이나 된다고 했다.

현재 시간 10시 반, 왕복 14차선 도로가 나타났다. 미국에서도 좀처럼 볼 수 없는 교통 인프라였다. 도로 주변은 물의 나라답게 바둑판처럼 반짝이는 수로(水路)들이 끝없이 펼쳐지는 초록 융단이 마치 물 위에 떠 있는 것 같았다. 정말 이색적인 아름다운 풍경이었다. 10시 50분경부터는 다리가 나타나는가 하면 터널(수로 밑)도 자주 나타나는 데 주위에 물이 많은 것을 실감할 수 있었다. 곳곳에 늪지대도 보이고 계류 중인 요트도 많이 보였다.

드디어 진세스 칸스 풍차 마을에 도착했다. 현재 이곳에만 풍차 4대가 보존되고 있어서 그것을 관광하기 위해서인지 우중에도 불구하고 넓은 주차장에는 관광버스가 만원을 이루고 있었다.

먼저 나막신 공장견학을 했다. 물이 많은 곳이라 옛날부터 자연스럽게 나막신을 이용하게 되었다는 것이다. 다양한 형태와 색상으로 화려하게 장식한 나막신 진열장 한편 시연장(試演場)에는 관광객을 앉혀놓고 제조과정을 보여주고 이었다.

　나막신 한 컬레를 손으로 하면 2시간이 소요되지만, 기계로는 단 5분이면 완성되었다. 많은 관광객들 사이로 영상으로 담고 맞은편 가까이에 있는 치즈 공장으로 갔다. 부재료를 통해 다양한 색상과 맛을 내는 치즈를 시식을 통하여 판매하고 있었는데 상술이 좋아 보였다. 모두들 많이 사고 있었다.

　치즈 매장 후문을 통하여 풍차를 가까이서 볼 수 있도록 해두었다. 우리 일행은 가까이 가서 4대의 풍차를 영상으로 담으면서 네덜란드인들의 지혜를 엿보았다.

　버스는 다시 왕복 8차선 도로에 들어섰다. 도로변 이정표 간판이 녹색이 아닌 청색이라 산뜻한 맛이 나는 것 같았다.

암스테르담 시내가 가까워지자 도로변에는 독특하고도 다양한 건물들이 아름다운 자태로 시선을 즐겁게 했다. 마치 건물 전시장 같았다. 수도 암스테르담은 면적 637평방킬로미터, 인구 83만 명이다. 이어 교민이 경영하는 식당에서 한식을 점심을 했다.

버스는 운하 유람선을 타기 위해 암스테르담 중앙역으로 향했다. 소요시간은 30분 정도이다. 유명한 화가 고흐가 이곳 출신이라 '고흐 박물관'도 있다고 했다. 시내에는 4~6층 건물들이 즐비한 사이로 폭이 넓은 운하들이 많이 나타났다. 운하의 길이는 약 80km 정도이고 다리가 1,500개나 된다고 했다. 더디어 화려한 자태를 뽐내는 중앙역 앞에 도착했다.

비가 내려도 많은 인파가 붐비고 있어 활기가 넘쳤다. 땡땡거리는 전차도 자주 다니고 도로변에 주차(?) 정리된 엄청난 자전거도 놀라울 정도로 이색적인 풍경이었다. 덴마크보다 자전거 이용이 더 많은 것 같았다. 그리고 자전거 전용도로에는 보행자보다 자전거가 우선이라 각별히 조심해야 하고 비가 내려도 자전거 속도를 줄이지 않고 마음대로 달리는 것이 신기했다. 자동차 공해도 줄이고 국민건강을 위해서 필수적으로 권장하고 있는 것 같았다.

오후 2시 10분에 아담한 유람선에 올랐다. 천정이 나지막하게 투명유리로 덮은 50인용 유람선인데 난방이 되어 따뜻했다. 쉴 새 없이 운행되는 유람선 사이로 중앙역 맞은편에 있는 고딕 양식의 거대한 성니콜라스 교회 앞을 제일 먼저 통과했다.

지금 지나는 이 운하(運河)는 16세기경 방어용으로 이용했다고 했다. 수신기 18번 채널을 통하여 한국말로 안내방송을 하고 있었다. 운하 양측으로 선박들이 많이 있었다. 주거용으로 이용하는 것이란다. 그 숫자가 수상가옥을 포함 2,500개나 되고 전기 수도 등 모든 편익

시설이 갖추어져 있다고 했다. 아기자기하게 꽃들로 장식하고 있었다.

　다행히 날씨가 활짝 개어 창문을 열어두고 한참 연초록 잎이 터지는 가로수 사이로 5~6층의 다양하고 아름다운 주택(맨션?)들을 눈으로 담고 영상으로 담았다. 부러울 정도로 삶이 풍요로워 보였다.

　대형 벼룩시장을 지나는가 하면 원형 국립공연장도 지났다. 1,500개의 다리 중 여러 곳을 둘러보았다. 운하 양측으로 도로변에 정리된 자전거가 계속 이어지고 있었다. 운하의 물은 검붉은 색으로 아주 탁해 보였다. 다양하고 아름다운 건물들과 더불어 암스테르담인들의 삶의 한편을 보면서 바다로 나오는 등 한 시간 정도 환상적인 유람을 했다.

　우리 일행은 다시 가까이에 있는 1648년 시청사로 지었다가 왕궁으로 이용한 딤 광장을 찾았다. 도로변에는 대형 화분에 다양한 색상의 튜립꽃으로 장식해 두었다. 그리고 딤 광장에는 행사를 위한 대형 어린이 놀이시설을 해 두었었다.

　그 사이로 보이는 왕궁을 영상으로 담고 다시 브뤼셀로 향했다. 꽃의 나라 네덜란드의 꽃 농원을 보지 못해 아쉬웠다. 날씨는 계속 쾌청하고 왕복 10차선 도로를 가득 매운 차량들이 시원하게 달리고 있었다. 벨기에 국경지대가 가까워오니 교통체증이 일기 시작했다.

고속도로 중앙분리대에 아주 높은 가로등이 병풍처럼 끝없이 이어지는데 전기 사정이 좋은가 보다. 오후 7시 30분경에 브뤼셀 시내에 도착했다. 시내 중심지의 고층빌딩들은 서울 못지않게 화려했다. 먼저 저녁 식사를 위해 예약된 중국집을 찾았으나 손님이 만원이라 도보로 5분 거리에 있는 브뤼셀 시청 앞 그랑팔라스 광장으로 갔다.

시청은 고딕 양식의 첨탑 등으로 장식된 건물로 그 규모가 상당했다. 부근의 건물들도 곳곳에 금박을 하여 화려한 자태를 자랑하고 있었다.

시청 옆 골목길을 지나면 길모퉁이에 있는 오줌싸개 동상은 브뤼셀의 최장수 시민으로 사랑받는 이동상은 1619년 조각가 제롬 뒤케누아(JeromeDuquenenoy)가 만들었다. 1745년 영국에 약탈되는 것을 시작으로 갖은 고초를 겪어왔다. 1817년에 도난당했을 때는 심지어 조각나기까지 했는데, 그것을 이어 붙여 만든 것이 현재의 동상이다.

수많은 관광객들을 실망시켜 온 55cm 크기의 자그마한 동상은 앙증스럽긴 해도 실망이 컸다. 그래도 전설 같은 수많은 이야기 때문인지 관광객이 너무 많아 사진 담기가 쉽지 않았다.

시청 앞 광장으로 나오니 건물마다 조명이 들어오기 시작했다. 다시 중국식당으로 가서 중화요리로 저녁을 하고 지난밤 투숙했던 다소 불편한 IBIS Budget 호텔로 밤 10시경 돌아왔다.

2016년 4월 16일 (금) 맑음

오늘은 느지막이 오전 9시에 호텔을 나와 룩셈부르크로 향했다. 왕복 8차선 도로변은 이름 모를 꽃나무들이 연초록 잎새들과 함께 아침 햇살에 눈부신 풍광을 펼치고 있었다.

버스는 계속하여 야산 구릉 지대를 지나고 있었다. 수벽(樹壁)을 이루는 수목(樹木)들 사이로 파란 농작물들이 자라고 있었다. 이국땅의 싱그러운 사월의 향기를 풍기고 있었다.

룩셈부르크가 가까워질수록 독일 가문비 비슷한 수종의 인공조림지가 무성한 수세(樹勢)를 자랑하고 있었다. 어린 유목(幼木)을 양묘하는 것도 곳곳에 보였다. 룩셈부르크는 면적이 제주도의 1.6배 즉 2,586평방킬로미터이고 인구는 46만 명으로 작은 도시 나라이지만, 금융 산업이 주 사업이 되어 1인당 GDP가 101천 불로 세계 1위라고 하니 깜짝 놀랐다.

룩셈부르크 중앙역 부근에서 중국 음식으로 점심을 하고 나오니 여우비가 내리고 있었다. 우중에 도심지에 있는 구시가지와 신시가지 사이 깊은 협곡 페트루세(Petrusse) 계곡을 연결하는 1889~1903년에 건설된 '아돌프 석재 다리'로 갔으나 아쉽게도 가림막을 치고 보수 중이라 볼 수 없었다.

내리던 비가 그쳐서 다행이었다. 깊은 협곡에 있는 천혜(天惠)의 피난지의 흔적을 시간관계상 내려가 보지 못하고 바로 옆에 제1차 세계 대전 때 희생된 이들을 기리는 높은 황금의 여신상으로 된 위령탑의 헌법 광장에서 부근의 1621년에 건립한 노틀담 대성당과 봄기운에 무르익는 아름다운 협곡을 영상으로 담고 가까이에 있는 기욤 2세 광장과 왕궁의 외관을 둘러보았다.

헌법광장의 황금 여신상

오후 2시 30분에 독일의 프랑크푸르트로 향했다. 3시간 소요 예상이다. 시내 중심부를 벗어나는가 했더니 울창한 숲을 약간 지나니 국제금융시장답게 다양한 형태의 화려한 고층빌딩들이 늘어서 있었다.

눈으로만 담고 왕복 4~6차선 도로에 들어서니 입체교차로임에도 교통체증이 있었다.

달리는 차창 밖으로는 구릉지 능선 따라 수많은 풍력 발전기가 집단으로 돌아가고 완만한 산록변에는 푸른 농작물로 둘러싸인 마을들이 그림같이 들어앉아 목가적인 풍경이 시선을 즐겁게 했다. 오후 3시경에 독일의 국경지대가 나왔다. 검문소가 검고 우람한 자태가 가히 위협적이지만 지금은 지키는 사람이 없어 자유롭게 통과했다. 독일 땅 도로변도 비슷한 풍광이 이어지고 도로보수 관계로 2차선으로 우회할 때는 울창한 숲속을 달리고 있었다.

세계제일의 임목축적(林木蓄積)을 자랑하는 나라다웠다. 참으로 임상(林相)이 부러웠다. 여우비가 내리다. 그치다 반복을 하는데 검은 먹구름 속의 풍력 발전기는 유령처럼 돌고 있고 한쪽으로 파란 하늘이 흰 구름 사이로 쏟아지는 햇살을 받은 풍력 발전기는 멀리서도 눈부시었다. 두 가지 풍광을 동시에 즐기면서 버스는 달렸다.

도중에 강폭 가득히 흘러가는 라인강을 지나기도 했다. 포도농원이 나타나는가 했더니 멀리 여객기가 이착륙하는 프랑크푸르트에 도착했다. 세계적인 문호 괴테가 이곳 프랑크푸르트 출신이라 했다. 도중에 힐튼호텔 등이 동시에 입주해 있는 진기한 디자인의 거대한 건물에 입점해 있는 독일 명품점을 들리기도 했다.

프랑크푸르트 중앙역 부근에 있는 교민이 경영하는 식당에서 한식으로 저녁을 하고 교외 숲속에 자리한 Holliday inn 호텔 509호실에 투숙했다.

호텔을 나와 하이델베르그(Heidelberg)로 향했다. 가랑비가 내리기 시작했다. 날씨가 조금은 걱정이다. 도로변 수목들 중 소나무(적송)들이 상당히 많이 보였다. 계류 중인 여객기들이 철망 안으로 보이는 프랑크푸르트 비행장을 지나고 있었다.

버스는 왕복 8차선을 우중임에도 시원하게 달렸다. 평야지의 울창한 숲은 계속 이어지고 곳곳에 비닐멀칭이랑 비닐하우스도 가끔 보였다. 10시 조금 지나서 하이델베르그에 도착했다. 하이델베르그는 면적 108평방킬로미터. 인구 150여만 명의 중소도시다. 독일 최초의 대학이 있어 대학 도시로 불리기도 한다.

하이델베르크 고성

하에델베르그 대학은 따로 캠퍼스가 있는 것이 아니고 단과대학별로 시내에 산재되어 있다고 했다. 이어 '네카(Neckar)' 강변에 도착하여 가장 오래된 붉은 벽돌(?)로 만든 '옛 다리'로 불리는 '카롤데오도르'를 둘러보았다. 그리고 가까이 산 중턱에 있는 하이델베르그 고성으로 표를 사서 수십 명이 동시에 탑승하는 전기차를 타고 경사면 터널을 잠시 올라갔다.

하이델베르크의 대표적인 건축물로 고딕 양식으로 지어졌지만 16세기에 개조되어 독일에서 가장 아름다운 르네상스 양식의 건축물로 손꼽히는 고성은 상당히 규모가 큰 성이었다. 많이 허물어지긴 했어도 옛날에 누리던 화려한 삶을 짐작해 볼 수 있었다.

이곳 하이델베르그 전망대에서 그림같이 아름다운 시내를 조망할 수 있었는데 성당들이 많아 종이 울릴 때면 소음처럼 느껴지기도 했다. 성(城) 지하에는 세계 최대의 술통으로 기네스북에 등재되어 있는 저장 통은 1751년에 만들어진 것이다. 높이가 8m로 22만 리터의 와인을 지금도 저장하고 있었다. 가이드의 주선으로 와인 한 잔씩 시음(試飮)을 해보았다.

비가 부슬부슬 내려도 관광객은 계속 밀려들고 있었다. 우리 일행은 하산하여 12시 20분에 식당에 들어갔다. 백발을 자랑하는 거구의 백인이 우리가 입장하자마자 '빨리빨리' 정감이 넘치는 우리말을 해서 신기하게 들렸다. 그리고 서빙 도중에 젊은 여인을 향해 갑자기 '노처녀' 하는 바람에 폭소가 터졌다.

필자를 보고도 '늙은 총각' 하면서 익살스런 몸짓을 하기에 동영상을 잡으려고 하니 멋진 포즈를 취해주는데 두고두고 기억에 남을 것 같았다. 오후 1시 30분 로덴부르크(Rothenburg)로 출발했다. 다행히 비도 그치고 파란 하늘이 곳곳에 나타났다.

울창한 야산을 만나는가 하면 끝없이 펼쳐지는 초록 융단 사이로 노란 유채꽃이 피어 있는 마을들을 2시간여를 감상하다 보니 로텐부르크에 도착했다.

낮은 성곽으로 둘러싸인 로텐부르크(Rothenburg)는 인구 1만 3,000명. 시(市)를 둘러싼 중세 성곽과 몇 개의 성문이 옛적 그대로의 형태로 남아 있고 그 안에 1373~1436년의 성야곱교회, 13~16세기 시청사와 그 외 많은 옛 교회, 민가 등이 그대로 남아 있어 많은 관광객이 찾는다고 했다.

성 위의 좁은 길(목재 난간)을 돌면서 시내를 둘러보았다. 삼각형 급경사(70~80도) 지붕의 황토색 기왓장을 어떻게 올려 작업을 하였는지 신기했다. 시청 광장 옆의 3~4층 높이의 벽면에는 격자(格子) 모양의 나무들로 아름답게 장식을 하였는데 아주 이색적인 광경이라 영상으로 담았다.

그리고 상점마다 1층 높이 처마 끝에 금박 등 독특한 모양의 조형물을 돌출(突出)시켰는데 이것도 하나의 볼거리였다. 제과점에 들어가

특산품인 '스노우볼'이라는 눈처럼 정구공 크기만 한 과자를 2.5유로 주고 먹어보았는데, 부드럽고 달콤했다. 시청 광장에는 규모는 작지만, 체코의 프라하처럼 작은 시계탑이 시마다 작은 창을 열고 시각을 알리고 있었다.

성벽 아래에 있는 작은 식당에서 현지식으로 저녁을 하고 1시간 반 정도를 달려 NH Heidenheim 호텔에 도착 118호실(2층)에 투숙했다.

💬 **COMMENT**

소당 / 김태은	젊은 가이드 뺨치는 실버 가이드 소산 시인님, 이미 아주 오래전에 잘 알고 있지만 글로 옮겨 쓰기란 쉽지 않은데 장편소설 천재가 따로 있나. 바로 소산 수필가 시인님이세요. 경남 합천 마을에 꼭꼭 숨어 있다 탄생한 보물 중 보물이세요. 한양에서 대학 시절에 전공한 문학인도 아니신데…. 역사에 기록을 남기시는 훌륭하신 소산 문재학 작가님, 행복한 삶이 참으로 존경스럽고 부럽습니다. 장기여행 쉽지 않은데.
정효식	현장에 가 있는 듯 생생하게 묘사해주신 서유럽 여행기 잘 보았습니다. 감사합니다.
진짜 멋쟁이	서유럽 여행기 감명 깊게 읽었습니다. 면적과 인구 및 국민소득까지 세세히 알려주시니 많은 걸 얻었습니다. 계속 읽겠습니다. 감사드립니다. 성품이 온순 치밀하시겠네요.
김경애	서유럽 여행기~감사합니다. 우리 예담동산 카페로 고이 담아갑니다. 카페지기 수선화 김경애 샬롬!
白雲 / 손경훈	세세히 기록한 여행기 가본 듯 선연합니다. 고운 오월 되십시오.
예진아씨	그림을 잘 그린다면 그림으로 그리고 싶은 멋진 풍경들이네요. 꿈의 유럽 여행 좋은 추억 많이 만드셨겠어요.
헵시바기주	와, 16일간 여행을 다녀오셨군요. 많이 피곤하시겠어요. 선생님 덕분에 앉아서 서유럽을 여행합니다.

까 만 나 무	여행을 즐겨 했어도 유럽은 가지 못했는데, 오늘은 유럽을 다녀온 것 같은 감상을 했습니다. 기억하고 글 쓰시느라 수고 많이 하셨습니다. 감사합니다.
삼 개 나 루	잘 쓰인 여행 일기, 복사해 들고 가면 여행이 즐거울 것 같습니다.
수 장	10개국 서유럽 여행기를 시작으로 흥미 있게 읽고 있습니다. 아직은 유럽을 못 갔지만 많은 도움이 될 것 같습니다.
雲海 이 성 미	서유럽 꼭 가보고 싶은 곳인데. 남편이 농장을 해서 계속 망설이고 있습니다. 상세한 여행기를 읽으면서 얼른 가보고 싶은 마음의 충동이 생깁니다. 선생님 고맙습니다.
은 빛	저도 유럽 가려고 적금을 열심히 남편 몰래 들고 있답니다. 멋진 여행기 즐감합니다.
조 약 돌	여행안내 책자보다 더 리얼하게 적어주셔서 여행하면 많은 도움이 되겠습니다.
진 달 래	유럽 여행은 모두가 동경의 대상이기도 합니다. 여행기를 보고 읽으니 마음이 벌써 설레네요.
所向 정 윤 희	한동안 선생님 안 보이시기에 걱정했는데. 유럽 여행 다녀오셨군요. 선생님, 건강하신 모습으로 다녀오시어 보기 좋습니다. 덕분에 유럽 여행 보는 것 같아 감사드립니다.
미 량 국 인 석	이렇게 여행기를 쓸려면 순간순간 메모를 해 두어야 할 텐데, 꼼꼼히 챙겨 작품으로 완성하기까지는 쉽지 않은 노력이 뒤따르리라 봅니다.

서유럽
여행기

2부

16일 10개국

영국, 네덜란드, 벨기에, 룩셈부르크, 독일, 오스트리아, 이태리, 모나코, 스위스,
프랑스

2016년 4월 18일 (월) 흐림

8시 30분에 호텔을 나와 독일의 퓌센(Fussen)으로 향했다. 로만틱 가도(독일의 관광도로)의 마지막 기착지인 퓌센까지는 2시간 30분 소요 예상이다.

흐린 날씨 속에 버스는 왕복 4차선을 달렸다. 강폭 가득 강물이 흐르는 곳을 지나는가 하면 푸른 농경지와 숲들이 교대로 나타났다. 사라지는 풍광에 젖은 즐거운 여행길이다.

인구 8천 명의 퓌센에 도착했다. 이곳에서 차로 10여 분 거리에 '노이슈반슈타인 성'이 있다. 루트비히 2세의 비극적인 생애에 대한 설명을 들으면서 '노이슈반슈타인 성' 입구에 들어서니 화려한 상점들 속에 많은 관광객들로 붐비고 있었다.

그곳을 지나 커다란 호수(슈타른베르거 호수?) 옆 대형 주차장에 도착했다. 이곳에도 버스와 승용차가 만원이다. 좌측 바로 위쪽 산에는 루트비히 2세의 어린 시절을 보냈다는 노란색의 독특한 '호엔슈방가우 성'이 시선을 끌었다. 잠시 성이 있는 언덕으로 올라가서 이곳저곳을 둘러보았다. 그리고 우측 멀리 산허리 언덕에는 운무에 휩싸인 '노이슈반슈타인 성' 신비감이 감도는 풍광에 모두들 탄성을 자아냈다. 이를 대상으로 '잠자는 숲속의 미녀의 성'의 배경으로도 유명하단다.

백조의 성(노이 슈반스타인 성)

슈반가우 숲속 험산 절벽에
홀로 우뚝 선 장쾌한 풍광
그림 같은 호수를 거느린
동화 속 나라의 백조의 성

비운의 루트비히 2세 왕의 열정
영혼의 그림자가
전설처럼 어리어 있다.

다그락다그락
마차의 말굽 소리
울창한 숲속을 울리면서
감미로운 향기로 묻어나는
아름다운 자연의 낭만 속으로 흘러들고

신비감이 감도는 물안개 속에 피어오르는
환상적인 신비의 성
꿈속 같은 고성의 매혹(魅惑)
눈부신 풍경이
밀려드는 관광객들의 가슴을
탄성으로 흔들고 있었다.

※ 백조의 성은 독일의 바이에른 주 퓌센(fussen)의 근교에 있는 호헨슈반가우에 있는
　성으로 루트비히 2세 왕이 1868년에 시작하여 17년간 건축한 성임.

　버스 주차장에서 울창한 숲속을 20여 분을 올라가는데 쌍두마차 여러 대가 노약자들을 실어 나르는 말발굽 소리가 조용한 산속에 메아리치고 있었다.

　백설공주의 배경으로 등장하는 스페인의 에스파냐 세고비아의 아름다운 알카사르(Alcazar) 성을 몇 년 전에 둘러보았지만, 이곳 독일의 노이슈반슈타인(새백조바위) 성에 대해서는 상당히 궁금했다. 더구나 노이슈반슈타인 성은 '광기의 왕', '공상의 왕'이란 이름을 갖고 있는 루트비히 2세(Ludwig Ⅱ, 1845~1886)가 독일의 전설에 등장하는 곳을 충실하게 옮겨놓은 성으로 잘 알려져 있기 때문이다.

　드디어 성에 도착했다. 많은 관광객으로 북적이고 있었다. 예약해야만 화려한 내부 관람이 가능하기에 아쉽지만 백조의 성(?) 외관만 여러 방향에서 영상으로 담고 발길을 돌렸다.

12시 30분, 퓌센 시내에 있는 중국식당에서 점심을 하고 오후 2시 20분에 오스트리아 인스부르크(Innsbruck)로 향했다. 그쳤던 비가 다시 운무가 짙게 드리우면서 안개비가 내리기 시작했다. 잠시 후, 오스트리아 국경지대를 지나니 이동하는 구름 사이로 험준한 알프스 산의 백설이 아름다운 풍광을 자랑하고 있었다. 버스는 구불구불 험산을 계속 오르고 산등선에는 안개구름이 오락가락하고 있었다.

터널을 지나면 푸른 초원이 나타나고 이 높은 곳에도 잔설 사이로 파릇파릇 봄이 오고 있었다. 하늘을 찌를 듯이 솟은 험산 백설의 풍광은 언제 보아도 아름다운 그림이었다. 버스는 숲이 울창한 협곡을 지나고 있었다. 계곡의 암반 위로 새하얀 물보라를 일으키는 골짜기 2차선 길을 가는데 어느 사이에 철길도 동행하고 있었다.

넓은 지형이 있는 곳에는 서구식 마을이 그림처럼 나타났다. 가끔은 비도 그치고 안개를 걷어내면 신비로운 알프스 산이 미소를 지었다. 특히 인스부르크시 입구에 들어서면서 우측의 거대한 산의 흰 구름을 걷어 낼 때의 눈부신 설경을 영상에 담느라고 버스 내가 소란스러웠다.

오스트리아는 면적 8,300평방킬로미터이고 인구는 866만 명이다. 동계 올림픽을 두 번이나 개최한 인스부르크는 산악도시답게 깨끗하고 아름다웠다.

먼저 마리아 테레지아(Maria-Theresien-Straße)로 갔다. 인스브루크 거리의 중심에 있는 번화가이다. 이 거리의 가장 유명한 명소 성 안나 기념탑이 도로 중앙에 우뚝 솟아있다. 인스부르크 도시의 중심을 남북으로 관통하는 마리아 테레지아 거리는 남편 프란츠 1세와 함께 통치했던 마리아 테레지아 왕비의 이름을 딴 거리로 왕비는 뛰어난 정치가였으며 생전에 16명의 자식을 두었다. 마리아 테레지아 왕비는 프랑스로 시집가 젊은 나이에 단두대의 이슬로 사라진 비운의 왕비 마리 앙투아 네트의 어머니이기도 하다.

마리아 테레지아 거리의 형형색색 집들이 알프스 산맥의 하얀 봉우리들과 어울린 모습이 무척 아름다웠다. 다시 발길을 돌려 마리아 테레지아 거리 맞은편에 있는 '황금 지붕'으로 갔다. 기대와는 달리 너무 초라했지만 영상으로 담았다.

황금의 지붕

많이 오는 관광객 때문인지 주위의 상점들은 화려했다. 여러 곳을 둘러보면서 이색적인 상품들을 영상으로 담아 보았다. 오후 6시경에 버스에 올라 가까이에 있는 Charlotte 호텔 42호실에 짐을 풀었다.

2016년 4월 19일 (화) 맑음

아침에 일어나 밖을 나와 보니 쌀쌀한 냉기가 추위를 느낄 정도였다. 알프스 험산 협곡에 자리 잡은 아담한 산장에서 밤을 보낸 셈이다. 지난밤에 내린 비가 부근의 높은 5부 능선 이상에는 하얗게 눈으로 덮었다. 안개 사이로 눈부시게 빛나는 만년설의 풍경은 탄성을 자아내게 했다.

7시 30분에 이태리 베니스로 향했다. 높은 산에 실안개 구름이 아름다운 그림을 그리는 산악고속도로를 따라 급경사의 초원을 거느리고 달리는가 싶더니 스키장이 나타나는 주위에는 눈이 많이 남아 마치 한겨울에 여행하는 가벼운 흥분이 밀려오기도 했다.

8시 25분, 이태리 국경표시가 있는 곳을 통과한 후부터는 파란 하늘과 초록빛 융단 새하얀 백설 등이 아름다운 풍광을 이루는 것을 즐기면서 달렸다. 연초록 나뭇잎이 이름 모를 꽃나무들과 함께 미풍에 하늘거리고 있었다.

비탈진 곳에 빈틈없이 포도를 재배하고 급경사에 산재된 농가들이 계속 이어지는데 식수 해결은 어떻게 하는지, 차량운행이 가능한지 궁금했지만, 한편으로는 자연 속에 사는 이들이 부럽기도 했다. 고속도로에는 대형 물류 차량이 끊임없이 다니는 것을 보니 삶이 풍요로운 것을 느낄 수 있었다.

9시가 지나도 주위 풍경은 계속 설산을 이고 있는 험산 협곡이다. 4차선 도로 양측으로 하천을 따라 경작지가 있고, 산록변에는 마을이 아늑히 자리 잡고 있었다. 11시가 지나자 대평원으로 나왔고, 주위의 수목들은 푸르름이 짙어가고 있었다. 베니스로 가는 길은 왕복

6차선으로 바뀌었다.

5시간 50분이 지난 오후 1시경에 베니스시 경계에 들어섰고 버스 진입세(통행세)를 내고 식당으로 향했다. 여행객을 전문으로 상대하는 대형 중국식당으로 앉을 자리가 없을 정도로 복잡했다.

중식 후, 현지가이드(정주애)를 만나 현란한 말솜씨와 코믹한 이야기로 일행들을 웃음의 도가니로 몰아넣었다. 이태리 본토의 Mestre와 베네토주와 주도인 베니스를 연결하는 3.85km의 이 다리는 무쏘리니 때 건설하였다는 자유의 다리와 1800년대 만든 철로가 함께 나란히 있다.

다리를 통과하여 선착장 주차장에 가니 대형 버스 수백 대(?)가 주차되어 있었다. 정말 세계 각국에서 관광객이 많이 오고 있었다. 5분 정도 걸어서 선착장 터미널에서 오후 2시에 승선 출발했다.

밝은 햇살 아래 부는 시원한 바닷바람은 상쾌하기 그지없었다. 베니스 시내로 진입하면서 주위의 풍경을 부지런히 영상으로 담았다.

베니스는 전체가 갯벌에 말뚝을 박고 흙을 채우고 돌을 쌓은 인공섬이라 하는데 그 규모가 너무 크기에 믿겨지지 않았다.

20여 분만에 베니스 항에 도착했다. 면적은 414.57㎢ 인구는 약 26만 명이다. 유서 깊은 베니스시는 북동쪽에서 남서쪽까지 약 51㎞로 뻗은 초승달 모양의 석호 중심부에 자리 잡고 있다. 이 도시가 세워져 있는 작은 섬, 진흙 습지, 길이 3㎞, 너비 1.5㎞의 모래 언덕들이 군도를 이룬다. 계절에 따라 차이는 있지만 베니스 주민의 대다수가 관광업과 유리, 레이스 직물 생산 같은 관광 관련 산업에 종사한단다.

이 섬들 사이로 중심 수로인 그란데 운하가 2개의 넓은 만곡부 주위를 흘러 도시를 통과한다. 너비 37~69m이며 평균수심이 2.7m인 그란데 운하주위에는 많은 대저택, 교회, 해상 주유소 등이 있다. 베니스 건축물은 다양해서 이탈리아, 아랍, 비잔틴, 고딕, 르네상스, 바로크 양식 등이 모두 있단다. 아드리해에 있는 섬 베니스는 6개 행정구역의 물고기형 지형이고, 118개의 섬과 400여 개의 다리가 있다. 베니스에는 자동차는 물론 자전거도 바퀴 달린 것은 없다. 오직 곤돌라와 수상택시와 수상버스로 모든 생활 물자를 운반하기에 생활비가 1.5배 비싸다고 했다.

탄식의 다리는 두칼레 궁전(행정종합 관청 건물로 사용되고 있음)과 작은 운하를 사이에 두고 동쪽으로 나 있는 감옥을 잇는 다리이다.

1600년부터 1603년까지 안토니 콘티노(AntoniContino)의 설계로 만들어졌다. '10인의 평의회'에서 형을 받은 죄인은 누구나 이 다리를 지나 감옥으로 연행되었다. 죄인들은 이 다리의 창을 통해 밖을 보며 다시는 아름다운 베니스를 보지 못할 것이라는 생각에 탄식했다고 한다.

다리로 이어지는 감옥은 조반니 카사노바가 갇혔던 곳으로도 유명하다. 다리를 보고 이어 침하되고 있는 사실을 증명이라도 하듯 비스듬히 기울어진 교회의 종탑 등을 다리 위에서 영상으로 담았다.

기울어진 종탑

베니스

막막한 갯벌 위에
천오백 년 열정이
기적의 터전으로 꽃피웠네.

넘나드는 바닷물로

세월을 씻어 내리고

좁은 수로를 누비는
곤돌라는 삶의 빛으로 흐렀다.

대운하를 돌아가는
육중한 석조건물들이
위용을 자랑하는데

물결을 가르는 뱃머리마다
수많은 탐방객의
탄성의 메아리가 높다.

거대한 물고기 형상의 베니스
그것은
바다 위에 둥둥
짜릿한 인간승리의 감동이어라

　다음은 인근에 있는 세계에서 가장 아름다운 응접실로 불리우는 산마르코 광장과 성당을 둘러보았다.
　현지가이드의 자세한 설명을 듣고 1시간 30분 자유시간 동안 복잡한 미로에서 길을 잃을까봐 좁은 골목길을 수백 미터씩 들어갔다 바로 되돌아 나오는 식으로 반복하여 둘러보았는데, 유리 공예품과 가면 등 각종 상품을 판매하는 화려한 상점들이 관광객을 맞이하고 있었다.

산마르코 광장

　좁은 다리 이래 수로에는 아름답게 장식하여 혼자서 노를 젓는 곤돌라(gondola])가 관광객을 태우고 수로를 누비고 있었다. 물은 시궁창 같은 물로 상당히 불결해 보였다.

　오후 5시 약속장소에 집결 3대의 수상택시를 타고 무선으로 가이드의 설명을 들으면서 베니스 심장부 대운하를 도는데 주변의 5~6층의 미려한 석조건물과 교회 등을 영상으로 담았다. 물결로 인한 주변의 건물 등 구조물을 보호하기 위해 시속 7km로 법으로 제한한다고 했다.

　대형 반원형 목조 다리. 아름다운 조형물이 있는 석조다리. 유리공예의 고장답게 유리 다리 등 명물 다리 밑을 지나기도 했다. 40여 분 동안 대운하 주변을 둘러보고 바다에 나와서는 쾌속으로 10여 분을 달려 버스가 있는 선착장에 도착했다. 현지가이드와 작별하고 버스로 가까이에 있는 City 호텔 501실에 투숙했다.

2016년 4월 20일 (수) 맑음

       7시 30분 피렌체로 향했다. 왕복 6차선 도로변은 유채 꽃 재배지를 비롯해 농작물이 무성하게 자라고 산재된 수목들 사이로 농가들이 보였다.

구름이 약간 있는 파란 하늘이 반갑기만 했다. 산이 보이지 않을 정도로 끝없이 펼쳐지는 이곳이 이태리의 곡창지대 롬바르디아 평야다. 농작물은 대부분 밀이다. 남부로 내려갈수록 밀이 많이 출수(出穗)되고 있었다.

10시가 지나자 대평원은 끝나고 완만한 능선의 산들이 나타나면서 크고 작은 황토색 지붕의 마을들이 많이 보였다. 야산 구릉 지대를 시원하게 달려 피렌체시 가까이 도착하니 활짝 핀 아카시아 꽃들이 우리를 반겼다.

이곳에서도 버스 진입세를 내고 그 영수증을 차량 앞유리에 부착시켜 운행하는데 대당 300~600유로를 낸다고 했다. 베니스와 마찬가지로 이곳도 도로가 좁아 버스는 시내에 들어갈 수 없었다. 10여 년 전에 왔을 때와는 분위가 달라져 있었다.

아르노 강(Arno River)변에서 현지 가이드(홍종철)의 안내를 받아 시내 관광에 나섰다. 도로변의 승용차들을 거의 소형차뿐이다. 심지어는 앙증스런 2인용 차도 많이 보였다. 도로가 좁아 필연적으로 이루어진 현상인 것 같았다.

조금 이른 점심을 스파게티로 했다. 대형 식당인데도 관광객이 밀려들고 밀려 나가고 있었다. 중식 후 가죽세공을 교육하는 학교 앞을 지나 300~500년 된 돌로 포장한 길을 걸어서 피렌체의 양심 성당이라는 산타 크로체 성당(Chiesa di Santa Croce)에 도착했다. 13세기에 지어진 고딕 양식 건물이다. 성당 앞 광장에는 관광객이 무척 많았다. 이 성당이 유명한 이유는 바로 성당 내에 있는 유명인들의 무덤 때문이다. 내부에는 미켈란젤로, 갈릴레오, 마키아벨리, 로시니 등의 무덤이 있고 단테의 가묘가 있다.

산타 크로체 성당

외관만 영상으로 담고 단테 생가로 갔다. 단테(Dante Alighieri, 1265~1321) 하면 베아트리체를 향한 사랑의 주인공으로 한 책 신곡이 있다. 단테의 생가는 중세풍 3층 벽돌집으로 단테가 35세에 추방당할 때까지 살았다고 한다. 건물 외벽에 청동으로 만든 단테의 흉상이 걸려 있는 것을 보고 인근에 단테가 다녔다는 성당 내부도 둘러보았다.

이어 인근에 있는 피렌체를 대표하는 두오모 대성당으로 갔다. 피렌체에서 가장 높이가 큰 건축물이자, 유럽에서는 네 번째로 큰 성당이다. 특히, 하얀색, 핑크색, 녹색의 대리석이 기하학적 무늬를 이루고 있는 아름다운 외관을 가지고 있어, 원래 이름은 '꽃의 성모 마리아'라는 뜻의 산타 마리아 델 피오레 성당이다. 성당의 건축은 1296년 시작되어 1371년 본당이 완공되었다고 한다. 엄청난 관광 인파들 사이로 화려한 외관을 영상으로 담고 줄을 서서 성당 내부도 보았다. 10여 년 전에는 정문으로 들어가 옆문으로 나갔으나 지금은 정문 좌측으로 들어가 정문 우측으로 내보냈다.

다시 가까이에 있는 피렌체의 정치적 사회적 중심 무대가 되었던 '시뇨리아 광장'으로 갔다. 시뇨리아 광장은 중세 이후 지금까지 피렌체의 행정의 중심지다. 지금도 시청사로 사용되고 있는 베키오 궁전과 우피치 미술관이 있다. 르네상스 시대 유명 예술인들의 조각상을 한눈에 볼 수 있는 곳이다. 광장 중앙에는 '넵튠의 분수'가 있고, 분수 옆에는 코시모 1세 대공의 동상이 있다. 또 옛날에는 없던 대형 황금 거북상이 눈부시게 빛나고 있었다.

피렌체는 메디치 가문이 장악했는데 디 비치 메디치는 은행가였으며, 그의 아들 코지모는 정치적으로 수완이 좋아 완전히 권력을 장악했으며 많은 지식인들을 돌봐 주었다. 이 집안에서 두 명의 교황이 선출되기도 하였다. 레오네 10세와 클레멘스 7세가 메디치 가문의 사람들이었다.

관광객이 시장통처럼 붐볐다. 우리 일행은 베키오 궁전 옆 골목길 100m를 지나 아리노강에 있는 2차 대전 중에도 유일하게 파괴되지 않은 피렌체에서 가장 오래된 베키오 다리를 약간 멀리서 보았다. 원래 이 다리는 대장간, 가죽 처리장과 푸줏간이 있었는데, 시끄럽고 악취가 난다고 하여 모두 추방하고 오늘날은 상점이 주를 이루고 있다.

16세기 이후부터 양쪽에 보석상 점포가 늘어서 있게 되었다고 한다. 피렌체가 가죽제품으로 유명한 것은 2,000년 전에 시져가 이곳에 군인을 주둔시키면서 피복을 가죽제품으로 이용한 것이 시작이었다고 했다.

지난번에 와서 보았던 미켈란제로 언덕에서 피렌체 시내를 내려다 보지 못하고, 가죽제품 판매장만 둘러본 후 오후 6시, 버스는 로마로 향했다. 도중에 작은 산 위의 성곽이 보였는데 이것이 중세의 아름다운 마을 오르비에트(Orvieto)로 지금도 사람이 살고 있다고 했다. 이태리 지방은 전란을 피해 산 위로 생활 터전을 마련한 곳이 곳곳에 남아 있기에 관광객들의 호기심의 눈길을 끌고 있었다.

이태리는 GDP가 남부는 2만$, 밀라노 등 북부는 7만$이라고 했다. 세금을 40% 정도 징수하면서 무료교육과 무료진료를 실시한다고 했다. 특히 대학 진학은 쉬운데 졸업생은 5% 미만이라고 했다. 그리고 의사. 변호사, 교사 공무원 등은 보수에 큰 차이가 없다고 했다. 기업은 피아트 회사를 제외하고는 가족경영체제의 중소기업이 대부분이라고 했다.

오후 6시 30분경, 로마시 변두리에 도착했다. 사방 멀리로 산들이 약간 있을 뿐 광활한 지역이다. 옛날에 한번 와 본 적이 있어도 로마 시내가 어느 쪽에 있는지 도저히 모르겠다.

한인이 경영하는 대형 식당에서 한식으로 저녁을 한 후, 1시간여를 휴양지에 있는 숙소를 향해 달리는데 석양의 저녁노을이 아름다운 풍광을 그리고 있었다. 8시 10분경 호텔 등이 밀집해 있는 Tiffang FIUGGI 호텔 212호실에 여장을 풀었다. 이곳에서 3일을 머무를 예정이다.

2016년 4월 21일 (목) 맑음

　　　　오늘은 바티칸시와 로마 시내 관광 예정이다. 7시 20분에 호텔을 나왔다. 아카시아 꽃이 만발한 로마 근교를 시원하게 달렸다.

　낮은 구릉지대로 펼쳐진 대평원 어디에 고대도시 로마가 자리 잡아 있는지 2번째 방문길이지만 도저히 알 수 없었다. 그 옛날, 이 대지를 주름 잡았던 호걸들의 흔적을 상상하면서 원근의 마을들을 둘러보았다.

　8시 10분부터 시내로 향하는 도로는 교통체증이 심했다. 이곳의 차량도 거의 전부 소형차들이다. 장난감 같은 2인용 차도 많이 보였다. 버스는 교통 혼잡지역을 피해 테베레(fiume Tevere)강을 따라가니 9시 10분경에 높은 성벽이 있는 바티칸시 입구에 도착했다. 다행히 입장객이 많지 않아 9시 50분경에 세계 3대 박물관 중의 하나인 바티칸 박물관에 입장했다.

먼저 소지품 등 검색대를 통과하면서 검사를 받았다. 나누어 주는 수신기를 끼고 성베드로성당(Basilica di San Pietro in Vaticano)의 돔을 볼 수 있는 곳으로 긴 에스컬레이터를 타고 올라갔다.

돔이 있는 곳에서 설명을 듣고, 바로 옆에 있는 바티칸시의 상징인 높이 4m의 솔방울 조형물이 있는 정원으로 가서 시스티나 성당에 있는 미켈란젤로의 「최후의 심판(완성까지 4년 소요)」과 「천지창조(완성까지 7년 소요)」에 대한 모형도를 앞에 두고 설명을 들었다. 그리고 내부 관람에 나섰다.

조각의 방 등 현란한 작품을 감상하면서 영상에 담았다. 미켈란젤로 그림이 있는 방에는 촬영도 대화도 제한되어 있어 앞서 모형도로 설명 들은 것을 상기하면서 침묵 속에 눈으로 담고 마음으로 담았다. 사람이 너무 많아 줄을 서서 밀려 나가기에 머물러 감상할 시간적 여유도 없었다.

이어 대형 적색 화강석 욕조와 아름다운 조각을 한 적색의 석관 등이 있는 방을 지나 생활관과 카펫 걸개그림 방을 가이드의 설명을 들으며 감탄 속에 둘러보았다. 그리고 계속해서 세계 최대의 성베드로 대성당 내부를 둘러보고 성베드로 광장에서 바티칸 교황청 전경을 동영상으로 담았다.

가까이에 있는 한인이 경영하는 식당에서 중식을 한 후 버스에 승차하여 푸른 물이 넘실대는 테베레강을 건너 로마 시티 투어에 나섰다.

콜로세움 뒤편

진실의 방을 둘러보고 대기하고 있던 벤츠 지프차로, 2,000년 역사의 로마의 상징물(?), 콜로세움을 찾았다. 콘스탄티누스대제의 개선문 뒤에 있는 콜로세움은 보수 공사를 많이 하였다. 콜로세움의 바깥벽 높이는 거의 50미터이고, 타원형 평면의 장축과 단축은 각각 188미터와 156미터, 둘레가 527미터나 된다.

콜로세움(Colosseum)

로마시 중심에 있는
고대 로마 시대의 걸작품
번영의 상징물 콜로세움

거대한 위용을 자랑하는
장엄하고도
축조(築造)술에 빛나는 원형 경기장

귀족들에게는 잔인한 유흥으로
검투사들에게는 사투(死鬪)의 장으로

비참(悲慘)한 생을 마감하며
연기처럼 사라진 원혼(冤魂)들
켜켜이 쌓인 슬픈 역사가
이천 년 세월로 흘렀어라.

세월의 무게에 허물어진
세계 7대 불가사의(不可思議)로 유명한
찬란한 문화유적은
무한한 상상의 나래
신비의 꽃을 피우고 있었다.

다음은 팔라티노 언덕과 전차 경기장, 미켈란젤로 광장, 베네치아 광장, 그리고 대형 기둥만 남은 시져가 암살된 대형 로마 공회장을 둘러 본 후, 다시 2000년 전에 중심축(기둥) 없는 특수공법으로 완공한 대형건물인 황금의 신전 판테온(Pantheon) 앞 분수대와 천장의 원형창(지름 7m) 등 내부를 둘러보았다. 동전을 던져 사랑을 이루는 트레비 분수(Fontana di Trevi)는 1732년 교황 클레멘스 13세가 니콜라 살비(Nicola Salvi)에게 명해 지금의 모습이 되었다. 트레비 분수의 아름다움은 바로크 양식의 마지막 최고 걸작품이라고도 했다.

분수대 옆 로마의 휴일의 여배우 오드리헵번이 꽃을 받았다는 가게 앞에서 촬영 당시를 상상해 보고 자리를 벗어났다. 오후 6시 30분, 버스에 올라 대통령 궁과 무쏘리니 때 준공한 로마의 중앙역 등을 거쳐 교통체증이 심한 로마 시내를 빠져나와 9시경에 호텔로 돌아왔다.

2016년 4월 22일 (금) 맑음, 비

이탈리아 남부 나폴리로 가기 위해 6시 30분에 출발했다. 산길을 벗어나 맑은 날씨 속에 고속도로를 달렸다. 먼 산 위로는 옅은 구름이 걸쳐 있고 도로변에는 아카시아 꽃들이 많이 보였다. 나폴리가 가까워질수록 조금은 조잡한 비닐하우스가 자주 나타났다. 산티루치아는 나폴리 해안거리의 이름이다. 루치아라는 젊은 여인의 선행과 비운의 삶을 그리는 의미에서 유래되었다고 한다.

버스는 먼저 봄페이로 향했다. 도로 양측으로는 10여 년 전보다는 4~5층 아파트가 많이 세워졌다. 잠자리처럼 TV 안테나가 설치된 것이 옛날 우리나라 모습과 닮아 있었다. 봄페이 신시가지도 많이 변했다. 봄페이는 2천 년 전 베수비오산의 화산폭발로 2만 명 정도 거주하는 이 도시를 삼켜버렸는데, 약 300년 전에 발굴하기 시작해서 지금까지 3/5 정도 발굴되었단다. 유적지 입구에 도착하니 관광객으로 역시 북새통이다.

폼페이(pompeii) 비극

천혜의 풍광을 자랑하는 지중해 연안
은빛으로 수놓는 푸른 바다를 사이에 두고
우(右)로는 낭만이 넘실대는 나폴리와 산타루치아 항구
좌(左)로는 해안절벽에 그림 같은 소렌토(sorrento)

그리고 카프리(capri)섬을 거느린 폼페이
천지분간(天地分揀)도 못 하게 쏟아지는 뜨거운 잿빛 화산재
공포의 암흑. 소용돌이 속에
얼마나 몸부림쳤을까
졸지(猝地)에 매몰된 자연재앙(自然災殃)
속수무책(束手無策)의 대참극(大慘劇)이었네.

심술을 부린 베수비오(vesuvio) 화산은 말이 없고
오(五) 미터 화산재로 생매장되어
눈물도 말라버린 이천 년 세월이 흘렀다.

어둠 속에 석고로 굳어버린
임산부(姙産婦)를 비롯한 수많은 원혼(冤魂)들
구천(九天)을 떠돈 지가 그 얼마이든가

돌로 포장된 골목길. 붉은 벽돌.
원형 극장과 공중목욕탕 등
찬란한 삶의 터전과 함께
이제는
아득한 전설 같은 유적(遺跡)으로 남아
탐방객들의 가슴을 아리게 했다.

출입구도 산듯하게 새로 정비를 해두었다. 출입구에서 돌로 포장된 길
을 따라 들어서니 옛날과는 달리 베수비오 화산이 보이는 넓은 광장에

는 대형 청동 조형물을 여러 개 설치하였고, 유적지를 너무 많이 보수하여 많이 바뀌었다. 지금도 계속 통행금지를 해두고 작업을 하고 있었다.

옛날에 보았던 공동 목욕탕이 있었던 나대지는 옛날의 욕실을 상상하여 복원을 해두었고, 임신부 등 다양한 석고상과 생활도자기가 있었던 곳은 흔적도 없었다. 원형 그대로 보존되어야 실감이 날 것인데 아쉬웠다. 석고상과 생활도자기 등은 창고 같은 곳에 모아 진열하여 쇠창살을 통하여 볼 수 있도록 해두었다.

유적지 인근에서 스파게티로 중식을 하고 11시 10분 쏘렌토(Sorrento)로 가는 완행열차를 타고 종점인 쏘렌토 역에 12시에 내렸다. 아직도 수확하지 않은 유자나무들이 향기를 자랑하고 멀리 올리버 나무 사이사이로 농가들이 점점이 들어서 있었다. 길이 좁은 전통시장에서 유자가 들어간 과자 등을 시식하면서 다양하고 독특한 상품들을 영상으로 담아 보았다. 관광객이 많아 시장이 활기가 넘쳤다.

다시 절벽 길을 갈지자로 내려와 배를 기다리는 동안 카프리 섬 쪽으로 먹구름이 밀려오고 있어 산 정상으로 가는 리프트를 타지 못할까 염려스러웠다.

오후 1시 10분, 만선의 여객선이 카프리 섬으로 향했다. 선상에서 바라보는 쏘렌토는 다시 보아도 그림 같은 아름다운 풍광이었다. 파도도 없는 짙푸른 바다를 30여 분 달려 새하얀 집들이 작은 섬을 덮고 있는 카프리 섬에 도착했다.

인구 4만 명이나 이 작은 섬에 상주 한다니 실로 놀랍다. 먹구름과 안개로 짙어 오는 카프리 섬 정상 투어는 포기했다. 덕분(?)에 필자는 지난번에 들르지 못했던 곳을 보게 되었다. 경사지를 오르는 전동차를 타고 5분 정도 올라가는데, 급경사에 돌출된 기암괴석들 속에 별장 같은 주택들이 있어 황홀한 기분으로 동영상으로 담았다.

쏘렌토 선착장 내려가기 전

정상에는 대도시 시장처럼 붐비고 좁은 골목길 곳곳의 쇼윈도에는 다양한 상품들을 진열해 두었다. 마이클잭슨이 공연하였다는 집과 5성급 호텔이 있는 곳을 지나 아우그스토(Augusto) 미니 정원을 둘러

보았다.

수많은 유명 인사들이 다녀갔다는 풍광 좋은 곳의 다이아나비 신혼여행지 건물을 아쉽게도 가이드는 모르고 있었다. 10여 년 전에 카프리 섬 정상에서 손으로 가리키던 집을 짐작으로 만족해야만 했다. 결국, 안개비가 내리기 시작했다. 우중이라도 리프트 타는 곳까지 가기로 하고 벤츠 짚 차에 올랐다. 아슬아슬하던 절벽 길을 많이 정비하여 두었는데도 여자들은 두려움에 떨기도 했다.

더 이상의 관광은 포기하고 선착장에서 피자 한 판에 12유로를 주고 맛을 보면서 여객선을 기다렸다. 오후 4시 30분에 여객선에 올라 한 시간 지나 5시 30분에 나포리항에 도착했다.

먼저 맞이하는 것은 거대한 누오보 성이다. 누오보 성은 1282년 앙주 가문의 샤를 1세가 지은 누오보 성(새로운 성)이라는 뜻으로 기존에 있던 성과 구분하기 위해 이렇게 이름을 붙였다고 한다.

옛날에 지저분한 거리 낡은 APT들을 새로운 상가 건물이나 아파트로 많이 바뀌어 있었다. 그래도 도로변에 쓰레기는 뒹굴고 있었다. 항구에 정박해 있는 여러 대의 유람선에는 점등이 시작되고 안개비도 그쳤다. 다행히 고속도로는 막히지 않아 저녁 8시 조금 지나 호텔에 도착할 수 있었다.

💬 COMMENT

윤 한 상	15일의 한정된 기간에 서유럽 10개국을 여행하면서 시간 제약으로 정말 바쁘게 다녔는데 이렇게 상세하게 여행기가 나오다니 동행인으로서 존경을 표하지 않을 수 없습니다. 좋은 여행기 공유할 수 있어 깊은 감사 드립니다.
조 기 남	즐거웠던 서유럽 여행의 좋은 사진 작품과 친절히 해설까지 덧붙여 올려 주셔서, 구경도 잘하고 좋은 정보도 많이 가지고 갑니다. 늘 건강하십시오.
카 메 라 맨	자세한 기행문까지 읽으면서 감상한 사진이라서 이탈리아 등 서유럽 몇 개국을 동행한 기분입니다.
초 강	실감 나게 잘 보았습니다. 옛날에 가보았던 추억이 다시 살아나는 것 같았습니다. 부디 건강하시고 좋은 글 부탁합니다. 초강거사 드림.
등 관 악	멋진 기행문 잘 읽었습니다. 실감 납니다. 이게 참다운 여행입니다. 대개 갔다 오면 끝, 어디 갔다 온 것도 모르기 일쑤입니다.
눈 보 라	서유럽 여행기(2부) 올려 주신 문제학 님, 참 감사드리며 그저 부럽습니다. 저는 외국 여행 한 번도 못 가 봤는데, 그저 신비로운 경치입니다.
홍 두 라	서유럽 여행기 저가 직접 여행하는 기분입니다.
雲 泉 / 수 영	서유럽 여행기에 많은 것을 체험하고 오신 줄 압니다. 여행 가서 보고 느낀 상세한 이야기에 감동받습니다.
은 빛	그림처럼 아름다운 나라입니다. 멋진 나라인데 가보지 못하고 글로 대신합니다.
수 장	황금 지붕과 기울어진 종탑 괜찮을까요. 역시 유럽풍입니다.
雲 海 이 성 미	유럽 투어를 일자별로 편집하여 보내주시어 감사합니다. 수고하신 덕분에 편히 구

경 잘하고 갑니다. 건승하시고 행복하세요.

진 달 래 가보지는 못하지만 이렇게 여행기로 감사 느낍니다.

모 르 리 기록으로 남기셨군요. 유럽 가보고 싶은 죽기 전에 가 보련지요. 축하드립니다.

서유럽 여행기

3부

16일 10개국

영국, 네덜란드, 벨기에, 룩셈부르크, 독일, 오스트리아, 이태리, 모나코, 스위스, 프랑스

2016년 4월 23일 (토) 비

　　아침 7시 비가 촉촉이 내리는 속에 미지의 세계 친퀘 테레(Cinque Terre)로 향했다. 친퀘 테레는 이탈리아 라스페치아(La Spezia)의 서쪽에 있는 리구리아 지역에 위치하며, 친퀘 테레를 이루는 '다섯 개의 땅'이다. 몬테로소알마레(Monterosso al Mare), 베르나차(Vernazza), 코르닐리아(Corniglia), 마나롤라(Manarola), 리오마조레(Riomaggiore), 이상 5개의 마을이 해당된다. 다섯 마을과 주변 언덕, 해변은 전부 친퀘 테레 국립공원의 일부이며 유네스코 세계 문화유산이다.

　　조용히 음악을 들으며 달리는 차창가에는 파란 밀밭들이 出穗가 완료되어 풍요로운 풍경으로 다가왔다. 간혹 보이는 우산 소나무 이외는 대부분 활엽수였다. 들판을 지나 산이 나오면 산 정상 부근이나 중턱에 황토색 주택들이 별장처럼 자리하고 있었다.

　　12시 30분경, 도로 양측으로 세계적인 대리석 생산지답게 대리석 하치 또는 가공공장이 줄지어 있었다. 가까이에 있는 지중해 해안을 이용 수출하는 것 같았다. 계속해서 비가 내려 주위의 시계가 흐려 여행길이 우울했다.

　　크고 작은 야자 가로수가 이색적인 라파치아(Lapezia) 해안 중국식당에서 조금 늦은 점심을 하고 가까이에 있는 역에서 해안 절경으로 유명한 5개 마을 중 마나롤라(Manarola)로 가는 오후 2시 55분, 열차를 타고 갔다. 터널을 지나 해안이 나올 때마다 탄성의 소리가 울려 퍼졌다.

잠시 후에 하차하여 절벽의 긴 터널을 통과했다. 우중인데도 관광객이 너무 많아 복잡했다. 절벽 해안가를 돌며 절벽 위의 그림 같은 주택들과 해안 절경의 풍광을 영상으로 담고 사보나(Savona)로 향했다.

비는 그치고 안개구름을 걷어내는 높은 산을 제외하고는 시야가 확 티여 기분이 상쾌했다. 오후 5시경부터는 4차선 산속 고속도로를 구불구불 달리는데 터널이 반복해서 계속되더니 5시 40분경부터는 지중해 해안을 끼고 산 중허리를 지났다. 고속도로는 오직 터널과 높은 다리로만 이루어져 있었다.

수백 개의 터널과 다리로 이어진 고속도로는 이곳이 세계 유일한 곳일 것 같았다. 난공사에 공사비도 엄청나게 많이 투입되었을 것 같았다. 해안 곳곳에는 이름 모를 큰 마을(?)들이 들어서 있고, 온산에 점점이 산재된 황톳빛 주택들이 푸른 숲속에 꽃처럼 피어있는 진풍경이 신기할 정도였다.

　도로는 있는지?, 물과 전기는 어떻게 공급받는지?, 특히 산불이 나면 어떻게 할지 궁금하고 우편물 배달은 불가능할 것 같은 여건이었다. 오후 3시 20분 지나서부터는 터널을 통과할 때마다 눈부신 석양의 햇살이 아름다운 노을빛을 뿌리고 있었다.

　7시 지나서부터는 주택들 사이에 유리온실이 많이 나타났다. 모두 꽃 재배를 하고 있는 화훼 단지로, 이곳의 꽃 축제가 유명하다고 했다. 7시 30분부터는 계속되는 비탈진 산에 산재된 마을(?)에 가로등 불빛이 들어오기 시작하는데, 밤 경치가 장관일 것 같았다.

　7시 50분에 산레모(San ReMo) 해안가에 있는 EDEN 호텔에 도착했다. 오늘 하루 750km를 달려온 운전기사에게 격려의 박수를 보냈다.

2016년 4월 24일 (일) 맑음

　　　8시에 호텔을 나와 세계에서 두 번째 작은 도박의 나라 모나코로 향했다. 오르막길은 좁은 도로라 차량통행이 신호등에 의해 통제될 정도였다. 다시 산허리(8부 능선?)를 돌아가는 고속도로에 들어섰다. 아름다운 지중해 풍광을 끼고 버스는 기분 좋게 달렸다. 날씨가 맑아 여행이 순조로울 것 같아 한층 고조된 마음이다.

　역시 터널은 수없이 계속되었고 산정상의 험한 바위산들이 자랑하듯이 아름다운 자태를 뽐내고 있었다. 8시 28분 도로를 가로막는 기다란 톨케이트를 지나니 프랑스 지역이란다. 프랑스 내에서도 이태리 같이 산 전체에 주택이 산재된 이색 풍경은 계속되었다. 제한속도가

110km, 8시 37분경에 고속도로를 벗어나 모나코로 접어들었다. 도로변 수목들 사이로 모나코의 아름다운 풍광이 눈 아래 펼쳐지자 일시에 환호성을 질렀다.

해안의 만을 끼고 화려한 고층빌딩들은 부의 상징처럼 보였다. 중간쯤 내려가자 이곳에서도 진입세를 내어야 했다. 그리고 빌딩숲 사이로 구불구불 해안으로 내려가는데 경사가 급해 성벽 같은 옹벽도로를 지나 절벽에 있는 지하주차장에서 하차하여 에스컬레이터와 승강기를 번갈아 타면서 지상에 오르니 거대한 석조건물 앞이 나왔다. 모나코의 '해양박물관'이라 했다.

이어서 잘 조성된 해안 공원을 100여m 지나니 모나코 왕자와 결혼식을 올린 그레이스 켈리의 무덤이 안치되어 있는 대성당이다. 바로 인접한 석조건물인 대법원 건물 옆 골목길을 나가면 넓은 광장이 있는 왕궁이 나왔다.

모나코(Monaco)는 면적 2평방킬로미터, 인구는 3만5천 명. GDP는 6만3천 불이란다. 왕궁 앞이 모나코의 중심이고 제일 높은 곳이라 모나코의 전역을 한눈에 조망할 수 있었다. 바다를 향한 왕궁의 좌측에는 즐비한 빌딩숲 아래 아늑한 만에는 수많은 호화 요트들과 여객선 들이 아침 햇살에 빛나고 있었다.

모나코 시내

모나코

바람도 구름도 쉬어가는

바위산 절벽 아래 해안가

험난한 지형에 번영의 꽃을 피웠다.

미려한 빌딩 숲 사이로

짙푸른 지중해의 은빛 물결이

낭만을 실어 나르고

만(灣) 깊숙이 아늑한 곳에

수많은 호화요트와 여객선이
수려한 경관 속에
이국적인 정취로 물들어 있었다.

그레이스 켈리의 까마득한 사연도
풍광으로 어리어 흔들리는
아름다운 도박의 작은 나라 모나코

돌아보고 되돌아보는 곳에
삶의 풍요를 구가(謳歌)하는
그림 같은 풍광의 유혹(誘惑)
꿈결같이 다가온다.

※ 그레이스 켈리(Grace Kelly)는 1956년 모나코 왕자와 결혼하여 두고두고 회자되는
당시 마릴린 먼로와 쌍벽을 이루는 세계적인 여배우다.

　그리고 우측으로는 뒤편 험한 바위산이 병풍을 이루고 곳곳에는
많은 주택이, 해안가에는 고급 아파트들이 역시 요트를 거느리고 풍
요를 자랑하고 있었다. 모나코 전경을 영상으로 담고 10시 10분경 버
스에 올랐다.
　라스베가스와 마카오에서는 기념으로 연습게임을 한 번씩 해보았는
데 이곳에서는 시간에 쫓기어 아쉬운 발길을 돌려야 했다. 경사지역
의 도시라 지하를 두 번이나 회전하는 긴 터널을 지나 시내를 벗어나
고 있었다.
　이어 가까이에 있는 에즈(Eze) 마을로 향했다. 에즈(Eze)는 니스와

모나코 사이에 위치한 인구 3,000명이 조금 안 되는 작은 마을이다. 일명 독수리 둥지라고도 한다. 자그마한 바위산에 터 잡은 에즈 마을은 좁은 골목길을 돌고 돌아 올라가니 작은 정상에는 아름다운 선인장류의 향연이 감동으로 다가왔다.

6유로 옵션이지만 정말 기문 좋은 위치에 처음 보는 진기한 선인장들의 아름다운 자태와 화려한 꽃들을 영상으로 담고 담았다.

에즈(Eze) 선인장 마을

모나코 가는 굽이길에
철학자 니체의 얼이 서려 있는
남프랑스 에즈 마을

독수리 형상의 요새, 작은 마을 바위산을
꼬불꼬불 미로(迷路) 따라 정상에 오르면
지중해 절경. 파노라마에 잠긴
천상의 눈부신 열대 화원에
다양한 종, 고운 자태의 선인장들이 반긴다.

바위틈 사이로 수놓는 진기한 식물들을 지나
일백 년 만에 핀다는 세기(世紀)의 꽃 용설란이
척박(瘠薄)한 땅 절벽을 배경으로 솟아오르는
오(五) 미터 높이의 대형 꽃대의 경이로움이
탄성의 풍경을 이루고

생에 단 한 변 피고 삶을 마감하는
거대한 행운의 꽃대에 흐르는 윤기
감미로운 촉감에 넘치는 생명의 정기(精氣)

용설란 꽃의 당당한 삶
마지막 황금빛 꽃의 아름다운 숨결은
소중한 삶의 의미를 되새기게 했다.

특히 100년 만에 핀다는 높이 5m 이상 되어 보이는 거대한 용설란 꽃대(꽃이 피기 직전임)를 보는 행운도 누렸다. 1시간 반 정도 둘러보고 11시 50분경 아름다운 해변으로 유명한 프랑스의 '니스(Nice)'로 향했다.

다시 해안 절경을 끼고 버스는 달렸다. 역시 지나는 고속도로변 산 전체에 산재된 황토색 주택들 사이로 유리온실이 상당히 많이 나타났다. 진입하는 도로에서 내려다보는 '니스'는 인구 35만 명 정도 되는 아름다운 프랑스의 해변 휴양도시다.

니스 해변

매년 2월이면 세계 3대 카니발로 하나로 꼽히는 니스 카니발이 열린다. 꽃들의 전쟁과 밤의 카니발 퍼레이드, 빛의 카니발 퍼레이드, 기마 행진, 가장행렬, 색종이 날리기, 밀가루 전쟁, 불꽃놀이 등이 축제의 중심을 이룬단다. 특히 이때는 꽃의 지역답게 십만 송이 꽃을 뿌리는 꽃 축제가 볼거리라 했다.

해변으로 향하는 시내 중심에는 폭이 상당히 넓고 수백 미터나 되어 보이는 도심 공원(?)이 시민의 휴식처 도시의 허파 기능을 할 것 같았다. 공원 내는 시민들이 많이 나와 있었다.

공원의 끝부분에 있는 넓은 마세나 광장(Espace Masesena)은 축제의 마무리 행사장이라 하는데 상당히 넓었다. 12시 조금 지나 해변에 도착 자유 시간을 가졌다. 일행 몇 사람과 함께 시내 골목길에 찾아들어가 자율로 중국식당에서 면으로 된 음식으로 점심을 하고 야자수가 늘어선 해수욕장으로 나왔다.

해변의 길이가 3.4km나 되는 반원형 긴 해안선 따라 빌딩들이 늘어서 있고 기나긴 해변에는 반나의 일광욕객들이 많이 나와 있었다.

몽돌해변이라 작은 파도들이 밀려와 사그락사그락 그리며 물 빠지는 소리가 더위를 식혀 주고 있었다. 해안가에서 여유 있는 산책을 하고 오후 2시에 이태리 밀라노로 향했다.

소요 예상 시간은 4시간 정도이다. 오후 4시경에 버스는 해안 고속도로에서 벗어나 밀라노로 향하는 산악지대 고속도로로 들어섰다. 역시 많은 터널과 다리를 지나고 있었다. 다리 높이가 100m 이상 되어 보이는 곳의 휴게소에서 잠시 쉬기도 했다.

오후 5시기 지나서야 산악지대를 벗어나 구릉 지대 대평원이 나왔다. 푸른 농작물이 자라는 지평선 저 멀리 뭉게구름이 유혹의 손짓을 하는 이국땅을 지나고 있었다.

6시경에 밀라노 입구에 들어섰다. 4월 말, 신록들 사이로 자동차 행렬이 줄을 잇고 있었다. 1480년부터 짓기 시작한 두오모 대성당은 축구 경기장의 1.5배 넓이로 약 11,706제곱미터에 달하며 바티칸의 성 베드로 대성당과 스페인의 세비야 대성당 다음으로 가톨릭 대성당으로는 세계에서 세 번째로 크다. 실내는 4만 명의 신자들을 수용할 수 있단다.

세계에서 가장 많은 조각 작품들로 채워져 있는데, 총 3,159개의 조상(彫像) 중 2,245개는 건물 외부에서만 볼 수 있다. 가장 널리 알려진 조각상은 '작은 성모'라는 뜻의 마돈니나(Madonnina)로 가장 높은 곳에 서 있으며 3,900장의 금박으로 덮여 있다.

　고딕 양식의 상징인 거대한 성당을 외관만 둘러보았다. 엠마뉴엘 2 세 명품거리의 화려한 아케이드를 관광하는데 일요일이라 시민과 관광객이 섞여 사람들이 밀려다닐 정도로 복잡했다.

　아케이드를 지나자 유명한 스칼라좌 오페라 하우스극장이 나왔다. 3,000명을 수용할 수 있는 좌석이 있으며, 붉은 카펫과 샹들리에가 화려하다고 했다. 건물 내 박물관에는 베르디, 도니체티, 푸치니의 유품과 악보, 오페라 의상이 전시되어 있다고 했다. 동 극장 앞 광장 중앙에는 「모나리자」, 「최후의 만찬」 같은 명화를 그린 레오나르도 다빈치(Leonardo davinci) 동상이 있다.

　레오나르도 다빈치는 화가, 조각가, 건축가, 발명가, 의학자 등 다양한 학문을 갖춘 르네상스 시대 대표적 인물로 손꼽힌다. 동상 뒤편에 있는 시청사를 동시에 둘러보고 8시경에 인근에서 저녁을 한 후 호텔로 향했다. 밤 9시 40분, Bussoladuo 호텔 250호에 투숙했다.

2016년 4월 25일 (월) 맑음

아침 7시 10분에 스위스 루체른으로 향했다. 구름 한 점 없는 날씨지만 외기온도가 12도로 다소 쌀쌀했다. 2차선 산악도로를 따라 40여 분 넘어가 7시 80분경에 아름다운 호반에 자리한 스위스 국경검문소가 나왔다. 아침 출근길이라 교통체증이 심한 중에도 통근차(대부분 소형 승용차)는 프리패스였다. 이곳에서도 진입세를 내고 통과했다.

8시 40분부터는 험한 협곡이다. 잔설이 남아 있는 높은 산봉우리에는 흰 구름이 풍광을 더하고 있었다. 버스는 다시 왕복 4차선 도로에 들어서서 시원하게 달렸다. 한곳에서는 대형장비로 대리석을 두부모처럼 잘라내는 채석장도 보였다.

스위스는 면적 41,277평방킬로미터, 인구 806만 명, GDP 8만 불이나 된다. 그리고 국토의 2/3가 알프스 산맥이고 70%가 산이란다. 조명이 화려한 터널을 몇 번 지난 후 고타도(Gottardo) 휴게소에서 잠시 쉰 후, 고타도 터널 17km 유럽에서 2번째 긴 터널을 9시 50분에 통과하여 시속 80km로 13분 후인 10시 3분에 빠져나왔다. 터널을 빠져나오자 와! 탄성의 별천지 한겨울 설경이 펼쳐졌다.

곳곳에 캐나다처럼 눈사태에 대비한 터널도 만들어 두었다. 계곡을 사이에 두고 철길도 함께 달렸다. 수많은 터널을 지나는가 하면 파란 초지를 덮은 눈들이 있는 산록변에 농가들은 인적 하나 없이 조용했다.

버스는 짙푸른 호수를 끼고 설경 속을 계속해서 달렸다. 눈으로 덮인 초원과 옹기종기 모여 있는 서구식 마을의 환상적인 풍경에 취해 시간 가는 줄 몰랐다. 10시 47분, 루체른(Lucerne) 시내에 들어섰다.

연초록 잎새가 나풀거리는 가로수를 따라 루체른 중앙역을 통과하여 스위스 용병을 기리는 암벽에 양각된 '빈사의 사자상'을 영상으로 담고, 지붕이 있는 유럽에서 가장 오래된 목조다리인 '카펠교'는 루체른 호수에서 로이스 강이 흘러나오는 양쪽 변에 자리 잡고 있으며, '예배당 다리'를 포함해 여러 개의 다리가 놓여 있다.

길이가 204m에 달하는 이 나무다리는 원래는 도시를 방어하기 위한 시설의 일부로 1333년에 지어졌다. 13세기에 건설된 요새화된 팔각형 수상 탑 앞을 지날 때 눈에 잘 들어오는 명물이다. 타일이 깔린 경사진 지붕이 기둥에 지지되어 다리를 완전히 덮고 있는 다리를 거닐어 보았다. 다리 위는 세계 각국에서 온 관광객들로 붐비고 있었다.

알프스 영봉을 투명하게 담은 루체른 호반의 아름다운 풍경을 동영상으로 담고 11시 50분에 인터라켄(Interlaken)으로 향했다. 험산 준령에는 백설이, 산록변에는 연초록 물결이 끊임없이 이어지는 풍경 따라가는데 물론 터널도 많았다. 긴 터널을 통과하는 도중에 한국서

온 전화를 받는데 통화 음질이 너무 좋아 신기하기 그지없었다.

눈꽃이 바람에 떨어지는 2차선 산길을 한 시간 정도 달리면서 4월의 설경을 마음껏 즐겼다. 여러 개의 푸른 호수와 지루할 정도로 많은 터널을 지났다.

인터라켄 입구 마을에서 한인이 경영하는 식당에서 중식을 하고 뮈렌(Murren)으로 향했다. 인터라켄 마을에서 케이블카를 타고 올라가 대기하고 있는 미니 열차를 타고 함박눈이 내린 숲속을 달려서 뮈렌 마을에 도착했다.

어제 다녀간 관광객은 많은 눈 때문에 실망의 발길을 돌렸지만, 오늘은 울창한 독일가문비 나뭇가지가 휘어지도록 쌓인 폭설의 설경을 즐겼다.

다만 융프라우 정상 부근에 안개구름이 심술을 부리고 있어 아쉬웠지만, 필자는 10여 년 전에 융프라우 정상을 쾌청한 날씨 속에 밟아 본 것으로 아쉬움을 달랬다.

정상의 극히 일부분 이외는 눈부신 풍광을 맑은 날씨 속에 모두 조망할 수 있었다. 마을 전경과 설경 등을 영상으로 담고 오후 3시 35분 프랑스 '뮐루즈(Mulhouse)'로 향했다. 소요시간은 2시간 30분 예상이다.

이름 모를 아름다운 호반을 지나는가 하면 야산 구릉지가 초원 속에 끝없이 펼쳐지고 가끔 보이는 과일나무는 꽃이 만개하여 봄을 재촉하고 있었다. 계속해서 이색적인 풍경 서구식 마을들이 파노라마를 이루고 있었다.

오후 5시 37분, 프랑스 국경지대를 지나는데 제지하는 사람이 없어 논스톱으로 통과했다. 6시 10분에 'Kachan'이라는 대형마트에서 뷔페식 저녁 식사를 하고, 7시 30분 뮐루즈 시내에 있는 SALVATOR 호텔 307호실에 투숙했다.

2016년 4월 26일 (화) 비 흐림

봄을 재촉하는 비가 촉촉이 내리는 속에 아침 8시에 파리로 향했다. 야산 구릉 평야 지대 왕복 4차선을 우중에도 버스는 거침없이 달렸다.

도로변은 대부분 잡목이 수벽(樹壁)을 이루고, 그 사이사이로 푸른 들판과 마을들이 풍경을 그리고 있었다. 자동차는 전부 전조등을 켠 체 꼬리를 물고 있었다. 10시 20분이 되니 파란 하늘이 보이기 시작했다. 물기를 머금은 새잎들은 부드러운 윤기를 흘러내리고 있었다. 현재 파리까지는 350km 청색 이정표가 길 안내를 하고 있다.

평원의 숲속 길은 끝없이 이어지고 방목하는 얼룩소와 흰 소들이 한가로이 풀을 뜯고 있었다. 11시 10분부터는 구릉 야산 지대에는 포도농원이 펼쳐지고 있었다.

휴게소에서 중식을 하고 오후 1시 30분 파리 근교에 대형 풍력발전기가 소리 없이 돌아가는 대평원이 너무 넓어서인지 왕복 6차선이 마치 작은 오솔길 같이 느껴졌다. 밝은 햇살 아래 노란 유채꽃의 눈부신 향연은 지루한 버스 시간을 줄이고 있었다. 2시 30분, 현재 파리까지는 85km 남았다. 이어 파리 요금소를 통과하는데 수 km가 정체되고 있었다.

오후 4시경, 파리 시내에 진입하니 울창한 마로니에 가로수가 분홍빛과 새하얀 꽃송이를 자랑하고 있어 귀한 장면이라 영상으로 담았다.

파리는 면적 105.4평방킬로미터이고, 인구는 224만 명 정도로 서울보다 작은 도시다. 현지가이드 정영숙 씨를 만나 친절한 안내를 받았다.

버스는 세느강(Seine River) 건너 노트르담 성당과 루브르박물관 뒤편을 조망하면서 수많은 다리를 지났다. 그리고 나폴레옹과 부인 조세핀의 관이 안치된 황금색 돔이 있는 엥발리드 군사박물관도 멀리 보면서 신시가지 빌딩이 즐비한 곳에서 한식으로 저녁을 했다.

파리 시내 건물은 석회암석으로 지은 6~7층 건물로 수백 년의 역사를 자랑하고 그 옛날 마차가 다니던 길이라 뉴욕처럼 거의 일방통행으로 차량을 운행하고 있었다. 식사 후, 에펠탑 탐험에 나섰다.

에펠(Eiffel)탑은 1889년 파리 마르스 광장에 지어진 탑이다. 프랑스의 대표 건축물인 이 탑은 격자 구조로 이루어져 파리에서 가장 높은 건축물이며, 매년 수백만 명이 방문할 만큼 세계적인 유료 관람지이다.

이를 디자인한 귀스타브 에펠의 이름에서 명칭을 얻었으며, 1889

년, 프랑스 혁명 100주년 기념 세계 박람회의 출입 관문으로 건축되었다. 에펠탑은 그 높이가 324m이며, 이는 81층 높이(전체 3층으로 구성되어 있음)의 건물과 맞먹는 높이이고, 철의 무게로는 10,100톤이나 사용되었다.

일행은 안내원의 안내에 따라 거대한 철근 구조물 사이로 2층(높이 115m)으로 순식간에 올라갔다. 파리 시내를 사방으로 조망하면서 영상으로 담았다.

오후 8시에 세느강 유람선에 승선했다. 수백 명이 동시에 탑승하는 유람선을 타고 폭 30~200m인 34개의 다리가 있는 세느강 일부를 둘러보는 것이다. 저녁노을이 내려앉는 세느강변의 아름다운 풍광을 즐기면서 한 시간 정도 유람을 했다.

유람선의 회항(回航)은 1350년에 준공한 고딕 양식의 보석 노트르담(Notre-Dame) 성당에서 하였다. 하선(下船)할 때는 오후 9시를 지나면서 에펠탑은 황금색으로 물들고 있었다.

에펠탑(Eiffel Tower)

파리 심장부의 상징물
영원한 검은 보석이어라

일만 톤을 자랑하는
장엄한 위용의 자태
삼백 미터를 굽어본다.

시내를 휘감아 돌며
번영의 빛을 뿌리는
세느강을 거느리고

인간 세상의 온갖 소음을
침묵으로 지켜온 세월이
그 얼마이든가

파리의 밤하늘
어둠을 사르는
휘황찬란한 황금불빛

숨 막히는 풍광은
만인의 가슴을
흥분의 도가니로 물들이는
살아있는 이정표였다.

인간 전시장을 방불케 하는 세계인들이 북적이는 파리의 아름다운 야경을 눈으로 즐기면서 영상으로 담았다. 부족한 파리 시내 관광은 내일 둘러보기로 하고 EGG 호텔 223호실에 여장을 풀었다.

2016년 4월 27일 (수) 맑음

청아한 아침 새소리에 파리에서 마지막 잠을 깼다. 8시에 루브르박물관으로 향하는 데 출근 시간이라 교통체증이 심했다. 개선문을 돌아 콩고드 광장, 국회의사당을 거쳐 9시 35분에 세계 3대 박물관 중의 하나인 루브르박물관 지하 대형 주차장에 도착했다. 이미 관광버스가 많이 도착해 있었다.

1793년 루브르 궁전이 나폴레옹 1세 때 박물관으로 시작, 1981년에는 미테랑 대통령의 계획으로 전시관이 확장되고, 1989년 박물관 앞에 건축가 I.M. 페이(Ieoh Ming Pei)의 설계로 유리 피라미드를 세우면서 대변신을 하게 되었다. 현재 루브르박물관의 225개 전시실에는 그리스, 이집트, 유럽의 유물, 왕실 보물, 조각, 회화 등 46만 점의 예술품이 전시되어 있다. 대형 삼각형 투명유리 피라미드 아래서 박물관 현지 가이드 박상희 씨의 안내를 받아 설명을 들었다.

제일 먼저 밀로의 비너스(Venus de Milo)상이 있는 대리석상실을 먼저 보았다. 밀로의 비너스상은 고대 그리스의 대표적인 조각상 가운데 하나로, 기원전 130년에서 100년 사이에 제작된 것으로 추정되고 있다.

그리스 신화에서 사랑과 미를 관장하는 여신인 아프로디테(로마 신화의 비너스)를 묘사한 대리석상으로, 길이는 203cm이다. 밀로의 비너스는 1820년 4월 8일, 당시 오스만 제국의 영토였던 밀로스 섬의 농부 요르고스 켄트로타스에 의해 발견되었다.

그리고 나폴레옹 대관식의 대형 그림이 있는 곳 등을 둘러보았다. 특히 방탄유리관 속에 전시된 16세기 르네상스 시대에 레오나르도 다빈치가 그린 초상화 모나리자(Mona Lisa)상은 옛날(10여 년 전)과는 달리 상당히 넓은 방으로 옮겨놓아 관람객의 편의를 도모하고 있었다.

박물관 내를 한 시간 정도 둘러보고 박물관 밖을 나오니 한창 만개하고 있는 마로니에 꽃이 반겼다. 옛날 왕궁으로 사용했던 거대한 석조건물 루브르박물관 전경을 영상으로 담았다.

콩코드 광장(1755년, 가브리엘에 의해 설계된 이 광장에는 원래 루이 15세의 기마상이 설치되어 있었기 때문에 '루이 15세 광장'으로 불리었다. 이후 프랑스 혁명의 발발로 기마상은 철거되고, 이름도 '혁명 광장'으로 고쳐졌다. 1793년 1월 21일, 프랑스 혁명 중에는 루이 16세가 이곳에서 처형되었고, 10월 16일, 왕비인 마리 앙투아네트가 참수된 형장이기도 했다. 1795년 현재, '콩

코드 광장'이라는 이름으로 불리고 시작했고, 공식 이름이 된 것은 1830년이
다. 콩코드(Concorde)는 화합의 뜻이란다.)을 지나 콩고드 다리를 건너
황금색 돔이 있는 엥발리드 군사박물관 부근을 지나 시내에 있는 식
당에서 달팽이 요리가 포함된 프랑스 현지식으로 점심을 했다.

그리고는 미라보다리라는 시로 유명한 미라보 다리를 건너고 세느
강 가운데 자유의 여신상과 그 건너편으로 에펠탑을 보면서 개선문
에 도착했다.

개선문은 전투에서 승리한 것을 기념하기 위해 1806년 나폴레옹에
의해 기공되어 그의 사후에 준공된 세계 최대의 개선문이다. 프랑스
역사 중 영광의 상징으로 높이는 50m이다. 이 개선문을 중심으로,
샹젤리제 거리를 시작, 12개의 거리가 부채꼴 모양으로 뻗어 있단다.
먼저 개선문의 외관을 영상으로 담고 광장 아래 긴 지하통로를 지나
개선문으로 가서 직접 만져보고 그 섬세함을 둘러보았다.

개선문의 바로 아래에 있는 무명용사의 무덤은 사계절 등불이 꺼

지는 일이 없고 헌화가 시드는 일이 없단다. 시간이 없어 샹젤리제 거리를 거닐어 보지 못했다. 역시 옛날에 한 번 거닐어 보았기에 미련은 없었다.

화려한 백화점에서 간단한 쇼핑을 하고 오후 3시에 몽마르트 언덕으로 향했다. 몽마르트르(Montmartre) 언덕은 해발 130미터밖에 안 되지만, 사방 100킬로미터 안에 이보다 높은 산이 없는 프랑스인에게는 제일 높은 곳이다.

몽마르트 언덕 가장 높은 곳에 자리한 성심 대성당은 건축가 폴 아바디의 설계로 1919년 완공된 건축물로, 하얀색 대리석의 웅장한 성당이다.

그 옆에 있는 테르트르 광장에는 지금도 화가 지망생들이 이곳에 모여 관광객에게 초상화를 그려주고 있었다. 상인들에 의해 밀려나 자꾸만 위축되고 있는 것 같았다. 고흐, 세잔느 등 수많은 예술가를 배출한 유명한 곳이란다.

몽마르트 언덕의 성심성당

　다시 서둘러 파리 국제공항으로 향했다. 현지시각 오후 7시 50분, 아세아나(OZ 502)기로 출발, 항속거리 8,932km, 비행시간 10시간 22분 소요, 인천 공항에는 한국 시간 28일 오후 2시경에 도착. 긴 여정을 마무리했다.

💬 COMMENT

홍 　두 　라	서유럽 여행기 제가 직접 여행하는 기분입니다.
雲 泉 / 수 영	서유럽 여행기에 많은 것을 체험하고 오신 줄 압니다. 여행 가서 보고 느낀 상세한 이야기에 감동받습니다.
소 당 / 김 태 은	맨 마지막 글 중 인천공하=항으로 수정하세요. 아마도 천재가 아닌 듯싶어요. 머릿속에 넣기도 힘든 연세, 일일이 메모하려면 쉽지가 않고…, 저녁 밤에 정리해 놓는다 해도 시간까지…. 아마도 여행기 수필 천재 왕왕왕.
윤 　한 　상	저는 이 여행기를 모두 인쇄하였습니다. 60매입니다. 이 많은 글의 양, 보석 같은 내용과 사진들, 여행 내내 현장을 담아 별도로 전해 받은 동영상 기록물 등 서유

럽 10개국 15박 16일의 여정을 먼 후일까지 편안히 앉아서 하나하나 소상하게 되돌아볼 수 있게 되어 큰 혜택을 입고 있습니다. 감사를 넘어 저의 행운입니다.

카 메 라 맨	기행문과 함께 사진 감상하기는 드물었습니다. 다녀온 곳이지만 새로움을 느낍니다. 감사합니다.
강 옥 희	정말 기록을 잘하셨습니다. 저도 가본 곳도 있고 아직 가지 못한 곳도 있기에 지면을 통해 다시 여행 기분에 젖어 봅니다. 땡큐!
미 량 국 인 석	서유럽 여행기 소설 속에 등장하는 그 유명한 명소들을 숫자 하나도 빼놓지 않으시고 기록하신 꼼꼼함에 감탄을 금할 수가 없습니다. 여행기 책을 펴내신다면 여행을 앞둔 여행객들에게 좋은 자료로써 손색이 없을 듯합니다. 장문의 여행기 즐감 해봅니다. 감사합니다. 소산 선생님!
눈 보 라	우리 문재학 님, 여행기를 이처럼 소상하게 적는 분이 없는데 참 대단하십니다. 아주 상세하게 여행문을 나열해주셔서 마치 갔다 온 것처럼 설명을 봅니다. '몽마르트 언덕의 성심성당' 너무나 멋지고 정교한 성당 건물입니다.
헵 시 바 기 주	대단하십니다. 선생님 제가 이 글을 읽으면서 생각 난 게 있다면 선생님은 치매에 걸리시지는 않을 것 같아요. 마을 이름을 하나하나 기억해야 하니까요. 건강 조심하시고 고운 밤 되십시오. 샬롬.
白雲 / 손 경 훈	가본 듯 생생한 여행기 고맙습니다.
선 화 공 주	몽마르트 언덕 끝까지 올라가서 받던 생각이 나네요. 에펠탑 전망에서 내려다본 파리 시내 전경이 지금도 눈에 선합니다. 여행은 언제 떠나도 좋으시죠. 덕분에 옛 추억 더듬어 봅니다.
수 장	정말 멋지시네요. 유럽 여러 개의 나라를 여행할 수 있다는 게 좋고요. 잘 보고 갑니다.
은 빛	여러 나라를 갔다 오셨는데 잘 기억을 하십니다. 전 구경하는 것도 바빠서 적는 건 더욱 어렵던데요. 여행기 즐감합니다.
조 약 돌	모두가 문화적인 조각품 같아요. 좋은 구경 감사합니다.

| 진 달 래 | 어느 부모는 자식에게 여행을 많이 하라고 했습니다. 듣고 보는 것이 그만큼 지식과 마음을 배우는 것이 생각합니다. |

| 雲 海 **이 성 미** | 유럽 여행기 촘촘히 상세히 적어주셔서 서유럽 여행에 많은 도움이 될 것 같습니다. 선생님, 고맙습니다. |

영국·프랑스·이탈리아·스위스 여행

2004. 8. 24. ~ 2004. 9. 2. (10일간)

퇴직공무원 친목 모임에서 부부동반 하여 합천에서 8시에 출발 10시경에 김해공항에 도착했다. 미리 나와 있는 이O진 가이드 주선으로 12시에 JAL(968호)기 탑승 일본 경유 유럽 4개국(영국, 프랑스, 이태리, 스위스) 10일간의 여행길에 올랐다.

오후 1시 10분경, 오사카 간사이(관서) 공항에 도착, 입국 수속은 단체라 조금 늦은 2시경 완료되었으나 연결편이 없어 하룻밤 오사카에서 머물기로 했다. 공항역에 있는 nikko 간사이 에어포트 호텔에 여장을 풀고, 15시 40분경 TR 열차를 타고 출발 천왕사역에서 다시 갈아타고 오사카 성 천수각에는 17시 30분경 도착했다.

너무 늦어 천수각 내는 입장 못 하고 성 외곽만 둘러보았다. 필자는 수년 전 일본 방문 시 천수각 내를 돌아보았지만 오사카 성 내부 관광을 못 해 아쉬워했다.

경내만 관람 후 18시 30분경 성의 구내식당에서 저녁을 했다. 저녁 식사 후, 지하철과 철도를 갈아타는 등 21시가 지나서야 니코 공항호텔에 도착했다. 공항호텔치고는 상당히 시설이 편리하고 깨끗했다.

2004년 8월 25일

9시에 호텔을 나와 간사이공항에 도착했다. 일행은 소지한 달러를 전부 유로화로 환전하였다. 필자도 공항 내 유리바 은행 출장소에서 유로화로 환전했다. 그 과정에서 각각의 수수료를 제하고 200불을 150유로로 바꾸고 잔돈 460엔을 받았다.

다시 검색대를 거쳐 출국 수속을 밟고 면세점에서 면도기 5개 2만 2천 엔에 신용카드로 매입했다. 이때 500엔 쿠폰 두 장을 받았는데 즉석에서 먹거리에 사용하였다.

11시 25분 JAL 968호 여객기 좌석 번호 61A(창가)에 탑승, 런던행 장거리에 올랐다. 여객기에서 내려다본 일본은 경지정리도 잘되었고, 임상(林相)도 아주 좋아 보였다. 뭉게구름이 지상 가까이 아름다운 수채화를 그리고 있었다. 그리고 그 위 수백 미터 상공에는 검은 구름이 한층 더 떠 있는 것이 이색적인 풍광을 그리고 있었다.

여객기 기내에는 영국인으로 보이는 남자가 일본어를 쓰면서 서빙을 하고 있었다. 육지를 지나 바다 위를 나르다 보니 바다 위에 떠 있는 구름이 마치 파란 하늘 위에 구름이 떠 있는 것 같고 진짜 하늘은 구름 한 점 없는 푸른 하늘이다.

마치 하늘이 바다 같고, 바다가 하늘 같아 모두 아래위 색깔이 똑

같아 구별이 안 되었다. 캄차카 반도 쪽으로 수직으로 북향하고 있는데 러시아 영공을 통과할 것 같았다.

현재고도 8,800m, 시속 907km, 외기온도 −30℃이다. 런던까지 도착 거리 8,606km 남았다. 러시아 동해안 쪽은 산이 비교적 높고 울창한 숲으로 덮여 있고 도로나 인가는 보이지 않았다. 얼마를 갔을까? 해안선 따라 파도가 심하게 치고 있었고, 여객기는 해안선을 따라 계속 북쪽으로 가고 있었다. 더디어 러시아 내륙으로 접어들었다.

하천과 초지 일부를 제외하고는 도로도 인가도 계속 보이지 않았다. 오직 끝없는 산악지대다. 그러나 계절이 8월이라 그런지 빙설은 보이지 않는다. 어쩌다 도로는 간혹 보였다.

역광을 받아 나직이 떠 있는 뭉게구름들이 솜털처럼 부드러워 보였다. 커다란 강과 습지대가 나타나도 인가나 경작지는 보이지 않고 가끔 도로는 보였다. 도로 따라 인가와 목초지 일부를 처음 발견했다. 그리고 넓은 습지대 등은 불모지 땅 같아 보였다.

기찻길 이외는 보이는 도로가 전부 비포장이었다. 현재 지나는 곳이 하바로브스구 지역이라 영상에 자막이 나온다. 가물에 콩 나듯이 도로와 인가가 보였다.

시베리아 상공을 지날 때는 외기온도가 −45℃이고, 밖은 눈부시게 밝아 여객기 창문을 통하여 뜨거운 열기를 느낄 수 있었다. 아래쪽은 구름만 가득했다. 시베리아 상공 1/4쯤 지난 것 같은데 역시 빙설은 보이지 않았다. 현재 남은 거리 5,920km 한국 시간으로는 17시 16분이고, 영국 현지 시간으로는 오전 9시 15분이다.

한국과 영국의 시차는 8시간 정도이다. 시베리아 툰드라 지역 상공을 지나는지 대부분 희색 물이끼 같은 것과 질펀한 습지 같은 것만 있어 황량하기 그지없었다. 물이 있는 곳은 아직도 일부 얼어있는 것 같았다.

이제 남은 비행시간 2시간 30분 필란드와 러시아 경계지역인 것 같았다. 늪지처럼 생긴 바다 위에 산재된 육지에 도로와 농지 주택들이 상당히 많이 있었고, 경작지 주위의 숲도 울창한 것 같았다. 바다가 많아 교통이 상당히 불편할 것 같았다. 농토를 중심으로 독립된 주택이 많이 보이고 배는 보이지 않았다. 그 위로 흰 뭉게구름이 나직이 환상적으로 떠 있었다. 그동안 내내 하늘이 맑아 기분이 좋았다.

앞으로 남은 시간 1시간 40분, 현재 스톡호름, 코펜하겐을 지나는가 싶더니 이내 암스델담과 노스델담을 지나고 있었다.

낮은 흰 뭉게구름 사이로 노는 땅 없이 경작을 하고 있는 평야 지대를 통과하더니 도착 198km 남겨두고 고도를 낮추기 시작 계속 하강했다. 런던 주위는 짙은 안개구름으로 휩싸여 있었다.

도착 예정시간 15시 50분 서울시간 23시 50분이다. 착륙 안내방송이 나왔다. 구름 사이로 런던 근교가 보였다. 경지정리는 안 되어 있는 것 같은데 대부분 밭이다. 경작지 곳곳에 부락이 보였다.

산은 전혀 보이지 않는 평야 지대였다. 드디어 런던 시내다. 빨간 지붕 단층 건물로 보이고 도로정비도 템스 강을 중심으로 잘되어 있었다. 시내는 숲이 비교적 많았다. 일부는 검은 지붕도 집단으로 있었고, 주택들 사이에 공원과 학교 운동장 그리고 APT도 보였다.

조금 더 내려오니 단층으로 보이던 집들이 2~3층 건물이고 아주 질서 정연하게 계획적으로 되어 있었다. 도로 교통체증도 없어 보이고 골프장도 곳곳에 보였다. 드디어 안착했다. 현재 런던의 날씨는 약간 흐렸다. 런던 히드로 공항은 오래되어 그러한지 모든 것이 낡아 보였고 어두웠다. 입국 수속도 원활치 못한 것 같았다.

영국의 차는 호주, 일본과 함께 좌측통행이다. 런던은 우리보다 9시간 늦게 가고 지금은 서머타임 중이라 8시간 차이라 했다. 프랑스 이태리 스위스는 7시간 시차다. 처음 여객기에서 내릴 때는 날이 흐렸는데 입국 수속 후 나오니 비가 내리고 있었다. 듣던 바대로 항시 우산을 갖고 다니라는 말이 실감 났다.

거리에는 TV에서 보던 2층 버스와 불랙캡이라는 검은 택시가 많이 보였다. 공항서 시내로 들어오는 길이 약간 복잡했다. 이내 비가 그치더니 구름 사이로 파란 하늘이 보였다.

영국의 집은 골목길 없이 수십 미터 일렬로 연결된 집이고 도로변에 접하여 지어진 것이 특이했다. 대개 3층이고 담장은 보이지 않았다. 1미터 내외의 검은 철책들이 인상적이었다. 그리고 정원은 집 뒤쪽에 있다 했다. 미국 캐나다와 같이 도로변 쪽에 넓은 잔디밭이 있는 것과는 반대였다.

런던 현재시간 19시 아직 밝았다. 여기는 21시가 되어야 해가 진다고 했다. 시내 레스토랑에서 빵과 비프스택 등으로 저녁을 했다. 영국은 파운드 화폐를 사용한다는데 물가가 상당히 비싸다고 했다.

저녁 식사 후, 시내를 한참 벗어나 교외에 있는 wembley rlaza 호텔에 여장을 풀었다. 8월 하순이지만 현재의 런던은 섭씨 20도 내외 정도로 활동하기 좋은 날씨였다.

2004년 8월 26일

아침 7시에 현지 가이드 전ㅇ선의 안내를 받아 하이드 파크로 향했다. 차창 밖으로 비각과 비석이 있는 공동묘지 같은 곳을 지났다. 영국은 빅토리아 시대 때부터 붉은 벽돌을 사용해 왔단다. 영국의 운전대가 오른쪽에 있는 것은 옛날 마부가 오른쪽에 앉아있던 습관 때문이라 했다. 영국이 마일(1마일 = 1.6km)을 처음으로 사용한 나라이다. 이것이 현재 세계적으로 사용하고 있다.

영국은 잉글랜드, 스코틀랜드, 아일랜드, 웨일즈 등 4개 권역의 독립된 왕국으로 이루어진 나라다. 면적은 우리나라 남북한 합친 1.1배, 즉 남한의 4배 정도이고, 산이 10% 가용면적은 남한의 4배 정도라 했다. 크고 작은 공원이 1,700개, 골프장이 2,500개가 있다고 했다.

하이드 파크에 있는 메모리얼 공작 동상

옛날 영국의 해가 지지 않는 나라 54개국 식민지를 지배하는 때에는 인구가 17억이나 되었다고 했다. 공원면적이 75만 평이나 된다는 하이드 파크에 도착했다. 1851년, 박람회를 성공적으로 개최한 알버터 메모리얼 공작(빅토리아 여왕 남편)의 동상(조형물) 앞에서 기념사진을 남겼다.

길 건너편에는 7,500석을 자랑하는 영국의 대표적 로얄 알버터홀(서울의 세종 회관은 3,500석 규모)이 있었다.

로얄 알버터홀

다시 버스는 나폴레옹 시대 때 장군이었던 웰링턴 장군의 아취와 동상이 있는 곳을 지나고 버킹검 궁전 후문(전 궁을 전기 철조망으로 보호)을 통과 버킹검 궁전 정문에 도착했다. 시내 도로는 2~4차선이다. 궁전 앞 광장은 상당히 넓고 일부는 도로로 이용하고 있었다.

방이 600개나 된다는 버킹검 궁전(석회석 석조건물=석회석 석조건물은 돌이 경도가 낮아 다듬기 쉽지만, 세월이 흐르면 경도가 높아짐.) 정문에서 사진을 남겼다.

버킹검 궁전 앞의 석조 가로등도 웅장하였다. 여왕이 있으면 근위병이 4인이 되고 여왕 깃발이 오른단다. 없으면 근위병은 2인으로 바뀐다. 시간에 쫓기어 근위병 교대식을 보지 못하는 것이 아쉬웠다.

버킹검 궁전 앞

다시 가까운 거리에 있는 웨스트민스터 사원(교회)를 찾았다. 여기서 장례식 또는 여왕 대관식과 예식장 등을 시행한단다. 다이에나 장례식도 이곳에서 한 모양이다. 지하에는 3,000구 시신이 안치되어 있고 참배객이 많이 찾는다고 했다.

세계 감리교 총본부 건물의 지하 화장실을 이용해 보았는데 수세와 건조가 동시에 해결되었다. 영국은 미국과 마찬가지로 중심가 거리에도 간판은 없었다.

윈스턴 처칠 동상을 지나 국회의사당으로 향했다. 템스강변에 있는 고딕체의 국회의사당은 대형 석조 건물로 아름답기 그지없었다. 영국의 런던 중심을 흐르는 템스강은 하폭이 100~150m 정도 볼품이 없었다. 템스강 강변에 방탄유리로 만들었다는 영국 정보국 MXⅡ를 지났다. 다리 건너 디자인이 특이한 아파트를 신축 중이라 동영상으로 담아 보았다. 영국은 우선 고층 아파트가 별로 눈에 띄지 않았다.

다리를 건너와 템스 강 건너편에서 국회의사당 시계탑을 배경으로 사진을 남겼다. 국회의사당의 고딕 양식의 8부 부위에 있는 거대한 시계는 많은 사람의 시선을 끌고 있었다. 이유는 모르지만, 영국 황실은 하원에는 못 들어간단다.

버스는 나이팅겔 박물관을 지나고 런던 구 시청도 통과하면서 타워브리지로 향하고 있었다. 타워브리지는 8년간의 공사 끝에 1894년에 완공한 것으로 우리나라 영도다리보다 30년 앞선다고 했다. 또한, 완공 이후 한 번도 고장 없이 작동되고 있다고 했다.

타워브리지

영국은 1863에 세계 최초 지하철(언더 그라운더)을 만들어 운행하고 있다. 타워브리지 부근의 길 건너편에 유령의 집을 관람하기 위해 평일인데도 관람객이 장사진을 이루고 있는 것을 보니 내용이 상당히 궁금한데 둘러보지 못해 아쉬웠다.

타워브리지와 공원을 사이에 있는 영국 런던시청 건물은 에너지 절약형(외벽은 거의 유리로 이루어짐)으로 지었다는데 불안해 보이는 25% 기울기로 건축되어 있었다. 건축 모양이 독특하여 모두 동영상으로 담았다.

런던 시청

시청에서 템스강 건너편에 런던탑이라는 낡은 건물은 옛날 정치범 감옥이란다. 그 옆에 지붕이 마치 탄환처럼 생긴 묘한 건물은 스위스 보험회사였다.

영국의 대표 상징물인 타워브리지 다리를 건너서 옛날 정치범 감옥 (런던탑)을 지나면서 보니 건물 주위에 물은 없지만 오사카 성처럼 수로(해자)를 만들어 두었다.

900년 전 감옥치고는 건물이 상당히 웅장했다. 오늘따라 날씨가 쾌청하여 기분이 좋았다. 이곳저곳을 둘러보고 복잡한 시내를 한참 돌아 한인이 운영하는 '아랑'이라는 한식 식당에서 한식으로 식사했다.

런던 시내는 2층 버스가 자주 다녔다. 영국의 택시는 한 회사에서 만든다고 한다. 런던의 택시는 1만8천 대나 된다고 했다. 또 운전석 옆에는 승객이 앉을 수 없고 뒷좌석에 5명이 마주 보고 앉도록 되어 있단다. 택시비가 비싸지만 대신에 대단히 친절하단다. 택시 면허는 먼저 영국 정부서 추천해야 하고, 런던 시내 지리를 완전히 익혀야 하는 등 면허 따기가 어렵단다. 그리고 택시비 바가지가 없다는 것은 우리나라도 본받아야 할 것 같았다.

넬슨 제독 동상이 있는 트리팔 광장에 도착했다. 동상 뒤쪽으로는 국립 미술관이 있었다. 또 그 옆에는 카나다 대사관도 있었다. 버스

옆면에 'the original tour'라고 쓴 2층을 open한 관광버스가 시내 곳곳에 자주 지나다녔다.

런던의 중심가인 차이나타운 거리를 마주한 우측에는 런던의 50여 개의 극장이 있었다. 다시 대영박물관에 도착했다. 대영박물관의 아 프리카관 쪽은 1923~1924년에 걸쳐 완공했단다.

박물관 정문

박물관 내 GREAT COURT(잔디코너)를 컴퓨터로 제단하였다는 기 술로 천정(하늘)을 완전 유리로 가렸는데 그 기술이 놀라울 정도였다. 그 가운데 위치한 거대한 원형 도서관은 크기도 하지만 내부의 장서 정리와 천정의 조형물과 그림이 감탄할 정도라 영상으로 담아 보았지 만, 규모가 너무 커서 한 장의 사진으로는 잡기 힘들었다.

박물관 내 석조 조형물(건물 기둥, 인물 석상, 관, 불교 유품 등 다양함) 등을 여기저기를 둘러보고 100세까지 살면서 64년간 독재를 하고 아 들도 100명을 두었다는 이집트 납세스 2세 왕(파라오) 동상을 사진에 담았다.

납세스 2세 왕 동상

　대영박물관을 2시간 반에 걸쳐 둘러보고 워터루역 뒤에 있는 유로
스타역에 도착했다. 역에 도착하니 많은 승객들이 밖에서 대기하고
있었다. 이유인즉 폭탄 설치 루머 때문이란다. 잠시 기다리다가 열차
시간에 쫓겨 급하게 절차(공항처럼 검색이 철저했음)를 밟은 후 현지 시
간 17시경, 3층으로 보이는 곳에서 15호 열차에 무사히 승차할 수 있
었다.

　유로스타 열차는 런던서 파리까지 도버 해협에 해저 터널로 연결한
것으로 파리까지 소요 시간은 2시간 반 정도이고, 최고 시속 270km
까지 낸다고 했다.

　영국 쪽 지역을 한참 가다가 해저는 잠시(20분 정도) 지나 버렸고, 프
랑스 지역은 노르망디 상륙작전 부근인지 평야가 끝없이 펼쳐지고 있

었다. 경작지는 대부분 밭이고 곳곳에 농로 따라 농가가 산재해 있었다. 밭 주위나 농로 변 혹은 하천 변으로 잎이 하얀 수양버들 같은 올리브 나무들이 많이 보였다. 밭에는 대부분 채소나 목초를 재배하는 것 같았다. 계속하여 얕은 구릉지 같은 야산이 가끔 보이면서 끝없는 평야가 이어지고 있어 목가적인 분위기를 자아내고 있었다.

어둠이 내릴 무렵 파리 근교가 가까워졌는지 저층 아파트가 보이기 시작했다. 이어 고층 아파트도 나타나더니 파리의 리옹역을 지나 파리 본 역에 내렸다. 시간은 21시를 가리키고 있었다. 아무런 제지 없이 프랑스에 입국한 셈이다. 꼭 자기 국내를 다니는 분위기였다. 다시 2층 버스(유럽의 나라들은 버스 높이를 높여 아래쪽은 짐칸으로 만들어 많은 여행객들의 짐을 쉽게 처리하도록 하고 있었다.)에 올랐다.

파리 시내 건물은 모두 수백 년은 된 것 같은 석조 건물로, 대개 높이가 6~7층 정도로 일정하고, 도로도 좁고, 아파트는 보이지 않았다. 건물은 런던과 달리 미려했다. 아래층은 상가로 2~3층은 사무실 또는 주거 그 이상 층은 주거용이란다. 그리고 영국과 마찬가지로 지금은 별로 이용 안 한다고 하지만 옥상에는 벽난로 굴뚝이 즐비했다. 건물 외형이나 높이가 거의 비슷했다. 같은 시기에 지었거나 행정에서 규제를 철저히 하는 것 같았다. 조명이 적어 거리는 다소 어두웠다. 런던 거리도, 프랑스 파리 거리도 전기 전화선이 전부 지하로 정리하여 거리는 가로등 이외는 전선이 없어 깨끗했다.

시내를 빠져나와 8차선 고속도로에 들어서서(파리의 동부 쪽 25km의 노아져르지라는 지역.) 25분 정도 달려 프랑스 교외에 있는 mercure hotel에 도착하여 216호실에 여장을 풀었다. 호텔 시설은 상당히 좋았다.

　　아침 6시에 일어나 호텔 밖을 나와 보니 투숙한 mercure hotel은 근교 지역의 중앙에 위치해 있고 건물 전체가 반원형 유리로 된 16층 건물이었다. 호텔 앞 호수에는 분수대가 시원한 물을 뿜고 있었고 원앙새가 한가로이 놀고 있었다. 투명 승강기(2대)를 타고 위층으로 올라 주위를 둘러보니 아파트, 상가, 주택지의 가운데 자리 잡고 있었다. 조경을 잘해 둔 기분 좋은 hotel이었다.

　호텔을 나서기 전 로비에서 파리에 온 지 25년이나 된다는 정○영 현지 가이드를 만나 인사를 나누었다. 프랑스는 한국보다 위도가 높은 48도나 되지만 해양성 기후라 온난하여 겨울 온도가 최저 0~5℃밖에 안 된단다.

　9시 50분, 현지 가이드의 안내에 의거 파리 시내로 향했다. 프랑스는 55만㎢(한국의 남북한 합친 22만㎢의 2배가 넘는다.), 가용면적 70% 이상, 산이 거의 없는 복 받은 나라이다. 인구는 6,000만 명(파리 인구 360만 명), 그런데 관광객이 연간 7,200만 명이라니 한국의 연간 370만 명에 비하면 거의 20배나 많다.

　파리는 나폴레옹 3세 때 러시아 철의 재상 비스마르크와 보불전쟁을 일으켜 폐한 후 파리 시가 구역을 정리했단다. 지나는 도로변에 실내 체육관 외벽에 파란 잔디로 장식한 것이 신기하고 보기 좋았다. 인접한 우측으로 파리 시내를 흐르는 세느강은 수심이 20m 이상이라 여러 가지 물자 수송은 많이 한다고 하나 강폭은 100m 내외로 좁은 편이었다.

　파리도 런던과 마찬가지로 대부분 소형차들이었다. 프랑스의 서부

지역 자급율의 6~7% 석유가 생산된다고 했다. 파리도 석조건물은 석회석이고, 대리석이 아니라서 돌 조각이 쉽다고 했다. 그러나 건물을 지은 후는 풍우에 돌이 더욱 단단해지기 때문에 화강석보다 더 강하단다.

파리 시내 건물은 거의 같은 높이로 아름다운 문양으로 조각되어 있었다. 특수한 건물을 제외하고는 90% 이상 같은 높이였다. 현재의 도로는 150년 전 자동차가 없이 마차로 다닐 때 길이라서 2차선 규모이고, 차의 흐름을 원활히 하기 위해 일방통행이 많았다.

16세기 때(문예 부흥 시대) 건축한 시내 중심부에 세느강 변에 있는 기둥과 벽의 조각이 화려했다. 웅장한 파리 시청이 르네상스 시대 대표적 건물이라 했다. 파리는 하수 배수관 길이가 2,100km가 있는데 세계 각국에서 견학을 올 정도로 아주 잘 되어 있어 세느강을 깨끗하게 유지하고 있단다. 지하철도 1900년대부터 이용하고 있다.

루브르박물관 전경

나폴레옹 시대 때 지어 왕궁으로 사용하다가 박물관으로 용도 변

경한 세계 3대 박물관의 하나인 루브르박물관은 루이 14세 때 증축하여 현재는 소장품이 30~40만 점이나 된다.

루브르박물관 옆길 건너 황금의 잔 다르크 기마상이 시선을 끌었다. 루브르박물관 접하여 왕비가 정원으로 이용한 공원이 있고, 그 공원 옆에는 8만6천 평 규모의 '화합이라는 뜻'의 콩코드 광장이 있었다(당초 1,400명 학살 장소라 피의 광장에서 콩코드로 바뀌었다.).

콩코드 광장은 사방으로 커다란 동상이 많고 광장 내로 차도 지나다니고 있었다. 광장 오른쪽에 연하여 북서쪽으로 개선문까지 길게 뻗은 10차선 1,880m가량의 직선 도로, 샹젤리제 거리가 있었다.

샹젤리제 거리 양측으로는 수직과 직각으로 플라타너스 가로수가 있고, 그 한 차선 밖에는 마로니에 가로수가 일렬로 정돈되어 있었다. 그 바깥은(우측) 숲으로 우거진 공원에는 루이 15세 왕비가 사용하고 조세핀이 사용했던 엘리제 궁이 있는데, 현재는 드골 등 대통령 관저로 쓰는 대통령 궁이 있었다. 샹젤리제 거리가 끝나는 지점의 원형 로터리에 거대한 파리의 개선문이 있었다.

17세기(루이 14세 때) 전쟁 부상자 병원이던 앵발리드 건물(현재는 군사 박물관)이 세느강 건너편 하원의사당 아래쪽에 있었다. 이 건물(앵발리드 건물) 지하에는 나폴레옹 시신이 안장되어 있단다. 또 하원의 상류 쪽에는 옛날 철도역사로 사용하던 건물을 지금은 오르셀 미술관으로 사용하는 건물도 있었다.

루브르박물관 지하 주차장으로 버스가 들어가고 있었다. 2층 높이의 지하 주차장에는 대형 버스가 100여 대 이상 주차하고 있었다. 루브르박물관은 1200년대 왕궁으로 지은 건물을 1600년대 와서 주거용으로 바꾸면서 허물고 콩코드 광장 쪽으로 계속 증축하여 박물관으로 이용하고 있다.

일부는 500년 동안 묻혀 있던 것을 1985년 드골 대통령이 발굴 복원하고 유물도 보관하고 있단다. 왕궁 시절에 성 아래 물이 흐르도록 한 흔적이 있는 곳에서 가이드의 설명을 들었다. 현지가이드가 관람객이 많아 복잡해서인지 박물관 내의 나이 많은 남자 직원에게 입장권 매입을 의뢰 박물관 내를 쉽게 관람할 수 있었다. 여러 가지가 있지만, 기원 1세기 전(2,100년 전) 그리스의 밀러 지방에서 만들어진 것으로 추정되는 밀러의 비너스상(1800년경 밀러 지방 섬에서 농부가 발견한 작품)을 영상으로 담았다.

대리석의 석질도 기막히도록 좋지만, 섬세한 작품 솜씨에 모두 다 감탄하는 것 같았다. 그리고 2,200년 전 작품이라는 승리의 여신상(배 위에 깃발을 흔드는 모습: 한쪽 팔과 머리가 없음.)도 영상으로 담았다.

다음은 미술관으로 가서 나폴레옹 황제 대관식 그림을 설명 듣고(이 그림에 교황과 조세핀과 나폴레옹의 9남매 어머니와 부하 등이 나옴.) 그리고 수많은 대작 그림을 뒤로하고 다음 방인 모나리자 그림 있는 곳에서는 사람이 너무 많아 멀리서 바라만 보고 나왔다. 3대 미술 조각가로 레오나르도 다빈치, 라파엘, 미켈란젤로가 있는데, 아래층으로 내려와 미켈란젤로의 노예가 죽어 가는 모습의 조각상 등 다수를 관람하고 박물관 내 광장으로 나왔다.

박물관을 나와서 보이는 길 건너편 오른쪽 건물은 현재는 세계 국기가 계양된 공공건물로 사용 중이지만, 2차 대전 당시는 독일군 사령부로 사용했단다. 다시 콩코드 광장이다. 중앙에는 이집트에서 가져온 오벨리스크 탑이 있었다. 이어 샹들리제(천국이라는 뜻) 거리 1/3쯤 지나 좌회전하여 세느강 32개 다리 중 가장 화려한 다리 알렉산드르 3세 다리를 건넜다.

다리 양쪽의 6곳(양쪽 입구와 정 중앙)에 금도금한 섬세하고 거대한 조형물은 정말 아름다웠다. 다리 건너 바로 루이 13세 때 지은 전쟁 부상자 수용병원인 엠벌리 건물 좌측 편으로 지나 병원 뒤쪽으로 조그마한 공원이 있고, 그곳에 로댕의 대표작 '생각하는 사람' 조각상이 있었다. 또 한국 대사관도 있었다.

엠벌리 병원 뒤를 돌아 나폴레옹 출신 학교인 군사학교를 좌측으로 다시 돌아 멀리 육안으로 보이는 에펠탑으로 향했다. 에펠탑은 파리를 상징하는 탑이다. 1889년에 2년 동안 걸려 완성한 320m 높이의 거대한 철탑이었다.

시가지를 약간 둘러서 에펠탑으로 가니 에펠탑 밑에 수천 명의 사람이 있고 탑 위에도 승강기로 많은 사람이 올라가 있었다. 탑의 받침대 4개는 정확히 동서남북을 가리킨단다.

에펠탑 바로 옆에는 파리 지하 하수도 관광 코스도 있었다. 에펠탑에 한번 올라가서 파리 전경을 보지 못하는 아쉬움을 뒤로 하고 에펠탑을 돌아 다시 세느강 우측 강변을 따라 올라갔다. 세느강 선상에 있는 배는 대부분 선상 주택이란다. 파리 시내 하수는 세느강으로 들어가지 않기 때문에 강물이 깨끗하단다. 프랑스 하원 건물에서 세느강 다리를 건너 콩코드 광장에서 다시 세느강 좌측으로 올라가는데 강변에 늘어서 있는 고서점들이 이색적이었다.

중식은 파리 중심가에서 시내에서 프랑스 전통요리인 달팽이(우리나라 고둥 같은 것인데 각종 소스 등으로 양념) 요리와 빵과 스프로 하였다.

세느강에서 제일 오래된(400년) 다리 뽕에프(새 다리라는 뜻) 다리를 지났다. 강 건너 우측에 대법원 건물과 빅토르위고가 쓴 『노트르담의 꼽추』 소설로 유명한 고딕 양식의 노트르담성당이 보였다. 이곳에서 나폴레옹이 대관식을 올렸단다.

다음은 파리 시내서 가장 높다는(해발 130m) 몽(산이라는 뜻)마르트르 언덕을 찾아간다. A.C. 250년경에 성직자들이 순교 당한 순교자의 언덕으로 알려져 있다.

몽마르트르 언덕(Montmartre)에서 내려다본 파리 시내는 건물 평균 높이가 7~8층 되어 나무(큰 나무라야 4층 높이 정도)를 볼 수 없어 외관상으로는 삭막해 보였다. 언덕 중앙에 순교자를 기리기 위한 거대한 성심 성당 앞에서 기념 촬영을 하고 성당 내부의 예수 모자이크 벽화 등을 둘러보았다. 그리고 성당에서 바라본 우측에 파리 시내 화가들이 집단으로 있는 곳으로 가니 화가들이 나무그늘 아래서 여러 가지 양식과 방법으로 그림을 그리고 있었다. 특히 초상화를 많이 그리고 있었다.

언덕을 내려오는 길에 젊은 여자가 구걸하고 있었다. 여기는 여름에는 밤 10시가 되어야 해가 지고, 겨울에는 오후 4시면 어둡고 아침 8시도 어둠이 가시지 않는단다.

노트르담 성당 가는 길에 바스티유광장(기념탑 있음)을 지났다. 1830년 당시 바스티유 감옥이 있었던 좌측에 바스티유 오페라 하우스를 만들었다. 1789년, 민중 봉기로, 즉 국민들의 힘으로 전제국가 시의 죄수들을 석방함으로써 이날을 프랑스 혁명 기념일로 삼았다.

다시 세느강변으로 나왔다. 오른쪽의 오래되고 장엄한 건물이 파리 시청이고 정문이다. 시청 앞쪽이 루브르박물관이다. 이곳이 파리 중심가였다. 강 건너 약간 멀리 1757년 완공한 소로본느 대학이 보였다.

세느강을 건넜다. 강변에서 100여m 떨어졌을까? 1163년부터 1345년까지 완공한 고딕 양식의 섬세하고 웅장한 파리의 중심성당인 노틀담 성당(2,000명 수용)은 정차할 수 없어 버스로 한 바퀴 둘러만 보았다. 성당 앞 광장에는 신도인지 관광객인지 수백 명이 있었다.

노트르담 성당 앞쪽 세느강의 센터루이 섬에는 파리의 경시청이 있었다. 경시청 하류 편으로 발에르 다리가 있다. 우리 일행은 강을 건너지 않고 개선문으로 가기 위해 하류로 내려가는데 강을 중심으로 마주 보는 곳에 그 유명한 파리 미술대학이 있다.

세느강의 강폭은 좁은데 선상 주택이 많고 유람선도 자주 다녔다. 콩코드 광장 옆 다리는 콩코드 다리라 하고 지금 우리 일행이 지나가는 왕복 6차선의 이 석조다리는 바스티유 감옥을 허문 돌로 사용했다고 했다. 루브르박물관 건너편의 건물은 루이 15세 18세기 때 완공하여 해군성 본부로 사용하다가 현재는 영빈관으로 이용하고 있다.

개선문은 나폴레옹이 짓도록 명령한 후 나폴레옹 사후에 완공하였는데, 높이 50m, 폭 40m로, 주위에는 방사선 12갈래 길이 있고 무명용사의 국립묘지로 이용한단다. 개선문 위에는 승강기를 타고 많은 사람들이 올라가 있었다.

샹젤리제 거리를 상점을 포함하여 잠시 기웃거려 보았다. 파리 시내 관광을 끝내고 면세점으로 가는 도중에 있는 마드랜드 성당은 나폴레옹이 하원의원 건물(콩코드 광장 건너편에 있는)과 똑같은 것을 지으라 해서 지은 건물이다.

성당 주위에 20m 높이의 아테네 신전 기둥 모양과 같은 52개의 거대한 기둥이 시선을 압도하고 있었다. 또, 인접하여 일명 가르니에 궁전이라는 오페라 하우스가 독재자 나폴레옹 3세의 지시에 의거 1875년에 완공한 곳을 지나기도 했다. 건물이 크기도 했지만 외부가 상당히 화려했다.

면세점(parfums louvre)에서 선물용 화장품을 구입한 후 가까이 있는 한인 식당에서 된장찌개로 저녁을 했다. 외곽지에 있는 드골 공항까지 2시간 30분 정도 남기고 출발했다. 가는 길에 조금 전에 보았던 마드리드 성당 뒷길로 빠져나갔다.

가이드 설명에 의하면 파리가 하수도 시설이 현대식으로 조기 발전한 것은 파리 시민들이 용변처리를 2층 이상의 건물에서 도로에 마구 버려 그것을 처리하기 위해서라는 믿기지 않는 이야기를 했다. 지금도 건물 아래 도로변에 홈이 파져 있는 흔적은 그것을 증명한다고 하지만 빗물 처리 기능은 할 것 같았다.

드골 공항 가는 왕복 8차선 도로가 심한 정체로 가까스로 비행장에 도착 모두 급히 서둘러 출국 수속을 마쳤다. 화물을 탁송하고 공항 밖 상점과 공항 내 면세점을 둘러보았다. 여객기는 에어프랑스(321편)에 탑승했는데 승객이 170여 명 타는 소형이었다.

출발 시간도 상당히 지연되어 밤 23시가 되어 로마의 레오날드 다빈치 공항에 도착했다 타고 갈 버스를 찾느라고 밤늦은 시간에 가이드가 고생을 했다. 24시 자정 무렵에 pineta palace hotel에 투숙했다.

2004년 8월 28일

쾌청한 날씨 속에 현지가이드 최ㅇ섭(36세 이태리 거주 9년)의 안내를 받아 8시에 봄베이로 출발했다. 버스는(기사 이름 삐노 = 소나무 뜻) 크고 좋지만, 오늘은 장거리 왕복 8시간을 버스를 타야만 했다.

로마 부근은 얕은 구릉지는 있어도 산이 보이지 않았다. 이탈리아는 의료비는 무료라고 했다. 이곳의 소나무는 수형이 반송처럼 생겨 꼭 전정을 한 것 같은 우산 소나무였다.

이탈리아는 석회석 지대라 물은 정수를 해 먹어야 한단다. 버스에 물을 싣고 있어 필요하면 언제든지 한 병에 1유로로 이용할 수 있어 편리했다.

도로변에는 붉은색 흰색 분홍색 등 유도화로 조경을 해 두었다. 그리고 포도와 올리버 나무를 많이 재배하고 있었다. 올리브 과수원은 우리나라 사과처럼 흉직(胸直) 20~30cm 정도, 높이 3m, 수령이 오래된 것도 있었다.

이탈리아는 석질이 좋기로 유명한 대리석이 많이 생산된다고 했다. 2시간 정도 달려 주유소 휴게소에 들렀다. 화장실도 1유로로 5인 짝을 맞추어 이용했다. 국민소득 2만8천 불이라는 이탈리아가 화장실을 관광객을 위해 무료로 안 하는 것이 이상했다.

현재 우리가 달리는 도로는 밀라노에서 나폴리까지(1,170km) 최초의 A1 주요 고속도로란다. 구릉지나 산 능선 또는 정상에 요새처럼 집을 지어 마을을 형성해 살고 있는 곳이 많이 보였다. 외침은 용이하게 막을 수 있을지 몰라도 식수 해결과 교통 문제를 어떻게 해결하는지 궁금했다.

좌측 산 정상에 까쉬런이라는 큰 수도원도 있는 곳을 지났다. 이곳 고속도로는 무인 카메라가 없다. 이동식 카메라는 간혹 있단다. 산에 임상(林相)은 빈약하고 산불이 많이 나 있는 것을 보니 산림 정책은 형편없는 것 같았다.

산불은 날씨가 건조한 여름에 많이 발생한다고 했다. 오늘의 관광은 봄베이(Pompeii), 소렌토로(Sorrento), 나폴리(Napoli) 등을 둘러볼 예정이다. 2시간 40분 걸려 나폴리 외곽에 들어서니 우측은 나폴리, 좌측 봄베이 쪽으로 우뚝 솟은 베스비오 화산이 있었다. 봄베이 시는 베수비오 화산 자락의 지중해 해변으로 봄베이 시가 형성돼 있다.

기원전 79년에 화산이 폭발하여 분화구에서 6km 떨어진 봄베이 주민들이 쏟아지는 화산재에 의해 피할 겨를도 없이 속수무책으로 2만 여 명이 매몰 사망했다는 곳을 보기 위해 해안선을 따라 20여 분을 달려 옛날의 봄베이 피해 현장에 도착했다. 우측 바다 건너에는 나폴리가 보였다.

옛날 봄베이시는 1748년에 1차 발굴 당시 길이가 3.3km, 성곽 높이가 6m가 화산재에 덮였던 것을 걷어내 발견했다. 12시 낮에 폭발하였는데도 사람이 2만 명이 죽었단다.

피해 지역을 둘러보니 집들이 붉은 벽돌이 많았고, 길거리 바닥은 돌을 바닥에 깔아 흙이 빗물에 씻기거나 먼지가 나지 않도록 포장을 해두었다. 상하수도 시설, 화장실, 공동 목욕탕, 곡식 도정과 주방 등이 있었는데, 그 당시(2,000년 전) 생활상을 감탄 속에 둘러볼 수 있었다. 입장료를 10유로나 주었지만 아깝지 않았다.

멀리 베스비오 화산이 보인다.

잔해 속에서 수거한 각종 생활용품 토기 철재 등과 함께 화석으로
된 시신도 여러 구 전시되어 있었다. 신전 공회당이나 시장으로 사용
하던 곳도 있었다.

관광을 끝내고 가까운 곳에 준비된 이탈리아 전통 요리 스파게티로
중식을 하고, 즉석에서 결정한 카프리 섬을 견학하기 위해 한 가정당
250불을 내고 13시 15분 소렌토행 미니 열차에 올랐다. 열차는 낡고
심한 낙서가 기차 안팎으로 있어 불결했다.

소렌토까지 소요 시간은 30분 정도, 역시 정차 역마다 낙서가 많았
다. 이탈리아는 낙서도 예술이라고 웬만하면 묵인한다니 이해가 되지
않았다. 이곳에도 올리버와 유도화가 많이 보였다.

소렌토 인구는 1만5천 명 정도이고, 관광지답게 다른 곳보다 깨끗
했다. 열차에 내려서 소형버스로 5분 달려 절벽 길을 곡예 하듯이 항
구로 내려갔다.

소렌토 해안

주택 상가 등이 바닷가 절벽 위에 그림처럼 지어 살고 있었다. 주택들이 있는 바닷가는 거의 90% 이상이 20~30m 높이의 절벽으로 이루어져 있었다. 소렌토 앞바다는 우리나라 울릉도보다도 깨끗했다. 물고기 노는 것이 그대로 보였다.

해상 수백 미터 앞에는 큰 호화 유람선 몇 척이 떠 있고, 포구에는 깨끗한 소형 선박 수십 척도 그림같이 정박해 있었다. 열대 지방이라 그러한지 밀감. 바나나와 관상수 대형 소철 등이 많았다.

아름다운 소렌토 항구를 뒤로하고, 카프리 섬(Capri Island)으로 향했다. 봄베이까지 오는 산들은 민둥산 비슷한데 소렌토 부근의 산은 인공 재배한 수백 정보의 올리브 농장이 뒤덮고 있고, 그 속에 산재한 주택들이 수채화를 그리고 있었다.

20여 분 달려서 도착한 CAPRI 섬은 해안선 따라 나 있는 석회석 절벽 등이 정말 아름다웠다. 이 섬은 영국의 찰스 황태자와 다이에나 왕비의 신혼여행지로도 유명하단다. 관광객으로 북적이는 카프리 섬의 사람은 인종 전시장 같았고, 복장 또한 각양각색이었다. 이 섬의 식수는 소렌토에서 15km 해저 수로 관로를 통해 공급받고 있다고 했다.

카프리 섬은 상가, 부호들의 별장, 호화 요트 등 풍경이 아름다운 곳곳에 있는 것이 자랑이란다. 항구에서 소형버스로 섬의 제일 높은 곳 아나카프리(Anacapri)로 올라갔다. 해발 539m까지 올라가는 길이 90도 절벽을 수백 미터를 지나가는데, 창가에 앉은 사람은 낭떠러지 위를 달리는 공포 같은 스릴을 맛보았다.

소형버스로 올라가는 길, 100m도 더 되어 보이는 절벽을 축대를 150년 전에 축조하였다는데, 아직 한 번도 허물어진 적이 없다고 했다. 대피소가 아니면 소형차가 교행을 못 할 정도로 길이 좁고, 차가 끊임없이 많이 다니지만 교통사고도 없었단다. 이러한 여러 가지 조건 때문인지 몰라도 유네스코가 지정한 문화제 지역이라 현재의 건물 이외는 통제하고 있다.

카프리 섬 주민 13,000명은 대부분 관광 수입으로 살아간다. 절벽을 통과 남쪽 7부 능선에 오르니 많은 주택과 상가가 있고 차량도 많았다. 산 정상으로 한 사람씩 타는 리프트를 타고 오르면서 남쪽을 보니 넓이 평지에 별장처럼 집들을 짓고 집단으로 살고 있었다.

아나 카프리섬 정상

리프트를 15분 정도 타고 오르는 즐거운 관광 코스다. 바로 아래는 풀을 모두 깨끗이 깎아 놓아 하얀 석회석들이 보기 좋았다. 카프리 섬은 세계의 부호들이 호화 유람선, 별장을 많이 가지고 있고, 비행기나 쾌속선으로 출입한다고 했다.

카프리 정상에서 소렌토 쪽으로 약간 멀리 보이는 남향 분홍색 별장에서 찰스 황태자가 신혼 여행을 보냈다고 했다. 카프리 관광을 마치고, 17시 15분, 여객선으로 나폴리로 향했다. 소요 시간은 40분 정도이다. 멀리 베수비오 화산 산자락 해안선을 따라 나폴리 시까지 길게 봄베이시가 형성돼 있었다.

나폴리 항으로 들어오는데 봄베이시와 연결되는 우측은 집들이 모두 바다 위에 떠 있는 모습이다. 나폴리 항구에 들어섰다. 대형 여객선이 여러 척이 정박해 있었다.

항구로 들어가면서 좌측이 노래에 나오는 산타 루치아 항구라는데 보지를 못해 아쉬웠다. 이탈리아의 남부 나폴리, 봄베이, 소렌토, 산타 루치아 등에 사는 사람들은 전통적으로 낙천적이고 음악과 노래를 좋아해 「돌아오라 소렌토로」, 「산타 루치아」 등 세계적으로 불리는 노래가 있는 것 같았다.

항구에 내리자 프랑스가 나폴리 점령 시 만들었다는 600년이나 되는 검고 높은 루오보성이 항구를 압도했다. 이곳 항구에서 성과 항구를 배경으로 단체 사진을 남겼다.

(※ 지역 위치는 산타 루치아 → 나폴리 → 봄베이 → 소렌토 → 카프리 섬 순서로 연결되어있다.)

나폴리 항구에서 대기하고 있는 버스에 올랐다. 나폴리 해변에 연이어 있는 수십 동의 아파트는 빈민촌이라고 하지만 상당히 불결했다. 봄베이, 소렌토 등에도 일부 낡고 허물어진 건물이 많았는데, 많은 관광객이 오기 때문에 깨끗이 정비할 필요성이 있었다.

당초 진입한 A1 고속도로 봄베이시 쪽 나폴리시 외곽지대 지름길로 해서 A1 고속도로에 빠르게 들어섰다. 모두가 피곤에 지쳐 졸고 있었다. 로마 시내에 들어서기 전에 전원주택 지대의 한인이 경영하는 식당에서 한식으로 저녁을 하고 다시 고속도로에 올라섰다.

2004년 8월 29일

　　8시 20분, 호텔에서 로마 시내에 있는 바티간시로 출발했다. 이탈리아는 남북 길이가 1,170km이고, 면적은 301,338㎢이며, 인구는 6,000만 명이다. 관광수입이 큰 비중을 차지하는 나라이다. 또 로마 시는 면적은 1,285㎢이고 인구는 290여만 명이다.

(※바티칸시는 인구 1,000여 명, 면적 0.44㎢의 작은 시이다.)

　아직 개관 시간이 10분 이상 남았는데도 수백m를 수천 명이 줄을 서서 입장을 기다리고 있었다. 입장료가 1인당 10유로로 꽤 비싸다. 입장료 수입이 엄청날 것 같았다. 출입 시 공항처럼 검색도 일일이 했다. 바티칸 박물관에 입장하여 2층으로 올라갔다.

　2층에는 잔디 광장이 있고, 관광객들을 위한 주요 그림과 조각 사진 등 같은 것을 우측 건물 벽에 5개소 설치해 두어 안내 가이드마다 그곳에서 바티칸 박물관에 관해 설명하고 있었다.

　광장 옆에는 200년 전 분수대로 사용하였다는 아름다운 청동 솔방울 대형 조형물이 있었다. 박물관 내로 들어가 여러 가지 둘러보았다. 바닥에 컬러 대리석으로 모자이크 한 방 중앙에 무게가 10톤이나 되는 갈색의 네로 왕의 대형 욕조가 눈길을 끌었다.

　이어지는 방에는 대리석에 여러 가지 형상을 아름답게 조각한 거대한 석관들이 있었다. 또 인근 방에는 쌍두마차를 비롯한 많은 대리석 조각품들이 있었다.

　다음 방은 카펫의 방이다. 카펫 1개 크기가 가로세로 각각 5m나 되는 것이 양측 벽으로 10여 개씩 걸려 있었다. 그리고 지도의 방에는 500년 전에 그렸다는 지도를 비롯한 각종 대형지도가 있었다. 관람객이 방마다 상당히 많았다. 박물관 내는 가는 곳마다 바닥이 컬러 대리석이다.

　바티칸 박물관과 붙어 있는 베드로 성당은 핍박받다 순교한 베드로 신부를 기리기 위해 그 자리에 미켈란젤로와 파팔로가 1506년에서 1526년까지 20년에 걸쳐 완공한 건물로 전 세계의 중추 성당이고 장엄하고 화려한 성당이다.

　성당 내부는 500년 전에 미켈란젤로가 피에타 4세가 지은 (**현재 이것으로 천재의 소리를 듣고 있다.**) 내부는 넓이 42m, 길이 100m로, 6만 명을 수용할 수 있단다. 홀의 중앙 우측 벽에 있는 베드로 청동좌상은 발을 만지면 천당 간다는 이야기 때문에 우리 일행은 모두 일렬로 서서 많은 관광객과 함께 만지고 지나갔다.

　바닥의 수십 미터의 대형 십자가의 중앙 천장은 원형으로 되어 있고, 예수에 관련된 각종 그림을 화려하게 그려놓았다. 오늘은 마침 일요일 홀의 중앙 안쪽 구석에 사람이 있었는데, 가이드 말로는 2,000명은 넘을 것 같단다.

교황이 부재중이지만 신도들은 다른 추기경과 함께 미사를 드리고 있었다. 이 성당의 지하에는 역대 교황들의 시신이 안치되어 있어 지하로 내려가 둘러보고 나왔다.

베드로 성당 앞 베드로 광장에서 교황이 해마다 신년사를 한단다. 때로는 베드로 광장이 내려다보이는 바티칸 박물관이나 교황의 집무실에서 창문을 내다보고 할 때도 있단다.

베드로 광장 앞 한인이 경영하는 선물 가게에서 지도 등 몇 가지 쇼핑하고, 중국집에서 중식을 한 후 로마의 상징 콜로세움 원형 경기장으로 향했다. 로마 시내를 흐르는 폭 50~60m의 테베레강변을 따라 이동하였다. 도중에 종합병원과 계천 건너 진실의 입 건물을 보면서 지났다.

전쟁승리 기념으로 지은 1,700년 된 개선문(프랑스 개선문 보다 오래됨.)이 있고, 바로 옆에는 장엄하다는 뜻의 콜로세움(Colosseum) 원형 경기장이 있었다.

네로 왕이 빈민가에 불을 질러 궁전을 짓고 동상을 세우기도 하면서,

예루살렘 전쟁포로 10만 명 중 4만 명 정도를 이 원형 경기장에 동원하여 A.D. 70년에 시작하여 높이 48m로 8년 만에 완공하였단다.

잔인함을 즐기는 로마인을 위해 검투사(노예나 전쟁 포로 중에서 선발함.)들의 격투장으로, 그리고 맹수들의 사냥 시합을 벌였던 곳이다. 관람객은 5만 명 수용할 수 있다. 기원후 608년까지 사용하다가 지진으로 파손되고 방치되었단다.

원형 경기장을 보고 나오는 200~300m 거리에 있는 빨레뜨레 언덕에 왕궁으로 사용하다가 그 후 귀족들의 숙소로 이용하던 건물 아래 낮은 곳이 대전차 경기장이 있었다. 과거에는 모르지만, 지금은 규모도 작고 초라해 보였다. 영화 「벤허」의 대전차 경기는 어디서 촬영하였을까? 이곳에서 내려 사진을 담고, 콜드로 마을 공회장으로 갔다.

시내 중심에 있는 콜드로 마을 공회장은 지금은 대부분 허물어져 기둥과 기둥 받침돌과 벽체 건물 일부만 남아 그 당시의 거대하고 화려했던 것을 상상할 수 있었다.

이곳에서 로마는 기원전 700년부터 기원후 500년까지 정치, 경제, 사회, 문화 등 모든 분야에 중심지였고, 원로원 회의가 열리던 곳이다. 300만 인구를 갖고 있는 로마시청이 기원전 건물을 수리하여 사용하는 시청 뒷면 쪽이 원로원 회의를 열었던 공회장이다. 여러 곳을 영상으로 담고 다시 베네치아 광장으로 이동했다.

도중에 성당 입구에 있는 거짓말을 많이 한 사람은 손을 넣으면 손이 잘린다는 진실의 입에 손을 넣어보고 사진을 담았다. 또 인접해 있는 좌측에 12,000명을 수용한다는 오래된 건물 원형 극장이 있고, 우측 길 건너편이 로마 시청 정문이다.

시청과 100여m 정도 떨어진 곳에 있는 베네치아 광장이 로마의 최중심지이다. 광장의 시청 방향으로 15층 정도 높이의 거대한 통일 기념관 석조건물이(26년간 공사 1911년에 완공) 있었다. 이 건물 옥상에서 로마 시내를 내려다보려고 가이드 없이 올라갔으나, 더 이상 오르는 길을 알 수 없어 유물만 구경하고 내려왔다.

차로 다시 이동 동전을 던지면서 소원을 빈다는 로마제국시대 상수도가 파괴된 후 르네상스 시대 때 교황들이 30여 년 공사 끝에 1762년에 완공한 많은 분수대 중 화려하고 아름다운 조각 작품의 대표적인 석조건물 트레비 분수대로 향했다.

차에서 내려 골목길을 100여m 걸어서 들어가야 했다. 많은 사람이 동전을 던지면서 소원을 빌고 있었다. 아이스크림으로 더위를 달래면서 잠시 쉬었다가 호텔로 향했다. 호텔로 가는 도중에 한인이 경영하는 쇼핑센터에 들러 선물 등을 사고 다시 한인이 운영하는 식당에서 한식으로 저녁을 하고 숙소로 돌아왔다.

2004년 8월 30일

아침 8시에 출고된 지 4개월밖에 안 되었다는 대형 버스에 올라 피렌체로 향했다. 로마는 정치 문화의 수도이고, 밀라노는 경제의 수도로 통한다고 했다. 밀라노서 나폴리까지 고속도로 A1 도로는 로마의 동맥이란다.

외곽지로 나오니 로마순환도로를 6차선으로 확장하고 있었다. 로마근교는 야산에 말, 양, 해바라기 등을 사양 또는 재배하고 있었다. 이곳에도 올리브를 많이 재배하고 있었다. A1 고속도로 6차선이 포장한 지 얼마 안 되었는지 아주 깨끗했다. 시야에 들어오는 것은 대부분 사료작물 특히 옥수수를 재배하는데, 스프링클러가 곳곳에 돌아가고 있었다. 포도 재배지도 많이 보였다.

여기도 남부로 가는 길 좌우 가시권에처럼 간혹 산 정상이나 능선에 성곽처럼 집을 짓고 집단으로 거주하는데 오래된 집들 같았다. 지금은 식수나 교통 등 여러 가지가 불편할 것 같았다.

경작지를 제외한 산 흙은 온통 하얀 석회석이다. 소도 하얀 소를 방목하고 있었다. 도중에 주유소 휴게소에서 유료 화장실을 이용하고 상품 진열된 것을 둘러보면서 잠시 쉬었다.

이탈리아의 집들은 지붕이 대부분 분홍색이다. 로마를 떠난 지 거의 4시간 만에 피렌체(일명 프로렌스라 함)시에 도착했다. 피렌체에 거의 다 와서 약간의 정체가 있었다. 피렌체는 분지라 습기가 많고 여름에는 건조하단다. 오는 길에 산불 난 곳이 가끔 보였다.

피렌체(Firenze)는 면적이 102.4㎢이고, 인구는 근교까지 합치면 총약 150만 명이다. 피렌치시에 들어가려면 버스는 혼잡 통행료 230유로를 내야 했다. 피렌체는 기원전 59년 율리우스 시저가 이곳을 점령하였고, 르네상스 발상지로서 꽃의 도시라 한다. 유럽은 신호등이 전부 세로로 되어 있고, 붉은색은 배 정도 크다. 11세기 십자군 전쟁 때, 메디치가 집안에서 장사를 잘하여 르네상스 문예 부흥에 크게 기여하였다 한다.

미켈란젤로 언덕에서 본 피렌체 시내(좌측으로 베키오 다리가 보인다.)

현재시간 12시 30분, 미켈란젤로 언덕에서 멀리 시내를 흐르고 있는 아르노(Arno)강 위로 가장 오래된 베키오 다리(Ponte Vecchio AC 972년에는 목조 다리가 있었다 함)가 보였다.

언덕과 시내를 내려다보는 곳에서 기념사진을 남겼다(피렌체는 단테의 고향, 미켈란젤로, 피노키오 작가의 고향이다.). 미켈란젤로 언덕에서 내려와 걸어서 시내를 둘러본 후 간단한 점심을 하고 세계에서 4번째 크다는 성모(두오모) 대성당으로 향했다.

가이드는 계속해서 소매치기를 조심하라 했다. 점심 먹은 식당 주위나 주위건물은 방범창들이 굵은 무쇠로 해 두었고, 거리가 어두워 살벌해 보였다.

피렌체 두오모(Piazza del Duomo) 대성당은 1296년에 시공하여 높이 114m로, 1436년에 완공한 고딕체 양식의 건물이다. 성당의 꽃, 듀오모 이곳저곳을 둘러보고 발길을 돌려 가까이에 있는 단테의 생가(『신곡』의 작가)로 갔다.

1265년에 출생한 단테의 생가(2층)는 수리 중이라 외관만 보았다. 이어 생가에서 200여m 떨어진 피렌체 중심에 있는 시뇨리아(Signoria) 광장으로 갔다. 시청 광장 앞에 피렌체 시청으로 사용하는 700년 된 빨라처 베키오 건물이 있었다. 시청 옆에는 메디치 가문의 코지모 메디치 1세의 대형 말을 탄 청동상이 있었다.

다음은 한참 걸어서 이탈리아의 가죽제품으로 유명한 쇼핑 센터에 들른 후, 15시 50분경 밀라노로 향하는 버스에 올랐다. 앞으로 4시간 정도 차를 타야 하는 강행군이다.

밀라노 가는 A1 고속도로를 30분쯤 지나니 산악지대가 나왔다. 산악지대 가시권에는 채석을 하고 있거나 채석한 흔적들이 수십 곳이 보였다. 현재 산 8부 지점 높은 곳을 달리고 있다.

가까이 있는 채석장 석질을 보니 상당히 미려했다. 북쪽으로 갈수록 산에 소나무 같은 것이 많았다. 계곡 사이는 다리를 놓고 산은 터널을 뚫어 고속도로를 시원하게 뚫어 놓았다.

도로변에는 목초지를 중심으로 분홍색 주택들이 숲속에 그림처럼 있었고, 급경사 지역이라도 임목이 적은 곳은 초지를 조성해 두었다. 표토(表土)가 노출된 흙과 바위는 온통 새하얗다. 그리고 완경사지를 주거지와 목초지로 조성하여 전원생활을 즐기는 것 같았다. 1시간 50여 분을 달리니 릉마르 대평원이 나왔다.

조금 지나니 포도를 비롯한 과수원이 끝없이 펼쳐지더니(30분간 지속) 다시 초지다. 휴게소 들러 잠시 쉬었다가 출발했다. 도로가 왕복 8차선이라도 차량 정체가 심했다. 20시 어둠이 내려앉을 때 밀라노 톨케이트를 통과했다. 밀라노 외곽 지대에는 저층 아파트가 보이고, 반가운 LG 간판도 보였다.

밀라노 시가지는 평야 지대에 위치했다. 어둠이 내리는 속에 스포르체스코 성곽 주위 도로를 거쳐 1466년에 완공했다는 프란체스카성당을 둘러보았다. 주위는 오사카 성처럼 해자가 설치되어 있었다. 귀족들의 성으로 성내는 박물관과 미술관으로 사용한다는데 시간이 늦어 내부 관람을 못 하는 것이 아쉬웠다. 성당 앞 도로변에 있는 분수대의 물줄기가 높이 솟아 바람에 따라 흔들리어 행인의 옷을 적셨다.

밀라노는 레오나르도 다빈치의 계획도시라 한다. 시내를 들어오면서 보니 도로가 10차선 양안에 아름드리 프라다너스 가로수가 줄지어 서 있고, 가운데 4차선은 전차와 각종 차들이 다니고 가로수 밖에 각각 2차선은 인도를 겸하고 있었다. 조금 이색적인 도로였다.

나폴레옹 입성 환영 개선문도 있었다. 밀라노 시내에 다니는 전차는 낡고 초라한 전차와 차량 여러 대를 연결한 신형전차 등이 뒤섞여 다니는데 시민들의 중요 교통수단이란다.

　다음은 걸어서 이탈리아를 최초로 통일 한자를 기리기 위해 지은 개인 기념관 빅토리아 엠마누엘 겔러리의 긴 회랑을(100m 이상 되어 보임) 지났다.

엠마누엘 겔러리의 긴 회랑

　화려함의 극치를 이루는 웅장한 대리석 건물이었다. 빅토리아 엠마누엘 겔러리 긴 회랑을 따라 100m쯤에서 좌측으로 꺾어 시청으로 가는 곳이 베드로 성당처럼 천장의 원형 돔에 화려한 그림으로 장식해 두었는데 이곳이 이 건물의 중심이다.

　돔을 중심으로 십자가 대리석 모자이크로 만들어 두었다. 현재 이 건물은 세계 각국의 명품 전시 판매장으로 활용하고 있었다. 동 지역 건물 내 돔에서 30m 정도 옆 좌측은 유명한 세계적인 성악가의 공연기록을 극장 앞에 진열한 스카라 극장(현재 보수 중이고 우리나라 유명 성악가도 이곳을 거쳐 갔다 함.)이고 광장 가운데는 레오나르도 다빈치 동상이 있고, 우측이 밀라노 시청이다.

 다빈치 동상을 배경(시청 포함)으로 영상으로 담아 보았다. 다시 빅토리아 엠마누엘 겔러리 돔 있는 곳을 통과 도오모 광장으로 나왔다.

 밤이지만 빅토리아 엠마누엘 겔러리 전경을 영상으로 담을 수 있었다. 두오모 성당 광장이 상당히 넓었는데 중앙광장에는 엠마누엘 2세의 기마상이 있었다. 밀라노 두우모 성당은 대표적 고딕 양식 건물로 현재는 보수 중이라 전체적으로 아름다운 건물을 영상으로 담기에는 아쉬움이 있었다. 건물을 짓는 데 600년이나 걸려 나폴레옹 때 완성하였단다.

밀라노 두우모 성당

 측면 길이 160m, 높이 131m, 넓이 100m 규모의 130개 첨탑이 숲을 이루는 대리석 봉우리와 벽면에 수없이 조각한 조상(彫像)들 정교하고 웅장한 모습을 영상으로 담았다. 가까운 중국집 2층에서 뷔페식으로 저녁을 한 후, 밤 22시가 지나서야 밀라노 외곽 지대에 있는 RIPAMONTI HOTEL에 투숙했다.

6시 50분, 호텔을 나와 스위스로 출발했다. 호텔 앞에 벼 농사 짓는 것을 처음 보았다. 벼가 노랗게 익었는데 작황은 보통이었다. 지나는 길 주변의 벼논에 피와 잡초가 많이 보였다. 일행들이 이구동성으로 조방적 농업이라 그렇단다. 고속도로를 한참 지나니 산악지대가 이어지고 고모(GOMO) 지역이라는 이탈리아 국경지대가 나왔다.

비탈진 산에 주택들이 그림처럼 들어서 있었다. 스위스 쪽도 마을이 조그마한 도시를 이루고 있는데 지형은 대부분 평지였다. 국경지대지만 여권 확인 없이 그냥 통과했다.

스위스는 독일어를 위주로 사용하면서 프랑스어 이탈리아어를 함께 사용한단다. 스위스 면적 41,824㎢이고, 인구는 720만, 무장 중립국이다. 스위스가 세계에서 GNP가 4만 불로서 가장 높은 나라라고 했다.

버스는 호수를 끼고 있는 산악지대를 달리고 있었다. 산비탈에 심긴 포도는 울타리 식이고, 아래쪽에 포도가 주렁주렁 달려 있었다. 호수가 주택들의 분홍색 지붕들이 아주 산뜻하여 그림처럼 아름다웠다. 여기도 이탈리아처럼 산 5부 정상 등에 주택들이 들어서 있었다. 호반을 끼고 달리는 도로는 산악지대라 높은 다리나 또 터널을 뚫어 4차선으로 잘 정비되어 있었다. 곳곳에 채석의 흔적도 보였다.

좁은 평지는 대부분 주택이 있고, 산비탈은 포도나 목초지로 이용하고 있었다. 얼마를 갔을까? 호수가로 주택들이 몰려 있었고 20~30km 정도 되어 보이는 넓은 들에는 주로 옥수수 등 사료작물을 재배하고 있었다.

100m 떨어진 채석장에는 석질이 아름다운 화강석을 두부 자르듯

이 채석을 하고 있는데 이렇게 하면 폐석이 거의 나오지 않을 것 같았다. 도중에 산골짜기 주유소에서 화장실 이용(이곳은 무료)한 후 주위의 아름다운 산을 배경으로 사진도 담았다. 조금 가다가 산고르 탄도라는 17km나 되는 긴 터널을 통과했다. 터널 통과는 20여 분 소요되었고 화창한 날씨라 기분이 좋았다.

(※ 로마 → 밀라노 4시간, 밀라노 → 알프스 융프라우 기차 타는 곳(해발 576m, 인터라켄 부락) 약 4시간 15분 소요된단다.)

터널을 통과하자 날씨가 갑자기 안개구름으로 바뀌어 높은 산 8부 능선 이상은 보였다 안 보였다 한다. 짧은 터널과 높은 다리가 끊임없이 계속되고 있었다. 산골로 접어들수록 조금 넓은 평야 지대와 초지가 나왔다.

가까이서 본 주택은 관광지라서 그런지 꽃 조경과 함께 아름답게 단장해 두었다. 한참을 가니 피에트 바이트수파트라는 커다란 호수가 나오고 호수 건너(500~1,000m 정도 거리) 호반의 주택이 여러 곳에 분홍색 등 여러 가지 색상으로 집단을 이루고 있었다. 그림같이 정말 아름다운 풍경이었다.

산골짜기를 올라가면서 보니 곳곳에 계곡을 막아 호수를 만들고 호수 둑을 100m 이상으로 넓게 하여 목축재배지로 이용하고 있었다. 그린피스 호수를 지나 인트라켄에 도착한 시간은 11시 15분경이었다.

특산품 매장에 들어가 스위스 칼 등을 선물로 샀다. 가게마다 비슷한 물건이고, 가격도 통일한 것 같았다. 중식 준비가 안 되어 1시간 늦게 출발하는 산악열차를 타기로 했다. 산악열차는 높고 아름다운 풍광의 협곡에 1차로 lauter buruen이라는 해발 796m 지점에서 정차하여 산악열차를 갈아타고 20~30도 급경사 길을 융프라우 정상을 향하여 달리고 있었다.

산악열차는 궤도 가운데 튼튼한 톱니바퀴와 산악열차의 톱니바퀴 때문에 경사진 곳을 무리 없이 다니는 것 같았다. 경사가 급한 곳에도 초지를 많이 조성하고 주택들이 들어서 있었다.

알프스의 영봉, 융프라우가 가장 높은 산으로 해발 4,158m이다. 그러나 관광객을 태운 산악열차는 융프라우 요흐(Jungfraujoch, 3,466m)까지 올라간단다. 경사가 평균 25도 톱니바퀴로 올라가는 열차 선로 시설은 1912년에 완공하였단다.

아름다운 풍경을 영상으로 담으면서 계속 올라가니 웅장한 바위산의 중간중간에 얼음물이 녹아내리고 만년설이 계곡 쪽에 남아 있었다. 길옆에는 처음 보는 유색 대리석으로 지붕을(너와집처럼 이은 것) 보니 이색적이기도 하고 신기했다.

높은 산 현재는 2,000m 정도 될 것 같은데 주위가 안갯속이다. 3,000m 이상 가면 안개가 없기를 마음속으로 빌어보았다. 아직도 초지 조성지를 지나고 있는데 초지 가운데 20cm도 안 되는 미니 향나무가 많이 보였다.

산악열차가 도착한 곳은 해발 2,064m의 kteine scheideg 역이다. 이곳에서 다시 산악열차를 갈아타고 정상으로 가야 한다. (구간별로 산악열차가 왕복하고 있었다.) 열차를 타기 전에 부근 풍광을 영상으로 담아 두었다. 다시 열차는 정상으로 움직이기 시작했다. 주위는 전부 초지 같았다. 초지 상태는 좋지 않으나 안갯속 사이로 희색 등 여러 색상의 얼룩소들이 수백 마리를 방사하고 있었다. 등산객 몇이 걸어서 산을 오르는 것도 보였다.

이어 조잡하게 만든 터널이 나왔다. 본 터널은 16년간 공사로 만들었단다. 1차 정차한 곳이 eigerletscher 역으로 해발 2,320m이다. 레스토랑도 있었다. 안개 때문에 밖을 볼 수가 없었다.

정상에 전망대가 보인다(아래는 열차 종점 휴게소)

　다음은 eigenwand 역(해발 2,865m)에 5분간 정차하여 터널이 뚫려있
는 곳을 통해 밖 앗 풍경을 볼 수 있었다. 해발 3,160m에 있는 eismer
역에 5분간 정차한 후 우리의 목적지인 융프라우 요흐에 도착했다. 마

침 안개구름은 발아래 멀리 있고, 흰 눈 위로 쏟아지는 햇살에 눈이 부셨다. 한 시간의 자유 시간을 주었지만, 필자는 환자 때문에 전망대를 올라가 보지 못하고 가이드와 교체한 후 200~300m의 얼음동굴을 지나 밖으로 나가 요흐의 아름다운 풍경을 영상으로 담아 볼 수 있었다.

시간이 흘러 하산길이다. 아래쪽에는 여전히 안개구름이다. 다행히 환자도 정신이 들었다. 열차 내 안내방송에 영어, 중국어, 이탈리아, 프랑스, 일본어, 한국어 방송이 나오는 것을 보니 세계 200여 개 나라 중 한국인이 얼마나 많이 오는지 짐작이 가고 반가웠다.

해발 2,000m 정도 내려오니 안개구름 때문에 주위 경관을 볼 수 없었다. 내려오는 길은 2차 열차 갈아탄 곳 kteine scheidegg 역에서 반대 방향으로 내려가는데 경사 25~30% 급경사를 구불구불 내려가고 있었다.

열차 레일 및 침목이 모두 무쇠 같은데 정말 많은 공사비가 들었을 것 같았다. 열차는 논스톱이 아니고 신호를 받아 올라오는 열차를 비켜주면서 내려가고 있었다. 내려오는 도중에 주위의 경관 좋은 험산들이 구름 사이로 얼굴을 잠시 내밀 때마다 영상으로 담았다. 해발 943m에 있는 erund 역에서 열차에서 내렸다. 주위 경관도 좋고 목초를 예취하는 소형기계가 경사진 곳을 잘도 다니면서 풀을 베고 있었다.

18시 50분경, 버스가 도착하여 인터라켄 쪽으로 향했다. 버스를 기다리는 동안 저녁에 술안주로 하기 위해 민들레를 한 묶음 뜯었다. 인터라켄 마을로 오는 도중에 풀을 베고 있는 농가들이 많았는데 한국의 농촌 풍경과 비슷했다.

한식으로 저녁을 하고 스위스 수도 베른 엠베스트 호텔로 향했다. 베른 가는 길로 오전에 지나왔던 호수 반대편으로 길로 가고 있었다.

역시 호반에는 아름다운 주택들이 곳곳에 들어서 있어 정말 부러운 풍광이었다. 약 한 시간 정도 걸려 드디어 BERN시에 도착했다. 하나둘씩 가로등이 켜지고 어둠이 내려앉고 있었다.

스위스의 수도 BERN 시가지도 5~6층 규모의 정돈 된 건물로 대부분의 유럽 각국과 비슷하고, 상당히 아담한 도시로 보였다. 22시경 AMBASSADOR HOTEL 110호실에 여장을 풀었다.

2004년 9월 1일

아침에 일어나 호텔에서 식사하러 갔는데, 아무 데나 음식을 가지고 앉았다. 종업원이 일본인이냐고 물어 한국이라고 했더니 다른 곳을 가리키며 앉게 해서 자리를 옮겼는데, 음식은 같았지만 먹는 장소는 일본, 기타 외국인, 한국인으로 구별하여 앉게 하는 것이 유쾌하지는 않았다. 그리고 호텔 냉장고 생수를 1유로 정도로 생각하고 마셨는데 빙하 생수라고 가격을 4불을 달라고 했다. 결국, 물 한 병에 우리 돈으로 4,800원 정도에 먹은 셈이다.

호텔이 베른 외곽지에 있어 9시에 버스에 승차하여 베른 시가지에 들어섰다. 인구 78만 조용한 도시 베른시를 지나 관광도시인 루체른(Luzern)으로 향했다. 루체른시 가는 길 주위는 구릉지 같은 들판에 대부분 목초지 등으로 농사를 짓고 있고 숲도 많았다.

한 시간 정도 달려 호반의 도시 루체른(인구 8만)에 도착했다. 루체른에서 1333년에 완공한 가장 오래된 목재 다리(일부 소실되어 복원함) 카펠다리(Kapell brucke, 길이 200m) 옆에 차를 세웠다.

다리 전체는 물론, 주위도 꽃으로 단장하였고, 다리가 호수를 대각선으로 놓여 있었다. 일명 연인의 다리, 사랑의 다리라고 불리기도 한단다.

호수의 물이 너무 맑아 2~3m 깊이에 물고기가 훤히 보였다. 백조와 원앙새 등이 한가롭게 놀고 여객선과 유람선도 몇 척 보였다. 물고기 잡는 어선은 없는 것 같았다.

꽃으로 단장한 역사 깊은 다리를 한 바퀴 둘러보고 단체 사진과 개인 사진을 남겼다. 주변 건물은 5~6층의 석조 건물로 아주 잘 정비되어 있었다. 카펠 다리 뒤 우리가 지나온 알프스산맥 쪽으로 필라투스(악마의 산 2,128m)라는 아름다운 산이 자꾸만 시선을 끌었다.

여자 몇 사람과 같이 아무 상점이나 들어가 화장실을 찾으니 15m 정도 덜어진 곳을 가리키며 모퉁이에 있는 식당에 가라고 했다. 식당 입구에 서 있는 남자에게 영어로 화장실을 문의하려는데 여자분 중에 장난삼아 삐삐(스위스 말로 소변을 뜻함) 하니까 친절하게 가게 안쪽을 가리켰다.

루체른은 이렇게 많은 사람 중 80%가 관광객이라 했다. 루체른 내륙의 이 호수가 오전에 본 큰 수파트 호수가 루체른 중앙역 시내까지 들어와 있었다. 스위스는 내륙에 호수를 많이 만들어 낭만을 즐기는 것 같았다. 시내에는 무궤도 전차가 다녔다. 스위스는 가는 곳마다 시계와 칼을 진열해 놓고 홍보하고 있었다.

버스는 다시 가까이에 있는 빈사의 사자 석상 있는 곳으로 가 둘러본 후 스위스인이 경영하는 식당에서 맛없는 빵 등으로 점심을 한 후, 버스에 올라 스위스에서 가장 큰 도시 인구 110만의 취리히(zurich)로 출발했다.

루체른 오는 길의 부근이나 취리히 가는 부근은 완경사 구릉지로 목축업 지대가 광활하게 펼쳐져 있었다. 스위스를 오기 전에는 스위스는 평야는 거의 없고 알프스산맥을 중심으로 관광객을 상대로 시계나 칼 등 정밀 가내공업으로 잘사는 나라로만 알았는데, 현재의 느낌은 2/3가 평야 지대일 것 같았다. 즉 알프스산맥만 산악지대이고 여타는 완경사 구릉지였다. 정밀 경공업을 제외하고는 목축업이 주생계 수단이 될 것 같았고, 가이드가 이곳은 목축업 하는 사람 잘산다는 것이 이해가 될 것 같기도 했다.

오후 13시 20분경, 취리히 시가지에 접어들었다. 이 도시도 역시 거리 건물에 간판이 없었다. 그리고 궤도 위를 가는 전차나 무궤도 전차 두 가지 다 다녔다.

취리히 기차역 앞을 통과하면서 보니 시내는 호수를 중심으로 발달해 있는 것 같았다. 시내 곳곳에 공사하는 곳이 많았다. 이어 flughafen zurich 공항에 13시 45분에 도착했다. 시내 구경을 하여야 하는데, 버스가 로마까지 장시간 되돌아가야 하기 때문에 강요하지 못하고 공항으로 바로 와 아쉬움이 많았다. 그 대신 공항에서 이곳저곳을 여유 있게 둘러보면서 쇼핑도(가이드에 의하면 스위스제인 만년필 CARAN DACHE도 유명하다는 소리에 흑인 여자에게 19불에 1개 샀음.) 하고 시간을 보낼 수 있었다.

17시 50분경, 탑승 수속을 마치고 취리히 공항을 이륙했다. 여객기에서 내려다본 스위스 취리히시 교외는 숲, 마을. 목초지 등이 골고루 안배하듯이 정리되어 있어 잘사는 나라로 보였다.

호수 멀리 구름 속으로 눈으로 뒤덮인 알프스산맥이 아쉬운 손짓을 하고 있었다. 대부분의 주거 지역은 호수를 중심으로 이루어져 있고, 평야지는 60% 이상이 경지 정리가 안 된 목초지 그대로 초지로 이용하고 있었다.

여객기가 다시 러시아 북부로 향했다. 여객기 좌석이 1/3 정도가 비어있어 자리를 여유 있게 차지하여 편안하게 올 수 있었다. 얼마나 지났을까? 승무원의 기상 스위치에 일어나 아침 식사를 하고 창밖을 보니 여객기는 러시아의 극동 해안을 날고 있었다. 도착 예정시간은 12시 28분 여객기가 고도를 낮추기 시작했다. 지상으로는 안개구름 때문에 아무것도 보이지 않고 아직도 구름 위를 날고 있었다.

현재 시각 12시 5분, 남은 비행시간 25분이다. 이직도 구름 위다. 도쿄 나리타(成田) 공항 도착 잔여 시간 17분이다. 야산은 붉은 흙으로 뒤덮인 밭이 보이더니 바다에는 몇 척의 배가 물보라를 일으키며 움직이고 있었다. 해안선은 하얀 포말을 일으키며 3중으로 파도가 치고 있었다.

공항에서 부산행 비행기를 갈아타는 수속을 마치고 14시경 도쿄에서 출발하여, 16시경 부산에 도착했다.

이베리아
반도를 가다

1부

2013. 11. 28. ~ 12. 9.

포르투갈, 스페인, 모로코,

2013년 11월 28일 (목) 흐림

16세기 세계를 제패한 궁금한 나라 스페인, 포르투갈을 방문하기 위해 나섰다. 모로코도 둘러볼 예정이다. 전국적으로 갑작스런, 때 이른 대설(大雪)주의보와 한파(寒波)특보가 내려 여행에 차질이 있을까 상당히 걱정하였는데, 다행히 눈도 다 녹았고, 기온도 영하 5도밖에 안 되어 빙판의 염려는 안 해도 되었다.

인천 공항에서 탑승 수속을 마치고 오전 11시 15분, 중간기착지인 헬싱키(핀란드 항공, AY042편)로 향했다. 비행 소요시간은 9시간 35분이다. 승객은 자리가 없을 정도로 만원이다. 여객기가 고도를 잡은 후 기내식 점심으로 따끈한 불고기와 김치가 나왔다. 승객의 50% 이상이 외국인인데 입맛에 맞을지 궁금했다.

비행 4시간 정도 지나니 여객기는 중국 내륙과 몽골을 지나 러시아 국경지대를 날고 있다. 현재고도 11,275km, 시속 837km, 외기온도 −69도다. 둥근 지구표면을 반 바퀴 정도 비행하고 있는 중이다. 밤인지 낮인지 구별이 안 되는 시간이 흐르면서 도착 2시간 남기고(한국시간 오후 7시 20분경) 저녁 식사로 잡채밥이 나왔다. 한국 음식을 외국인들에게 소개하는 기회라 생각하니 기분이 좋았다.

헬싱키 공항에 현지 시간으로 오후 2시 조금 지나서 도착했다(헬싱키와 시차는 7시간이다.). 날씨는 약간 흐리지만 기온은 영상 4도로 서울보다 따뜻했다.

헬싱키 공항은 비교적 깨끗했으나 한산한 느낌을 받았다. 이곳에서 스페인 바르셀로나로 가는 비행기는 오후 5시 25분이다. 공항에 저녁 노을과 함께 땅거미가 내리고 어두울 무렵에야 탑승했다. 버스로 이동하여 야외에서 바르셀로나행 여객기를 타는데 밤바람이 몹시 차가웠다. 비행소요시간은 2시간 55분이다.

어둠을 뚫고 바르셀로나 공항 상공에 도착하니 비행장 부근의 밤 풍경은 전기 사정이 좋은지 상당히 밝았다. 특히 바다에서 진입하는 밤 부두는 휘황찬란했다. 잘 정돈된 바르셀로나 공항에 밤 8시 20분경에 무사히 도착했다.

밤 외기온도는 영상 8도 비교적 따뜻했다. 다시 버스로 40여 분 달려 시의 한적한 곳에 위치한 호텔 LES TORRES에 첫날의 여장을 풀었다.

11월 29일 (금) 맑음

아침 8시 40분에 호텔을 출발 바르셀로나 시내 관광에 나섰다. 바르셀로나는 인구 165만 명 정도 되고, 한국 교민은 600여 명에 불과하단다. 미국에는 어느 도시를 가나 3~5만 명 이상 거주하는 것에 비하면 너무 적게 사는 것 같다.

시내에 들어서니 차량이 많아 교통체증이 약간 있었다. 바르셀로나 광장에서 현지 교민 가이드를 만나 광장 주변의 미려한 석조건물에 대한 설명을 듣고 몬주익 언덕으로 향했다. 이곳은 바르셀로나 시내를 한눈에 조망할 수 있는 공원이다.

1992년, 하계올림픽이 개최된 메인 스타디움 앞에 하차하여 도로변 약간 넓은 공지에 조성된 자랑스러운 대한민국의 건아 황영조 선수의 양각 조각상과 족적탁본(足跡拓本) 등을 영상에 담았다.

몬주 언덕에 있는 황영조 선수 조각상

　가이드의 이야기로는 이곳이 누구인지 모르면서 수많은 관광객이 사진을 많이 담아 간다고 해서 모두 한바탕 웃었다. 지중해 특유의 온난한 날씨라 기분도 상쾌했다. 메인 스타디움 옆에 독특한 디자인의 해시계가 눈길을 끌었고, 출입구 가까이에 있는 성화대(聖火臺)가 그날의 성화 불로 이글거렸다. 주 경기장 안으로 들어서니 운동장 규모는 작아 보이고 상당히 깊게 내려다보이는 구조이고, 바닥에는 파란 잔디가 생기를 더했다.

　황영조 선수가 몬주의 언덕길에서 사력을 다해 일본 선수 '모리시다 고이치'를 크게 따돌리고 1등으로 입장하는 장면과 그날의 환성환호(歡聲歡呼)의 울림이 경기장 가득히 울려 퍼지는 것 같았다. 우리 이외에도 많은 관광객이 찾아들고 있었다.

자랑스러운 기분을 안고 다시 발길은 몬주의 언덕 전망대로 향했다. 몬주의 언덕 정상(해발 216m)으로 콘도라 탑승장 옆에 도착했다. 이곳은 바르셀로나 항구와 지중해의 아름다운 자연풍광을 볼 수 있다.

탁 트인 바다에서 불어오는 감미로운 바람 정말 상쾌했다. 전망대로 많이 몰려드는 관광객들 사이로 다양한 열대식물들을 동영상으로 담았다. 항구 멀리 거대한 크루즈 유람선이 아침 햇살에 돋보였는데, 지중해 해안은 기후가 좋아 유럽지역의 정년 퇴임자들의 휴양지로 많이 이용되고 있다고 했다.

바르셀로나 항구

항구를 바라보면서 16세기경에 상술(商術)로 국력을 키워 가까이는 지중해 연안 그리스, 이태리 등은 물론, 세계 곳곳을 점령 황금시대를 구가하던 때를 상상해 보았다. 한 세기(世紀)를 지배함으로써 지금도 세계 여러 곳에서 스페인 언어를 사용하고 있다고 하니 그 위세(威勢)가 짐작이 가고도 남는다.

버스는 다시 구엘(Guell) 공원으로 향했다. 바르셀로나 시내는 유럽 어느 나라와 마찬가지로 석조건물이 많이 보였다. 수고(樹高)가 높은 가로수가 거리의 풍광을 돋보이게 했다. 도중에 까달루어 광장에서 하차하여 500여m 떨어진 신선한 과일상들이 즐비한 산산호셉 시장을 둘러보면서 신기하고 이색적인 과일들을 영상으로 담았다.

산호셉 시장의 열대과일

도로변 양측은 차 1대 정도 다니도록 하고 중앙 넓은 곳(6차선 넓이)은 바닥에 대리석으로 포장하여 공원같이 사용하는데 사람들이 상당히 많았다. 높은 가로수가 많아 숲속을 거니는 기분이었다.

다시 버스는 시내에 있는 독특한 양식의 '까사바뜨요'의 가우디(Antoni Gaudi) 솜씨 건물을 차장으로 보면서 약간 높은 곳에 위치한 구엘 공원에 도착했다. 부호 구엘 백작이 가우디 건축가를 35년간 지원하여 조성한 유명한 공원이다. 건축자재는 자연에서 나오는 모든 것으로 조성하였다고 했다. 입장료는 8유로인데도 관광객이 너무 많이 몰려들어 복잡했다.

구엘 공원의 건물

도자기 타일을 곁들인 독특한 양식의 아름다운 건축물과 각종 조형물을 열심히 영상으로 담은 후 아쉬운 발길은 가우디의 걸작(傑作)품 성가족 성당으로 향했다.

1883년도에 가우디가 짓기 시작한 지 130년이 되었는데도 12개 탑(12제자를 상징) 중 4개 탑밖에 완성되지 않았다. (예수를 상징하는 중앙탑은 기초만 한 것 같았음) 완공된 높이 170m 옥수수 형태의 종각의 종소리를 듣지 못하는 것이 아쉬웠다. 가우디가 43년 동안 탑을 쌓으면서 철근 하나 사용 안 하고 이런 거대한 것을 만들었다는 것이 신기했다.

입장료는 예매를 안 하면 구입하기 쉽지 않을 정도로 관광객이 밀렸다. 1인당 14.8유로(한화 21,460원)나 되는 입장료를 주고 성당 내부로 들어가니 1년 52주를 상징하는 거대한 52개 석조기둥을 중심으로 몇 개의 가지(枝)를 만들고 섬세하고 화려한 야자수 형상의 조각조형물이 감탄이 절로 나오게 하였다. 교인이 아니라도 한 번쯤은 보아야 할 장관(壯觀)이었다.

성가족 대성당

가우디 성당(Sagrada Familia = 성가족 성당)

기발하고도 장엄한
세계문화유산에 빛나는
스페인의 상징물
가우디 성가족 대성당

완공(完工)의 빛을 보지 못한
천재건축가 안토니 가우디(Antoni Gaudi)의
거룩한 혼불이 서려 있고

일백삼십여 년에 걸쳐 건축하는
주 탑(塔)과 열두제자 첨탑(尖塔)의 위용이
바르셀로나 하늘을 찌르고 있었다.

섬세하고도 정교한 조각으로 장식된
외형(外形)의 아름다운 조형미가
시선을 사로잡는 전율(戰慄)로 흔들리고

거대한 야자수형 기둥들이 늘어선
높디높은 천장에 길게 펼쳐진
성스러운 황금빛 숲과 꽃 형상들이 경이로웠다.

스테인드글라스(stained glass)를 통해 쏟아지는
현란(絢爛)한 빛의 신비로움도

밀려드는 관광객들 가슴을
황홀하게 물들이고 있었다.

　성당 내부는 거의 완공된 것 같았다. 지하의 가우디 무덤은 출입제
한이라 볼 수 없어 아쉬웠다. 기부금과 관광객 입장료로 공사를 추진
중인데 입장객 증가로 가우디 서거 100주년인 2026년 6월 10일, 준
공(竣工)일을 정하여 추진하고 있단다.
　성당을 둘러보고 해안가 식당에서 '빠에야'라는 쌀과 각종 해물로
볶음밥처럼 만든 스페인 전통식품으로 점심을 먹은 후, 버스는 다시
고속도로로 4시간 거리인 발렌시아로 향했다. 기온이 온난한 탓인지
도로변의 활엽수(闊葉樹) 플라타너스조차 바람에 팔랑거리며 반들거
리는 것이 여름 같았다.
　고속도로는 계속하여 지중해 해안가로 달리는데 풍경이 정말 그림
같이 아름다웠다. 부드러운 연초록 잎새의 수목들이 몽실몽실 살아
움직이는 것 같았고, 그 사이사이로 하얀 집들이 별장처럼 풍광을 더
하고 있었다.
　올리버 농원이 계속 이어지더니 발레시아가 가까워질수록 황금빛
을 자랑하는 오렌지 농장이 끝없이 이어졌다. 멀리 산 능선으로 넘어
가는 저녁노을이 피로에 지친 일행의 얼굴을 붉게 물들이고 있었다.
어둠이 깔리고 해안가의 이름 모를 마을들의 화려한 야간 풍경을 감
상하면서 오후 7시 10분경에 RONDAI 호텔에 투숙했다.

11월 30일 (토) 맑음

　　　오늘은 5시에 기상, 6시 30분에 서둘러 발렌시아의 성당을 둘러본 후, 그라나다로 향할 예정으로 어둠 속에 호텔을 나왔다. 날씨는 약간 쌀쌀했지만 기분은 최상이었다.

　발렌시아 시내 거리는 도로망이 잘 정비되어 있고 4~5층 석조건물들이 가로등 불빛 아래 아주 깨끗해 보였다. 보도블럭도 석회석 대리석으로 포장하였다. 발렌시아 중심지 '제이나' 광장 옆에 있는 200년을 자랑하는 발렌시아 대성당 내 고아의 진품 그림을 보지 못하고 외관만 둘러보는 것이 아쉬웠다. 도중에 미려한 외관의 발렌시아 기차역을 통과하기도 했다.

　인구 77만 명이라는 발렌시아 시가지는 상당히 넓어 보이고, 석조건물들이 오스트리아의 '비엔나'를 연상케 했다. 눈썹달이 먼동을 깨우는 새벽 시간, 고속도로를 기분 좋게 달렸다. 한참을 달리다 보니 멀리 지평선에 걸쳐있는 실구름이 아침노을에 붉게 타면서 관광객들의 피로를 풀어주는 것 같았다. 경작지 평야 지대를 지나 과일나무가 즐비한 산마루를 넘기도 했다.

　토양이 척박한 야산들 거의 민둥산 사막지대라 불모지가 많았다. 곳곳에 대평원이 있어도 경지 정리된 곳은 하나도 없고, 자연지형 그대로 이용하여 올리버 집단재배 등 다양한 작물들을 재배하고 있었다.

　산 능선에 거대한 풍력발전소가 집단으로 돌고 있는가 하면, 간혹 태양광 발전시설도 눈에 띄었다. '알리컨대'라는 휴양지를 지나 관수를 이용 재배하는 황금색 오랜지 농원들이 끝없이 이어지는가 하면, 이색적이고 새로운 풍경들이 시선을 유혹하며 여행을 즐겁게 했다.

멀리 네바다 설산(해발 3,500m)의 만년설이 보이기 시작하니 험산이 나타나고 무성한 숲도 시작되었다. 연초록 잎새들이 정오(正午)의 햇살을 받아 더욱 윤기가 흐르면서 풍광을 더했다.

네바다 만년설(해발 3,500m)

장장 7시간 반을 달려 그라나다시의 입구에 들어서니 산줄기 능선마다 집단적으로 올리버를 재배하고 있는 것이 장관이었다. 그리고 올리버 농장 사이로 하얀 집들이 들어선 마을들이 그림처럼 아름다웠다. 식수(食水) 해결과 교통이용은 어떻게 하는지 궁금증을 불러일으킨다.

길은 계속 저지대 그라나다 시내로 내려간다. 인구 33만 명밖에 안 되는 그라나다(석류라는 뜻의 스페인 말)시가 거대한 네바다 산맥 아래 둥지를 틀었는데, 달관으로 보아서는 광활한 면적에 엄청나게 크게 보였다.

이곳에서 현지 교민 가이드 백인철 씨 안내를 받았다. 오후 2시, 시내 식당에서 현지식(現地食)으로 중식을 끝낸 후, 그라나다의 상징인 헤넬레페 정원 내에 있는 알함브라 궁전(붉은 성이라는 뜻) 관람에 나섰다. 700여 년 전(우리나라 고려 시대)에 조성하였다는데, 토성 일부가 허물어지긴 했지만 그 옛날 역사의 향기가 곳곳에서 풍기고 있었다. 밖의 헤넬레페 정원을 둘러보면서 전망대 맞은편 산 중턱에 잘 조성되어있는 아랍인들의 마을 알바이신(lbaicin) 지구를 영상에 담고, 수형(樹型)을 마음대로 할 수 있는 사이프러스 나무 수벽(樹壁)을 지나 알함브라 궁전 내부에 들어섰다.

헤넬레페 정원 옥상에서

입장권 바코드에 의해 출입구마다 체크를 하고 있었다. 관람 코스마다 대리석에 새긴 섬세하고 정교한 조각 문양이 예술의 진수를 맛보게 했다. 정말 탄성을 지를 정도로 감탄할 작품들이었다. 또 알함브라 궁전 내는 많은 수로(水路)를 따라 물이 흐르는데 멀리 네바다 산맥에서 끌어온다고 했다. 그라나다는 네바다 산맥의 수원이 많아 일 년 내내 물이 풍부하다고 했다.

알함브라 궁전 내부

　어느 한 부분이라도 섬세한 문양을 복사해도 장식물 보석이 될 정도라 했다. 구석구석을 2시간여에 걸쳐 700여 년 전의 화려했던 그 시절에 흠뻑 젖어 시간 가는 줄 몰랐다. 관람을 끝내고 대기하는 버스로 오는 도중 낙조(落照)가 나무에 걸려 있었다. 버스를 타고 그라나다 VITA 호텔로 오는 도중에 너무나 아름다운 저녁노을을 차창으로 통해 영상으로 담는 행운(幸運)도 누렸다.

12월 1일 (일) 맑음

　　　　　오늘은 8시에 안달루시아의 중심도시 코르도바로 향했다. 그라나다 어디에서 보아도 거대한 네바다 산맥이 눈앞으로 다가왔다. 코르도바까지는 고속도로로 달리는데. 올리버 나무를 비롯하여 과일나무들이 하얀 서리로 분장을 하고 있었다.

　멀리 보이는 산 정상 부근까지 정조식(正條植)으로 올리버를 식재하였는데, 실로 면적이 엄청나게 많았다. 스페인은 3억 2천만 그루의 올리브를 심었고, 세계 생산량의 39%를 차지한다고 하는데, 규모로 보아 짐작이 가고도 남았다.

　산 능선 곳곳에 풍력 발전기가 집단으로 돌고 있고, 보이는 것은 숲을 이루고 있는 올리버 나무 일색이다. 고속도로는 산의 8~9부 능선을 달리는 기분이다. 올리버는 겨울(2월까지)에 열매가 검게 변했을 때 기계로 나무를 흔들어 수확한다고 하는데 지금 열매가 일부 검게 변하고 있었다.

　버스로 2시간 지나 코르도바에 도착했다. 이곳의 인구는 천 년 전에는 100만 명이었는데, 지금은 30만 명이란다. 코르도바 시내에 있는 천년 역사를 자랑하는 메스키타의 장엄한 회교 사원의 화려한 내부를 둘러보았다. 원주 대리석 850개 이상의 기둥이 들어서 있고, 신도 25,000명이 동시에 예배를 볼 수 있는 거대한 규모였다. 그리고 미로 같은 유태인의 거리, 꽃으로 장식한 구시가지를 둘러보는데, 좁은 골목길을 통하여 바라다보이는 91m의 종탑으로부터 큰 울림의 종소리도 동영상으로 담았다. 미로의 여러 곳을 둘러본 후 밖을 나오니 공원 입구에 네로황제의 스승이었다는 로마 철학자 세네카 동상도 영상으로 담고 가까이에 있는 중국집에서 점심을 먹었다.

다시 버스는 론다로 향했다. 코르도바시 외곽지역 론다로 가는 고속도로변은 일부 올리브 재배지를 제외하고는 야산 구릉지를 깔끔히 정지작업을 하였는데, 경사진 곳을 어떻게 농기계 작업을 하였는지 신기했다.

이렇게 벌거숭이로 해놓아도 여름에 수해로 인한 농경지나 주택피해는 없는지? 계천(溪川)이 눈에 보이지 않는 것을 보니 강우량이 적은 것 같았다. 우리나라 같으면 허가도 안 내주겠지만, 범람하는 홍수로 주택이나 전답이 큰 피해를 받을 것이다.

론다가 가까워지자 국도에 들어섰고, 도로포장 상태가 좋지 않았다.

계속하여 산길을 돌고 돌아 오후 3시경에 해발 750m 산중(山中) 투우의 본고장 '론다(Ronda)'에 도착했다. 고지대라 하늘도시라 부른다.

인구 8,000여 명이 거주하는 론다는 투우의 발상지로 유명하다. 1780년 때부터 투우대회가 시작되었다 한다. 시내 중심부에 있는 스페인에서 가장 오래된 투우장 외곽과 커다란 투우의 동상만 둘러보았다.

멀리 보이는 험준한 산악지대의 아름다운 경관이 보이는 전망대에서 차 한 잔을 하면서 쉬었다. 기묘하게 생긴 깊은 협곡(깊이 150~200m)과 아찔한 절벽 위의 집들은 아직도 남아있는 고운 단풍과 함께 절묘한 조화를 이루면서 한 폭의 아름다운 그림을 그리고 있었다.

신구 부락 간 연결하는 헤밍웨이가 사랑하였다는 누에보 다리(길이 120m, 높이 98m) 위에서 주위의 풍광을 즐기고 오후 4시 20분경 말랑카로 향했다. 가는 길은 태산의 험로를 계속 내려가는데, 오른쪽은 천 길 낭떠러지 벼랑길이라 아찔아찔한 기분이었다. 굽이굽이 급경사를 돌아서 내려오니 고급 별장이 즐비한 지중해 해안이다. 해안가의 아름다운 하얀 집들을 끼고 석양 속을 한참을 달려 산 5부 능선에 위치한 하얀 마을이라 불리는 큰 마을, 미하스에 도착했다.

이곳은 일본인 관광객이 많이 찾는 곳이고 크루즈 배가 들어오면 관광객들이 며칠씩 묵어갈 정도로 지중해를 내려다보며 풍광을 즐기는 아름다운 곳이다. 어느덧 어둠이 내리면서 하나둘씩 가로등 불빛이 들어오기 시작했다.

골목길에서 우리 일행을 본 중년의 남자가 '대한민국 짝짝짠' 하니 맞은편 남자는 손목을 포개고 몸을 비틀면서 분명한 우리말로 '강남 스타일'로 응수를 하는데, 이역 땅 낯선 곳에서 우리말이 튀어나오니 하얀 골목길이 갑자기 환한 함박웃음으로 가득한 환희의 순간을 맛보았다.

이곳(높은)에서 피카소의 고향인 말랑카(Malanca)의 아름다운 해안의 야간 풍경을 영상으로 담고 하산하여 해변가에 있는 LASPALMERAS 호텔에 투숙했다. (2부 계속)

💬 COMMENT

| 연 지 | 8년 전 부부와 함께 다녀왔는데…. 글을 이렇게 잘 쓰시니, 기억은 나지만 글을 쓴다는 것은 참 어렵거든요. 정말 고맙고 수고 많으셨어요. |

| 소당 / 김 태 은 | 이렇게 글을 써 올리느라 수고 많으셨고요. 일일이 메모해 놨다가 글 올리기란 쉽지가 않음을 잘 알고 있지요. 공부 많이 하고 갑니다. |

| 白雲 / 손 경 훈 | 힘든 여행길이지만 보람 가득한 여정이었을 같습니다. 앉아서 보는 재미가 쏠쏠합니다. 고맙습니다. |

| 熊座 백 용 현 | 문 시인님, 부럽습니다. 좋은 곳에서 많은 것을 보고 느끼고 오셔서 보람이 컸겠습니다. 2부도 기대하겠습니다. 그리고 새해 복 많이~ 받으십시오. |

산 월 최 길 준	이베리아 반도를 가다. 멋진 여행기를 읽으면서 저도 얼마 남지 않은 퇴임 땐 유럽
	여행이라도 다녀와야 할 것 같습니다. 즐감하고 갑니다.
2 1 세 기	와우! 대단하시네요. 여행도 여행이지만, 필력이 대단하시네요. 지금은 술이 되어
	살짝 읽고, 나중에 찬찬히 다시 읽어 보고 싶습니다!

이베리아 반도를 가다

2부

2013. 11. 28. ～ 12. 9.

포르투갈, 스페인, 모로코,

아침 7시에 해안가 산책에 나섰다. 지난밤 화려한 조명 아래 붐비던 해안가는 약간 쌀쌀한 날씨인데도 조깅하는 몇 사람이 보일 뿐 아주 조용하다. 요트계류장 옆을 조금 거닐다가 호텔로 되돌아왔다.

9시 30분에 지브롤터(Gibraltar) 해협으로 향했다. 2시간 정도 달리니 수 km 떨어진 곳에 돌출된 산이 보이는 곳이 인구 3만 명이 거주하는 영국령 지브롤터라는데 한번 둘러보지 못하는 것이 아쉬웠다.

우리 일행은 동 지역을 지나 한참을 달린 후 타라파(Tarifa) 항구에 도착하여 오후 1시에 출발하는 페리호에 버스와 함께 승선했다. 아프리카 대륙 모로코 탕헤르(Tanger) 항구까지는 거리 14km 소요시간은 35분이란다. 입국심사는 배 위에서 했다. 강풍으로 해수면이 하얀 포말을 일으키면서 배도 파도가 심해 약간 출렁거렸다.

해협의 우측은 대서양이고, 좌측은 지중해라는 데 실감이 나지 않았다. 거리가 너무 짧아 해저터널이나 다리를 놓으면 파도 걱정도 없이 편리할 것 같았다. 탕헤르 항구는 모로코에서 두 번째 큰 항구로, 아랍인과 유럽인이 함께 거주한단다.

탕헤르 항구는 크루즈 선박도 몇 척 보이고 아파트도 계속 짓고 있었다. 모로코는 인구 5천만 명이고, 면적은 남한의 7배라 했다. 남한 크기의 면적을 3일 동안 둘러볼 것이라 했다.

탕헤르 시가지는 약간의 구릉지까지 건물이 들어서있는데, 스페인처럼 건물 벽체는 대부분 하얗다. 지금 모로코 경제는 중국처럼 급성장하고 있단다.

점심 식사는 호텔 구내에서 통밀과 채소. 닭고기 등을 섞어 만든 현지의 전통 음식, 구스구스(couscous)를 맛있게 먹고 카사블랑카로 향했다. 소요시간은 5시간이나 되기에 도중에 카사블랑카 흑백영화를 감상하면서 고속도로를 달렸다. 야산과 구릉지 평야가 끝없이 이어지는 대평원이다. 비옥(肥沃)해 보이는 경작지에 올리버 재배는 간혹 보이고, 각종 채소와 비닐하우스 딸기, 바나나를 많이 재배하고 있었다. 개발 여지가 많은 천연림 야산도 상당히 많았다.

오후 7시 30분 약간 어두울 무렵에 카사블랑카(Casablanca: 스페인 말로 '하얀 집'이라는 뜻) 시내에 도착했다. 인구 600만 명의 모로코 최고의 상업도시라 하는데 시내는 대체로 어둡고 깨끗하지 못한 것 같았다. 차량이 너무 많아 통행이 상당히 불편했다. 호텔 CASABLANCA에 여장을 풀었다. 호텔 객실에는 반가운 한국 KBS 방송이 흘러나오고 있었다.

12월 3일 (화) 맑음

아침 6시 30분에 호텔을 나와 시내에 있는 모하메드 5세 광장 일명 법원 광장을 둘러보는데, 마침 아주 깨끗한 전차가 광장 중앙을 통과했다. 광장에는 우리 일행 이외 한국인 관광객이 있었다. 곧이어 대서양 시작지점 바다 위에 섬처럼 떠 있는 세계에서 3번째 큰 핫산 2세 회교 사원에 도착했다.

카사블랑카의 추억

아프리카의 서북단(西北端)
모로코의 젖줄. 최대의 상업도시 카사블랑카
아열대의 풍광 속에
대서양을 품에 안고 넘실거렸다.

모하메드 5세 중심광장을 가로지르는
붉은 신형전차가 새벽을 나르고

바다 위에 떠 있는
장엄한 핫산 2세의 회교 성전의 대사원은
수많은 이들의 간절한 소망
삶에 밝은 빛을 뿌렸다.

아침노을에 붉게 타는 바다
눈부신 햇살 아래
이백 미터 미나레트 첨탑이 찬란하고

십만 수용의 대광장(大廣場) 위로
환상의 갈매기 군무(群舞)가
나그네의 눈길을 탄성으로 사로잡았다.

이국(異國)의 정취(情趣)가 물씬 풍기는
온통 새하얀 도시

십이월의 녹음이 싱그럽기만 한 카사블랑카

뇌리(腦裏)를 떠나지 않는 이색풍경이 새삼 그립다.

핫산 2세의 거대한 회교 사원(이른 아침이라 약간 어둡다.)

10만 명이 동시에 예배를 볼 수 있는 대광장에 공연장 등 건물이 광장 주변을 에워싸고 있었다. 멀리서 사진을 담아야 할 정도로 거대한 사원의 정중앙에 있는 미나레트(높이 200m) 탑은 조각이 섬세하고 화려했다. 광장에는 아침노을에 갈매기들의 군무가 장관을 이루면서 시선을 즐겁게 했다.

시내건물은 5층 내외이고 역시 대부분 백색으로 밝아 보였다. 가로
등 불빛과 자동차 불빛이 아침노을과 함께 바다 위에 수를 놓는데,
풍경이 아름답기 그지없었다.

출근 시간이 가까워오면 시내 차량이 서울 시내처럼 붐빈다면서 서
둘러 빠져나오는데, 그래도 차량이 많아 지체되었다. 2시간가량 6차선
고속도로 해안선을 따라 리바트로 향해 달리는 동안 도로변은 산이
없는 대평원이 계속되었다. 물론 경지 정리는 되지 않은 밭(田)뿐이다.

모로코 왕궁 정문

해안가를 중심으로 하얀 집들로 이루어진 마을들이 곳곳에 평화롭
게 들어서 있었다. 밭 경계에는 선인장이나 올리버 나무로 울타리를
한 것이 이색적이었다. 고속도로에 통행차량이 우리나라 못지않게 많
은 것을 보고 모로코의 경제의 잠재력을 짐작케 했다.

리바트는 인구 200만 명의 모로코 수도이다. 모하메드 6세 국왕이
지배하는 나라로, 1956년도에 프랑스와 스페인으로부터 완전 독립한

후 지금까지 왕조체제를 유지하고 있다. 모로코도 한때는 이집트까지 점령할 정도로 강력한 때도 있었단다. 리바트에는 현대, 기아차 대리점이 있고, 삼성전자는 매출이 년 1억 불이나 된다고 했다.

현재시간 8시 30분, 토성으로 둘러싸인 왕궁 정원으로 들어가 전통 아랍 기법과 현대 목조법이 조화를 이룬 왕궁 외관을 둘러보았다.

모로코 하산탑

왕궁 앞 정원은 상당히 넓었고 열대식물로 단장·조성되어 있었다. 관광객이 상당히 많이 들어오고 있었다. 이어 리바트의 상징적 조형물인 하산탑으로 향했다. 정문에는 화려한 전통복장을 한 근위병 두 사람이 말을 타고 서 있는데 관광객의 카메라 세례를 받고 있었다. 하산탑(한 변 16m 정사각형, 높이 44m)은 300여 개의 돌기둥이 서 있는 상당히 넓은 광장의 맞은편 정중앙에 있었다. 시간이 없어 뒤편 건물 지하에 있는 모하메드 5세 영묘 관람은 생략하고 고대도시 페즈(스페인 말 Fez, 프랑스 말 프랑스어: Fès)로 향했다.

오늘이 12월 3일인데 이곳 리바트 시내는 잔디가 여름같이 파랗다. 한참을 달려 페즈에 도착하여 커다란 로터리를 지나니 공원 같은 넓은 도로가 나왔다. 도시 중앙에 8차선 중앙도로는 열대식물 등으로 조경을 하였고, 도로 양측으로는 각각 2차선 차도이다. 수백m나 되어 보이는 이곳이 모하메드 5세 광장이란다. 광장 끝에는 금빛의 장대한 문이 있는 호화로운 왕궁이다. 외관만 둘러보고 천년 역사를 자랑하는 세계 최대의 미로(1만여 개)라고 알려진 메디나(Medina)를 지났다.

구불구불 메디나 좁은 골목길을 지날 동안 건물들이 상당히 낡아 곧 허물어질 것 같았다. 두 사람이 지나치기도 좁은 골목길에 그래도 표정이 밝은 지역민들이 서툰 우리말로 반겨 주었다. 기분 좋게 한참을 헤매다 보니 고대 염색 방법을 이용하여 염색 가공 처리하는 테너리(Tannery) 작업장에 도착했다.

고대 천연 염색장 테너리

테너리(Tannerie)

모로코 고대도시 패스(Fez)
일만여 개의 좁디좁은 골목길
미로(迷路)를 돌고 돌아 찾은
천년 역사의 숨결이 살아 숨 쉬는
피혁 천연염색 처리장 테너리

멀리서 내려다보아도
강력한 민트 잎 향기도 무색케 하는
숨 막히는 악취의 진동이
소중한 문화유산의 빛을 뿌리고 있었다.

둥글둥글. 원통(圓筒)마다
알록달록 젖어있는 장인정신
비둘기 배설물 등 천연재료를 이용해
화려한 피혁(皮革)을 생산하는
인류의 지혜에 감탄 또 감탄이다.

세계 유일의 피혁 천연염색 처리장
아열대의 뜨거운 열기 속에
눈물겨운 삶의 고행들이
몸도 마음도 물들이고 있었다

작업장이 상당히 넓었다. 염색재료가 비둘기 똥, 밀기울, 소의 오줌, 동물지방 등을 사용하여 가죽을 부드럽게 처리하는데, 그 진동하는 악취는 숨을 쉬기 어려울 정도로 심했다.

박하 향기가 나는 풀을 나누어 주는데 이것으로 코를 막아도 별 도움이 되지 않았다. 작업하는 인부들의 고통이 짐작이 가는데 여름철에는 최악의 환경을 어떻게 극복하는지 궁금하기도 했다. 악취 때문에 가까이는 엄두도 못 내고, 옥상에서 작업장을 내려다보면서 영상에 담고 서둘러 자리를 옮겼다.

아래층(2층)으로 내려가 가죽제품 전시 판매장을 둘러보았다. 이곳은 악취가 미미한 탓인지 시간적 여유를 가지고 우리 일행은 가죽제품을 선물로 많이 샀다. 비지땀을 흘리며 한참을 걸은 후 에어컨을 켜둔 버스에 올라 탕헤르 항구로 향했다. 앞으로 5시간 고속도로를 달릴 예정이다.

저녁노을에 잠기는 대서양을 끼고 탕헤르에 도착하니 오후 8시이다. CAELLAH 호텔에 투숙했다. 출입문이 육중한 나무로 하였고, 문고리는 굵은 쇠로 만든 것이 이색적이라 동영상으로 담아 보았다.

12월 4일 (수) 맑음

아침에 여객선을 타기 위해 7시 15분에 호텔을 나왔다. 7시 30분, 탕헤르 항구에 도착하니 출국을 위해 관광버스 여러 대가 대기하고 있었다. 버스 승객들의 수하물(手荷物)을 실은 체로 스캔 검사를 한다니 시간을 많이 절약할 수 있어 정말 편리한 시설이었다.

눈부신 아침 해가 탕헤르 항구를 감싸고도는 아름다운 풍경을 그리고 있었다. 선착장에는 연안 여객선 수척과 3,000명을 수용하는 대형 크루즈선이 정박해 있었다. 여행객들은 3층 대합실에서 출국심사를 받았다. 우리가 승선하는 배는 입국 시보다 2배나 크고 내부 장식도 화려했다.

잠시나마 안락하게 해협을 건너 타리파 항구에 도착하여 다시 입국 수속을 받은 후, 며칠 전 왔던 길을 되돌아 카르멘의 고장 세비야(Sevilla)로 향했다.

세비야까지 소요시간은 2시간 반가량이다. 모로코와 한국의 시차는 9시간인데, 다시 스페인과의 시차 8시간으로 스마트폰에 자동으로 표시되니 아주 편리했다.

달리는 고속도로 양측으로는 완경사지 구릉지대로 초지 조성지대가 많고 한가롭게 풀을 뜯고 있는 가축들이 무척 여유로워 보였다. 그리고 능선마다 수없이 많은 풍력발전 단지가 이어지고 있었다.

세비야시 입구에 콜롬비아 신대륙 발견 500주년 기념으로 설치한 아치형의 거대한 현수교가 반긴다. 세비야 인구는 700만여 명이나 되는 큰 도시이다.

잠시 후 시내에 도착 버스에서 내려 과달키비르 강변을 따라 황금탑을 향해 수백 미터 걸어가는데, 오랜지 가로수 사이로 살랑거리는 바람이 한결 시원했다.

강변에 우뚝 선 12각형 황금탑은 1220년 이슬람교도가 항구를 방위하고 배를 검문할 목적으로 세웠단다. 눈도장을 찍고 발걸음은 다시 세계에서 3번째 크다는 세비야 성당으로 향했다.

과달키비르 강변에 있는 12각형 황금탑

성당은 지진으로 무너진 것을 1402년부터 1세기에 걸쳐 재건하였
다 한다. 성당 내 이곳저곳을 둘러보는데 화려한 장식과 조형물이 감
탄이 절로 나오게 했다. 특히 콜럼버스 유골분(遺骨粉) 관을 4사람
왕의 조형물이 상여(喪輿)식으로 매고 있는 것이 이색적이었다.

그리고 다른 방에서는 고흐의 진품 그림을 감상할 수 있었다. 다음
은 연접해 있는 하랄다탑은 12세기에 만든 것인데, 높이 76m 사각형
종탑이다. 28개의 크고 작은 종이 있는 곳까지 계단이 없는 나선형
오르막 번호 34번까지 숨 가쁘게 빙글빙글 돌아서 올라갔다.

이곳에서 사방으로 세비야 시내를 한눈에 볼 수 있고, 세비야의 거

대한 대성당의 섬세한 조각 조형물을 탄성의 눈으로 자세히 내려다 볼 수 있었다.

세비야 대성당 내에 있는 황금 장식품 중의 하나

하랄다 종탑

다음 발길은 가까이에 있는 광대한 마리아루이사 공원에서 처음으로 보는 큰 고무나무를 비롯하여 열대식물 조경지를 지나 콜럼버스 신대륙 발견 기념 커다란 조형물을 둘러보고 도로 건너편에 있는 1929년에 박람회 때 조성하였다는 세비야 스페인 대형 광장에 도착했다.

마리아 루이스 공원 내에 있는 신대륙발견 기념탑

　어둠이 서서히 내려앉는 광장은 반원형 거대하고 섬세한 조각의 건축물과 그 앞을 건물 따라 작은 수로를 만들고, 곳곳에 화려한 컬러

도자기로 장식한 아치형 다리를 만들었다. 수로에는 보트에 연인들이
물놀이를 하고 있었다.

세비야의 스페인 대형광장

　광장 중앙에는 큰 분수대가 물기둥을 세우고 있었다. 그리고 여러
대의 마차가 관광객을 태우고 딸가닥딸가닥 광장을 울리며 지나가고
있었다. 마차는 신청하면 기본이 1시간 동안 탄다고 했다.
　우리 일행은 7시부터 시작하는 스페인 전통춤 플레밍고의 춤을 보
기 위해 서둘러 광장을 빠져나왔다. 1인당 70유로를 주고 1시간 반
정도 관람하였는데, 음료수와 약간의 술을 제공하여 그것을 마시면
서 스페인의 젊은 남녀의 현란한 탭댄스와 투우사가 사용하는 빨간
플란넬 천 물레타(Muleta)를 휘두르며 경쾌한 투우사 노래(1950년대
후반, 즉 56년 전 중학교 시절 부르던 귀에 익은 투우사 노래가 정말 기분이 좋
아 흥얼거려 보았다. "토래아도 경계 하여라. 토래아도, 토래아도 빛나는 눈동자

있지 말아라. 승리의 용사에게는 사랑의 상이 있으리." 멜로디에 흠뻑 젖는 등, 감명 깊은 장면들을 동영상에 담았다. 잊지 못할 추억이었다. 호텔 SOLUCAR 에 도착하니 밤 10시다.

이베리아
반도를 가다

3부

2013. 11. 28. ~ 12. 9.
포르투갈, 스페인, 모로코,

8시 30분, 호텔에서 나와 포르투갈 수도 리스본으로 향했다. 포르투갈은 면적은 남한 정도(92,391평방킬로미터)이고, 인구는 천만 명(2011년: 1,056만2천 명) 정도이다. 스페인과 더불어 500년 전에는 1세기 동안 세계를 정복 지배한 나라이다.

아침 햇살을 안고 즐거운 기분으로 시내를 벗어나니 완경사지에 올리버 재배지가 보였다. 리스본까지 소요시간은 5시간 반 정도다. 스페인 마지막 휴게소에서 잠시 쉬고 국경지대 아이만드 현수대교를 지나니 포르투갈 땅이다. 여권검사를 안 하니 국경 느낌이 전혀 들지 않았다. 우산 소나무의 몽실몽실한 수형(樹型)이 야산 구릉지를 정원으로 만들고 있었다.

도로변 마을은 모두 다 붉은 지붕에 하얀 건물들이 숲 사이로 그림처럼 아름답게 보였다. 땅이 척박한지 천연림(天然林)으로 방치한 곳이 많이 있었다. 시원하게 뚫린 6차선 고속도로변에 끝없이 이어지는 대경목(大莖木)은 전부 코르크나무(우리나라 참나무와 같음)다. 스페인의 오리버나무처럼 집단으로 재배(栽培)관리 하고 있었다.

코르크나무는 아직 단풍이 들지 않았고, 일부 버드나무 등만 노랗게 물들고 있었다. 포르투갈의 국목(國木)이 코르크나무다. 코르크 생산이 전 세계의 60% 이상 생산한다는 것이 이해(理解)가 되었다. 수간(樹幹)에 코르크 채취 흔적이 곳곳에 남아 있는데, 7년이면 다시 채취할 수 있단다.

도중에 휴게소에 쉬었다. 유럽의 버스들은 일정 시간 운행 후는 안전운행을 위해 의무적으로 휴식시간을 갖도록 하는데, 우리나라도 본받아야 할 사항이다. 기온이 너무 높아 12월인데도 버스에 계속 에어컨을 켜야 했다.

마침 코르크를 가득 실은 대형 트럭을 만나니 신기하니까 일행들이 "와!" 탄성을 질렀다. 간혹 유카리스나무 재배지도 있었다. 오후 1시 10분경에 포르투갈의 수도 리스본에 도착했다. 리스본 인구는 60만 명이나 외곽까지 합하면 250만 명이란다.

날씨가 얼마나 따뜻한지 도로변 풀들은 파랗고, 활엽수들도 이제 막 단풍이 들 정도였다. 3천 년 역사의 리스본은 테주강의 4·25다리라 불리는 길이 2.3km의 다리를 지나야 했다. 다리의 위층은 자동차, 아래층은 기차가 다니는 대형다리다. 다리 시공은 미국의 금문교를 설치한 회사가 만들었다. 다리의 좌측은 민물의 강이고, 우측은 대서양이다.

다리를 건너 시내에 들어서니 뽕발후작이라는 대형 로터리(서울의 **광화문에 해당**)를 돌아 인근에 있는 식당에서 빠갈라우라는 포르투갈 전통 음식으로 점심을 했다. 리스본의 거리는 고층건물이 많아도 깨끗했다. 이곳의 교통체증도 세계적으로 유명하단다.

도중에 독립기념탑 로터리를 지나 로시우(Rossio) 광장에 내렸다. 광장 중앙에는 초대총독 페드루 4세 동상이 있고, 그 앞뒤로 시원한 대형분수가 2개소에서 물줄기를 뿜고 있었다. 많은 사람이 붐비고 있었고. 광장 정면에 국립극장이 있었다.

영상을 담은 후, 버스는 시내를 통과 테주강변으로 향했다. 강변에 있는 배의 출입을 감시한 16세기 벨렘탑의 미려한 석조건물(愛稱: **테주강변의 귀부인**)을 동영상으로 담았다. 그리고 강변 공원에 처음으로 포르투갈에서 브라질까지 비행한 비행기 실물을 전시해 둔 것도 둘러보았다.

500m 떨어진 곳에 항해 왕 엔리케 사후 500주년을 기념하는 대륙 발견의 기념비(높이 53m)를 찾았다. 기념비 앞 광장에는 대리석 위에 포르투갈이 점령한 식민지를 갈색 화강암으로 세계 지도 위에 나라 이름과 점령 연도를 한눈에 볼 수 있도록 정리하여 놓았는데, 우리나라 독도를 한글로 표시를 해두어 정말 반가웠다.

리스본 테주강변에 있는 신대륙 발견 기념비

포르투갈이 마카오는 1514년에 점령하였고, 1541년에 일본에 조총 기술을 전파하여 우리나라 임진왜란을 일으키게 하였다는 것이다. 기념탑 맞은편에는 제로니모스 수도원과 핑크색 건물의 대통령 관저가 있었다. 시간이 없어 외관만 동영상으로 담으면서 유럽의 땅끝마을 '까보다로카(CABO DA ROCA)'로 향했다.

까보다로카

까보다로카는 해변의 절벽 위에 있는 대형 표지석 끝에 하얀 십자가가 우리를 반겼다. 가까이에는 석양빛을 받아 더욱 아름다운 붉은 지붕의 등대가 있었다.

까보다로카(CABO DA ROCA)

해풍(海風)도 설렘으로 멈추어서는
유럽의 땅끝마을, 까보다로카
기암괴석(奇巖怪石)의 절벽에
석양(夕陽)의 빛
긴 그림자
눈부신 꽃 그림을 그린다.

쪽빛 바다에 수면(水面) 가득
황금빛으로 타오르는 불꽃
자연의 신비가
호기심 안고 찾아드는
동서양의 관광객들 가슴에
감동으로 물들였다.

혹자(或者)는
대서양(大西洋)의 시작점이라 하였던가

하얀 포말을 끝없이 일으키는
리스본의 바위
해안(海岸)의 끝자락에
바람에 흔들리는
미련은
추억의 빛으로 남았다.

이곳저곳을 둘러보면서 영상으로 담은 후 버스는 다시 신트라 (Sintra)로 향했다. 신트라에서는 어둠이 내려앉고 있어 대통령 별장 은 외관만 보고 산 위의 무어인의 성 관람은 포기한 채 부근 상가에 서 23도의 포도주 1병을 30유로 주고 기념을 구입했다. 어둠 속에서 도 관광객은 계속 들어오고 있었다.

신트라에서 다시 어둠을 헤치고 파티마(Fatima) 도착하니 저녁 7시 가 넘었다. 필자는 신자가 아니라서 파티마 성지 관람을 생략하고, 파 티마 호텔에서 휴식을 취했다.

12월 6일 (금) 맑음

아침 7시 먼동이 트는 동녘을 향해 살라망카로 달린다. 먼 지평선이 아침노을에 붉게 타고 있었다. 6차선 고속도로를 기분 좋게 달렸 다. 부드러운 수형(樹型)을 자랑하는 인공조림(人工造林)의 유칼리스 임목 지대를 지나는가 하면, 암반 사이로 상수리 등이 햇빛을 받아 노랗게 물 든 단풍이 고운 빛을 자랑했다. 5부 능선 산 중턱을 달리는데, 갑자기 안 개구름이 밀려와 먼 곳의 풍경을 즐길 수가 없었다. 포르투갈과 스페인의 국경 휴게소에 30분 쉬면서 디자인이 아름다운 술을 한 병 더 구입했다.

살라망카시는 인구 30만 명의 교육도시다. 이곳 살라망카 대학에 서 돈키호테의 작가 세르반테스와 아메리카 탐험가 콜럼버스가 졸업 하였단다. 시내는 5~8층의 상가와 아파트들은 노란 사암 대리석으로 벽체를 이루었는데, 시내가 우중충하고 조금은 삭막해 보였다. 이 사 암 대리석은 천년 세월이 흘러도 색채의 변함이 없고, 세월이 흐를수록 더욱 단단해진다니 부러울 뿐이다.

살라망카의 플라자 마요르 광장에 들렀다. 꽤 넓은 광장 사방으로 미려한 건물이 들어섰는데, 우측은 살라망카 시청이고, 나머지는 아파트란다. 오늘은 스페인 제헌절 공휴일이라 광장에는 많은 사람들이 나와 있어 활기가 넘쳤다.

가까이에 있는 중국집에서 뷔페로 점심을 먹고 다시 인근에 있는 16세기에 건립하였다는 살라망카 대성당을 둘러보았다. 내부 모습은 다른 곳과 같이 기둥과 천정 모습이 비슷했으나 촬영을 못 하게 하였다. 그래도 동영상으로 잠깐 살짝 잡아 보았다.

부근의 건물들이 대부분 고색 찬연한 고딕 양식의 건물들이다. 이어서 골목길을 빠져나오니 작은 하천에 기원전 3세기(2,300년 전) 로마의 다리를 둘러보았다. 규모는 작았지만, 대단히 정교하고 섬세하여 모두들 놀라움을 금치 못했다.

다시 버스는 세고비아로 향했다. 당초 일정에 없었지만, 필자의 제안으로 1인당 15유로씩 부담하고 가는 길이다. 소요시간은 1시간 반 정도 예상이다.

대평원에 울창한 코르크나무 숲과 암석이 많은 곳을 지나면서 물안개가 아름다운 경관을 연출했다. 코르크나무(상수리 과)의 열매로 사육한 검은 돼지로 만든 하몽(스페인어: Jamon)이 최고급이란다. 상수리 열매로 돼지를 사육할 수 있을 정도로 나무가 많았다. 우리나라 같으면 도토리묵을 만들어 먹었을 것이다.

세고비아(Segovia)는 인구 5만7천 명의 도시이다. 세고비아의 '백설 공주 성'에 도착하였을 때는 안개가 활짝 개서 절벽 위에 그림같이 건립한 아름다운 성을 영상으로 담았다. 이곳 성에서 1474년 이사벨 1세 여왕의 대관식을 올렸다 한다.

세고비아의 백설 공주 성

백설 공주 성(알카사르 성)

세고비아의 에레스마 강이 보이는 언덕
동화의 나라 알카사르 백설 공주 성
현기증을 일으키는 아슬아슬한 절벽 위에
신비로운 빛을 뿌리고 있었다.

감흥을 더하는 문양의 벽면들 사이
창문으로 손을 흔드는 백설 공주의 환영은

꿈의 나라 동심(童心)으로 젖어들고

십오 세기 이사벨 1세 여왕의 대관식
전설 같은 사실이
아련한 세월 속에 어리어 있었다.

하늘을 찌를듯한 첨탑(尖塔)들
주탑 위로 빙 둘러 길게 드리운
반원형 돌출된 오묘한 형상들의
흘러내릴 듯한 예술의 혼이 아름다웠던
숲속의 백설공주 성

보고 또 보아도 홀렸던 풍경들이
그리운 추억으로 흔들린다.

　　원래 이름은 왕궁 알카사르이지만, 만화 「백설공주」의 배경이 된 후
로 별칭(別稱)으로 백설공주 성으로 불리고 있다. 과거는 왕궁으로
사용했지만, 지금은 포병학교 박물관으로 사용하고 있다.
　　세고비아 시내는 상당히 깨끗해 보였다. 멀리 세고비아 대성당을 차
창으로 보면서 한참을 달려 2,000년 역사를 자랑하는 로마의 장엄한
수도교에 도착했다. 수로 길이는 813m, 높이는 29m로 규모도 대단
하지만, 정교한 축성기술은 토목기술의 진수를 맛보는 것 같았다.

거대한 로마의 수도교

수도교(水道橋)

세고비아 시내를 가로지르는

길이 팔백여 미터, 높이 이십구 미터

거대하고도 정교한

아치형 석조조형물

수천 년 세월의 풍우(風雨)에

침묵으로 지켜온 문화유산

그 위용이 숨 막히게 다가왔다.

얼마나 많은 사람이
탄성의 시선에 홀렸을까
얼마나 많은 사람이
물 이용으로 행복했을까

짙어가는 저녁노을 따라
상념의 꼬리에
상상의 날개를 달아 보았다.

이천 년 전 생존의 지혜
찬란한 역사의 향기가
빤짝이는 크리스마스 조형물 위로
흘러넘치고 있었다.

　많은 관광객이 붐비면서 탄성과 함께 사진 담기에 바쁘다. 땅거미가
지면서 상점은 물론 크리스마스 장식물에도 불이 들어오니 수도교가
한층 돋보였다. 아쉬움을 뒤로 하고 마드리드로 향했다.
　마드리드 인구는 600만 명이고, 면적은 사방 지름이 100km 정도
로 넓다. 순환도로가 잘되어 있어 편리하다. 숲의 도시라 불릴 정도로
녹지대(綠地帶)가 많았다.
　교포가 운영하는 식당에서 한식으로 저녁을 먹고 마드리드의
EXPRESS HOLIDAY INN ALCOBENDAS 호텔에 들었다.

12월 7일 (토) 맑음

　　아침 8시 반에 호텔을 나서 『돈키호테』 소설의 무대인 풍차 마을로 향했다. 오늘은 주말이라 그런지 마드리드 등록된 차량이 600만 대나 되어도 시내는 소통이 원활했다.

　마드리드 시내를 벗어나니 산하나 보이지 않는 대평원이다. 도로 주변의 포플러(poplar), 플라타너스 등은 아직 단풍이 물들지 않을 정도로 기온이 온난했다. 올리버 재배지가 간혹 보일 뿐, 겨울이라 그런지 대부분 나대지로 방치한 상태이다.

풍차 마을

　풍차 마을로 유명해진 콘수에그라(Consuegra) 마을은 평범한 농촌이다. 부락 옆에 돌출된 황량한 야산 능선으로 버스가 부락의 좁은 골목길을 지나 올라갔다. 옛날에 밀가루 빻던 방앗간으로 이용했다는 하얀 둥근 벽면에 나무로 만든 날개를 검게 방부(防腐) 처리한 풍차가 11대가 줄지어서 있었다. 많이 삭아서 곧 부서질 것 같은 상처를 안고 관광객을 맞이하고 있었다.

돈키호테 작가 세르반테스는 1547년에 태어났는데, 영국의 셰익스피어와 비슷한 시대의 사람이다. 풍차 마을을 잠시 둘러보고 버스는 인구 8만 명의 도시 톨레도(성스러운 뜻)로 이동했다. 스페인은 어디를 가도 도로정비는 잘 되어 있었다.

톨레도 투우장을 지나고, 톨레도 정문을 지나 스페인 가톨릭 총본산인 톨레도 대성당으로 오르는 길은 수백 m를 에스컬레이터로 이동했다. 그리고는 미로 같은 좁은 골목길을 한참 돌고 돌아 대성당의 정문 앞에 도착했다.

이곳에서 스페인 현지인 가이드 도움을 받아 성당 안으로 들어갔고, 설명은 백인철 가이드로부터 들었다. 관광객이 너무 많아 시장처럼 붐볐고, 필자는 성당, 교회에 대해서는 문외한(門外漢)이라 가이드 설명이 무슨 소리인지 귀에 들어오지 않아 거대하고 화려한 조형물, 금빛 채색들에 매료되어 시간 가는 줄 모르고 즐겁게 둘러보면서 황금의 성서와 순금왕관 등 진기한 작품들을 부지런히 동영상으로 담았다.

다음은 가까이에 있는 산토메 교회에 전시된 오르가스 백작의 장례식 그림(엘 그레코 걸작)을 둘러보았다. 오르가스 백작은 1323년에 돌아가시고 1582년에 이 그림을 그렸다고 했다. 이어 인접한 1492년에 이사벨 여왕에게 쫓겨난 유대인 거리(좁은 골목길)를 둘러보았다.

톨레도 성에서 다시 내려와 투우장 옆에 있는 식당에서 현지식으로 점심을 하고 1시간여를 달려 마드리드 시내에 있는 세계 3대 미술관 중 하나인 프라도(Prado) 미술관에 도착했다.

이 미술관은 1819년에 왕궁의 그림을 모은 3천여 점과 700여 점의 조각품 등을 전시하였는데, 그 시설이 대단했다. 500년 전에 히에로니무스 보쉬가 그렸다는 환상적인 장면과 불가사의한 묘사의 쾌락의 정원을 처음 관람하고, 아담과 이브의 그림과 또 고야의 누드 그림, 마야 등을 1시간 반을 둘러보았다. 미술관 내에서는 사진 촬영이 금지되어서 미술관 입구에 있는 고야(Goya)의 동상과 미술관 외관만 동영상으로 담았다.

마드리드 시내 중심거리는 대부분 미려(美麗)한 석조건물들이다. 외곽지대 아파트는 벽체가 붉은색이 많았다. 마드리드 거리는 서울 시내보다 더 많은 인파로 넘쳐나고 있었다.

스페인 광장에 있는 돈키호테의 저작자 세르반테스가 내려다보는 기념상 앞에는 말을 탄 돈키호테와 나귀를 탄 산쵸상을 둘러보고 서둘러 왕궁으로 향했다.

마드리드의 스페인 광장에 있는 세르반테스 기념상 앞에 있는 돈키호테와 산쵸상

버스는 지하 주차장에 대기하고 모두 걸어서 왕궁으로 갔다. 백색의 웅장한 왕궁은 외형만 잠시 둘러보고, 다시 마요르 광장으로 갔다. 이곳에는 인도 차도(人道 車道) 할 것 없이 발 디딜 틈이 없을 정도로 인파로 붐볐다. 기마 경찰과 순찰차 등이 순찰을 돌고 있었다.

어둠이 짙게 내리면서 거리 곳곳에 크리스마스 장식물에 불이 들어오니 처음 보는 휘황찬란한 광경이 눈을 즐겁게 했다.

시청이 있는 마요르 광장 위 전체를 하얀 네온으로 장식하여 밤하늘을 밝히는데, 아이디어도 좋고 시설이 대단했다. 거리의 도로 위에도 현란한 장식을 하였는데 모두 처음 보는 것으로, 신기하고 아름다웠다.

마드리드 시내에 있는 마요르 광장 야간 풍경

가까이 있는 태양의 광장과 재래시장에도 사람들이 너무 많아 대단한 축제장 분위기였다. 특히 유모차를 끌고 나온 젊은 부부가 많이 보였다.

마드리드 시내에 있는 태양 광장의 크리스마스 장식 야간 풍경

　야간의 마드리드 시내는 교통체증이 심해 20여 분이나 걸어서 한국인이 경영하는 식당에서 저녁을 먹고 어제 투숙했던 호텔에 돌아오니 9시나 되었다.

12월 8일 (일) 맑음

　　　　아침 6시 40분에 마드리드 공항으로 이동했다. 공항 내부는 독특한 양식의 천장디자인이 시선을 끌었다. 마드리드 공항 면세점에는 산타 복장의 안내원들이 친절한 안내를 하는 등 완전히 크리스마스 분위기였다. 그리고 무조건 20% 할인 행사를 하여 모두 선물을 많이 구입했다.

　10시 10분, 여객기는 마드리드 공항을 이륙 헬싱키로 향했다. 마드리드 공항 주변은 구릉지로써, 전 면적에 경작은 하는데 역시 경지정리는 하지 않았다. 전체에서 30% 정도가 파랗게 보이는 것은 목초지 같아 보였다. 그 사이로 보이는 산림은 인공조림을 하였는지 나무가 줄이 바르다. 높은 산에는 눈도 보였다.

여객기는 핀란드 소속 비행기(AY3184)로 좌석이 200여 개는 되어 보이는데 초만원이다. 눈이 하얗게 내린 헬싱키 공항에 오후 2시경에 도착하였는데, 약간 어둡다. 공항 시설물 등에 전깃불이 들어와 밤으로 착각할 정도다.

헬싱키 공항 면세점도 할인은 없어도 크리스마스 장식물을 많이 설치해 두었다. 오후 4시가 되니 완전히 한밤중이다. 북반부 사람들은 생활이 상당히 불편할 것 같았다.

귀국할 때는 비행시간이 약간 단축되어도 9시간의 비행을 했다. 12월 9일 아침 10시경에 인천공항에 무사히 도착 긴 여행을 끝냈다.

💬 **COMMENT**

남 상 현	아주 실감 나는 여행기록을 잘 읽었습니다. 지명과 인명, 역사적 배경, 여행 경로를 아주 잘 기술하여 감탄할 수밖에 없습니다. 수고하셨습니다.

협   원   소산 님 여행에 같이하는 듯 즐겁습니다.

꿈 나 라   참 좋은 곳에 다녀오셨네요. 길고도 상세한 여행기 고맙게 잘 보았습니다. 늘 건강하십시오.

썬 파 워   특이한 염색 장면도 그렇고, 로마의 수도교, 백설공주 성 ,신대륙 기념비, 정말 좋은 여행 하셨습니다. 자세한 설명까지 올려 주시어 덤으로 구경 잘했습니다. 감사합니다. 소산 님! 편안한 밤 되세요.

산 월 최 길 준   이베리아 반도 여행기를 잘 읽었습니다. 여행을 통한 산 지식, 즐거움, 문화 유적, 아름다운 자연의 풍광, 많은 것을 배우며 추억의 장에 빼곡히 쌓아 놓은 귀한 글

향에 오래 머물다 갑니다. 감사합니다.

사　비　나	이베리아 반도의 긴 여정의 여행이셨군요. 여러 곳 구경 잘해 보았어요. 수고하셨어요. 감사합니다.
윤지 ♡ 안준희	시인님 올려 주신 기행문을 통해서 멋진 여행 함께하며 깊은 감사를 드립니다. 늘 건강하신 가운데 아름다운 여생이시길요.

북유럽
여행기

1부

2015. 8. 23. ~ 9. 2. (11일간)
러시아, 핀란드, 스웨덴, 덴마크, 노르웨이

2015년 8월 23일 (일) 맑음

오늘은 처서 날, 목함 지뢰로 촉발된 남북관계 긴장 속에 남북 고위 인사의 철야회담이 새벽 4시 15분에 끝나고, 오후에 재개된다는 보도를 보면서 인천공항에서 13시 10분, 러시아 항공 SU251편으로 모스크바로 향했다.

대형 여객기인데도 빈자리 없이 만원이다. 러시아와 인적교류가 많음을 실감했다. 붉은 유니폼의 러시아 승무원들의 서툰 한국말의 친절한 서비스를 받으면서 러시아 대륙 중심부를 지나고 있다. 과거 유럽 여행 시에는 러시아의 북쪽 툰드라 지역을 지났는데, 지금은 최단 거리로 운항하고 있단다. 그런 기분이 들었다.

내내 맑은 창공을 9시간 비행하여 한국 시간 밤 9시 56분(현지 시간 오후 3시 56분 시차 6시간), MOSCOW SHEREM/SVORNRWP공항 활주로에 사뿐히 내려앉았다. 공항 주변은 자작나무가 많고 조금 멀리에는 아파트도 많이 보였다. 이 비행장은 4개 비행장 중 1개로, 모스크바 외곽에 위치해 있었다. 공항은 규모가 비교적 작아 한산해 보였다.

입국 수속을 마친 후 인솔 가이드 신현주 씨 주선으로 일행 34명이 모여 인원 점검을 하고 밖을 나오니 날씨가 시원했다. 마중 나온 현지 가이드 조민철 씨를 만나 모스크바 시내로 향했다. 도로변 수벽을 이루고 있는 자작나무(러시아의 국목(國木)) 속 왕복 10차선을 시원하게 달렸다.

모스크바시는 계란프라이 모양의 원형 지형으로, 외곽순환도로와 내부순환도로 2개 등 중국의 북경시처럼 순환도로가 잘되어 있다고 했다. 평소에는 차량이 너무 많아 교통체증이 심한데 마침 오늘이 일요일이라 시민들이 외곽지대로 빠져나가 비교적 한산한 것이라 했다.

러시아는 면적이 1,709만8천 평방킬로미터(한국의 78배)이고, 인구는 1억 4천7백만 명이란다. 모스크바는 면적 251평방킬로미터이고, 인구는 1,450만 명이다. 그중 교민은 3천 명 정도라 했다.

겨울 궁전 내에 있는 황금 마차

가스 생산은 세계에서 1위, 석유도 4위에 이를 정도로 지하자원이 풍부하다고 했다. 시내로 들어오는 도중 2층, 3층의 고가 도로가 복잡하게 얽혀 있는 것이 곳곳에 있는데, 지형이 평야 지대라 고가 도로를 많이 설치·이용하는 것 같았다. 모스크바 강을 지났다. 모스크바는 녹지공간이 많아 공기가 깨끗하다고 했다.

왕복 6차선 도로 가운데 중앙분리대 기능의 산책길(?)은 폭 7~8m 나 되어 보이는 녹지대에 큰 나무가 짙은 그늘을 이루고, 그 중앙으로 1개 차도의 산책로가 시원하게 나 있는데, 땅이 넓은 러시아에서 나 볼 수 있는 광경이었다.

도로를 횡단하는 긴 육교는 비바람을 피할 수 있도록 투명 아크릴로 설치하여 시민의 편의를 도모하고 있었다. 우리나라도 본받았으면 좋겠다. 운행 차량은 안개등을 캐나다처럼 켜고 다니고, 넓은 도로 한쪽으로는 레일 위로 전차가 다니고 있었다.

오후 7시경에 모스크바 시내 VEGA 호텔 26층 45호실에 여장을 풀었다. 오후 8시 20분경에 해가 진다는데. 어둠이 내리는 창밖에는 반달이 환한 미소를 짓고 있었다. 호텔의 좌측으로는 나무가 울창한 큰 공원이 있고, 우측으로는 복잡한 시내 가로등이 빛을 뿌리기 시작했다.

2015년 8월 24일 (월) 맑음

시차는 있지만 새벽 4시 반이 지나니 사방이 환했다. 한국의 5시 반보다 주위가 밝았다. 9시에 호텔을 나와 시내 중심에 있는 붉은 광장으로 향했다. 한국은 늦더위가 기승을 부리겠지만, 가을 기운이 느껴지는 시원한 날씨였다. 더구나 도로변 나무들은 일부 단풍으로 물들고 있었다. 모스크바 강을 따라 주변은 우리나라에는 없는 황금빛 돔들의 건물들이 곳곳에서 손짓하며 호기심을 달구고 있었다.

교통체증이 별로 없어 한 시간 정도 지나 말로만 듣던 볼쇼이극장 앞에서 하차하여 부근을 동영상으로 담고 거대한 마르크스 석상이 있는 공원을 지나 붉은 광장으로 향했다.

볼쇼이 극장

9월 5일, 모스크바 기념의 날을 앞두고 광장 출입문 도로에는 귤, 피망 등 색상이 다양한 생과일로 장식한 처음 보는 많은 조형물이 가벼운 흥분을 일으켰다.

깃발을 앞세운 가이드 따라 관광객이 끝없이 밀려들고 있었다. 우리 일행은 광장의 출입구 옆에 있는 2차 세계대전 당시 나치를 물리치고 구소련을 수호한 주코프 장군의 기마 동상 앞에서 붉은 광장 등 여러 가지 설명을 들었다.

출입문에서 순서를 기다려 입장하니 붉은 광장 곳곳에 모스크바 기념의 날 행사를 위한 거대한 간이공연장 등 공사로 인하여 광장 뒤쪽에 있는 레닌의 묘지는 멀리서 위치만 확인했다.

붉은 광장 입구 부근

성바실리 성당

모스크바 박물관은 외형만 보고 크렘린의 맞은편에 있는 1893년에 건립 1953년에 현재의 모습으로 개조한 거대한 석조건물 국영 굼백화점(3층)을 둘러보았다. 다시 붉은 광장에서 모스크바 강 쪽으로 있는 성바실리 성당(ST Basil Cathedral)의 외관을 둘러보았다.

1560년에 준공한 성당은 높이 47m의 양파 머리의 화려한 색상을 자랑하는데, 많은 관광객의 시선을 끌고 있었다. 경비병들이 곳곳에서 지키고 있었다. 크렘린 성벽에 있는 커다란 시계탑의 시간을 알리는 종소리가 카메라 세례를 받았다.

바실리 성당을 100m 정도 지나면 모스크바 강을 가로 지르는 볼쇼이 모스코레즈키 다리가 나왔다. 이 다리의 중간쯤에 인도(人道)에는 작은 러시아기가 펄럭이고 두 사람이 지키고 앉아 있는 다리 난간 쪽에는 상당히 많은 꽃다발이 피살자의 사진과 추모의 글이 놓여 있었다.

크렘린 성벽의 시계탑과 성바실리 성당
뒤편의 파란 스탠드를 설치하는 곳이 붉은 광장임

금년 2월 27일 밤 11시, 러시아 야당 당수 보리스넴초프가 이곳에서 우크라이나 모델 아가씨와 걷던 중 괴한의 총에 피살된 것을 안타깝게 여기며 그를 기리는 사람들이 가져다 놓은 것이다. 평소 방탄차를 타고 다녔다는데 피살되고 보니 온갖 억측이 난무한다고 했다.

허무한 삶, 인생무상의 쓸쓸한 바람이 우측강변으로 높고 긴 크렘린궁의 위협적인 붉은 성벽으로 불고 있었다. 성벽 아래로는 많은 차가 다니고 넓은 강에는 많은 유람선이 여유롭게 지나가고 있었다.

점심 식사 후, 내부순환도로를 따라 크렘린 궁으로 향했다. 도중에 모스크바 탄생 800주년을 기념하여 1947년도에 스탈린의 지시로 만든 7개 건물 중 하나인 외무성도 지나고, 작년에 한국차가 가장 많이 팔렸다는 고무적인 소식과 함께 가장 비싼 방세에도 불구하고 영업이 가장 잘된다는 롯데호텔을 지나기도 했다. 그리고 죄와 벌의 작가 도스에프스키 동상이 있는 레닌 도서관과 국방성도 지났다. 거리는 시원한 가을바람(?)이 불고 있었다.

버스에서 내려 다양한 분수광장을 지나 붉은 광장 입구 우측으로

있는 크렘린 궁전 출입구로 가니 커다란 대형 철문이 기다리고 있었다. 관광객이 너무 많아 입장이 지체될 정도였다. 출입문에 가까이 좌측에 있는 무명병사의 원혼을 기리는 가스 불이 타고 있고, 부동자세의 병사가 양측에서 지키고 있었다. 꼭 워싱턴 알링턴 국립묘지의 케네디 가족묘지와 같이 영원히 꺼지지 않는 영원의 불인 것 같았다.

궁으로 들어가는 긴 길을 따라 좌측은 크렘린 궁이고 우측으로는 다양하고 화려한 꽃들로 조성한 알렉산더 공원(Alexander Garden)을 따라 한참을 가서 성벽 문을 다시 지나니 숲이 우거지고 하얀 라일락이 만개한 정원이 나왔다. 이곳에서 잠시 기다렸다가 소지품 등 검색을 받은 후 크렘린 궁으로 들어갈 수 있었다. 참고로 크렘린 성의 개요를 이야기하면, 성벽 길이가 2,235m, 높이 5~19m, 두께 3.5~6m이고, 20개의 성문과 탑이 있다고 했다.

크렘린을 들어가려면 '삼위일체탑(높이 80m)'을 지나야 한다. 1685년에 건설한 5개의 탑이 있는데, 현재 2곳이 수리 중이고 탑의 꼭지에는 1.5톤이나 되는 황금 별이 돌고 있다. 이색적인 풍광이 아닐 수 없었다.

커다란 공연장 건물 앞에서 가이드의 설명을 듣는 동안 맞은편 옛날에 무기창고로 사용했다는 주변으로는 수많은 야포가 전시되어 있어 분위기가 묘했다. 그리고 이동하여 가까이에 있는 황금빛 화려한 돔의 종루 건물 맞은편에 있는 황제 대관식을 올렸다는 국보 1호 우스펜스키(승모승천사원) 사원 내부에 들어갔다. 당대 최고의 도공들이 자작나무에 그린 성화 250여 종을 5층으로 벽면에 진열하였고, 촛불 전구의 화려한 샹들리에 여러 개가 실내를 밝히고 있었다. 역시 관광객은 만원이었다.

다음은 역대 황제와 왕자 등 48명이 안치된 황실 무덤 아르헴켈리

스 사원 내부를 둘러보았다. 내부 정면 벽면에는 황금빛 기둥(?)으로
장식하였고, 곳곳에 안치된 이색적인 관(棺)에 대한 설명을 들었다.
그리고 그 맞은편에는 황실 예배당 블라고베르첸스키 사원이 있었다.

크렘린 궁

　　붉은 철의 장막
　　보로비쯔끼 언덕에
　　검은 공포의 상징물 크렘린 궁

　　무거운 철문을 들어서면
　　무명병사들의 원혼을 기리는

영원의 불길이 타오르고 있었다.
깊고 깊은 긴 통로를 지나면
국보 1호 성당 등 황금빛 돔들의
화려한 빛이 유난히 눈부시고

권력의 빛으로 남아 있는
비밀의 정원에
역사의 흔적은 핏빛으로 물들었다.

야포들이 늘어선 무기창고 너머로
삼엄한 경비의 크렘린 궁 위
등줄기 싸늘한 소련기가 러시아기로 펄럭이고

꽁꽁 얼었던 동토의 땅이
세월의 바람을 타고
자유와 평화의 밝은 빛으로
서서히 녹아내리고 있었다.

  건물 모두의 지붕에는 화려한 황금빛 돔으로 장식하여 멀리서도 쉽
게 볼 수 있었다. 울창한 숲이 있는 모스크바 강변 성벽 쪽으로 나오
니 조금 낮은 지형에는 푸틴이 출퇴근 시 이용한다는 헬기장이 나왔
다. 그 옆으로 조성되어 있는 비밀의 정원 아래로는 아름다운 꽃들로
조성을 잘해 놓고 있어 정원을 둘러보면서 영상으로 담았다.
  다음은 이반대제 종루 앞에 있는, 한 번도 울린 적이 없다는 216톤

이나 되는 황제의 종은 1737년 화제로 종이 떨어질 때 깨진 조각이 있었다. 이 조각의 무게가 11.5톤이라니 놀랄 뿐이다.

또 가까이에 있는 1586년에 제작한 38톤(길이 5.35m)이나 되는 황제 대포가 장식용으로 비치되어 있고, 그 맞은편 광장 건너편으로는 옥상에 러시아기가 펄럭이는 대통령 집무실이 삼엄한 경비를 받고 있었다.

버스는 다시 노벨상 수상자를 12명이나 배출하였다는 모스크바 국립대학으로 향했다. 도중에 국회의사당, 명품백화점, 어린이백화점, 무시무시하고 악명 높은 KGB 건물을 지나기도 했다.

멀리에는 독특한 양식의 예술인 고층 아파트도 보였다. 버스는 강변을 따라가는데 숲이 울창하고 모스크바에서 제일 큰 모스크바공원을 지났다. 이곳은 아무리 더운 여름 날씨라도 더위를 느끼지 못할 정도로 시원하다고 했다. 모스크바 대학은 모스크바 시내에서 제일 높은 해발 120m의 레닌 언덕에 있다.

250년 역사를 자랑하는 모스크바 대학은 스탈린 양식의 건물로써 높이 240m, 정면 길이 450m로 단일 건물로써는 정말 대단한 위용을 자랑하는 건물이었다.

국립대학 정면에는 장방형의 길고도 넓은 연못(?)을 사이에 두고 좌우로 노벨상 수상자 12명의 커다란 흉상을 배치해 두고 있었다. 이들 동상이 3만2천 명 재학생들의 학구열을 부채질하고 있었다. 우리나라 유학생도 30여 명 있다고 하는데, 노벨상 수상자 나오기를 기대하면서, 잠시 영상에 담았다.

다시 시내에 있는 러시아의 자랑 최초 우주인, 유리가가린의 하늘로 치솟는 높은 동상을 지나 호텔에서 한식으로 이른 저녁 식사를 한 후 모스크바 국제공항으로 향했다. 1시간 소요예정이나 교통체증이 심해 비행기를 놓칠까 봐 조마조마했다. 도중에 미려한 디자인으로 화려한 최신 고층건물을 짓는 자유지역센터를 지나는데, 몇 년 후면 이곳도 명소가 될 것 같았다.

편도 5차선도 복잡했지만, 무사히 공항에 도착했다. 모스크바에서 밤 9시에 SU 028 소형여객기로 출발, 상트페테르부르크(ST Petersburg/leo) 공항에 10시 20분에 도착했다.

여객기는 터미널이 없는 노지에서 트랩을 내려 셔틀버스로 이동했다. 기온이 약간 쌀쌀했지만 기분은 상쾌했다. 이동하는 셔틀버스가 많아 복잡하고 불편했다. 공항 앞 도로변에 있는 대형 야립 간판들이 눈길을 끌었다.

상트페테르부르크는 소련이 멸망할 때까지 레닌그라드로 불리었던 도시로, 300년 역사를 가진 도시이다. 면적은 1,439평방킬로미터이고 인구는 510만 명이다.

호텔로 가는 도로는 왕복 6~10차선으로, 시가지는 관광지답게 가로등과 간판 건물 등 조명이 화려했다. OKHITINSKAYA 호텔에 11시 지나 308호실에 피곤한 여장을 풀었다.

2015년 8월 25일 (화) 맑음

역시 새벽 4시 30분경에는 주위가 환하게 날이 밝았다. 맑은 날씨를 예보하고 있어 기분 좋은 하루가 될 것 같았다. 오전 9시에 현지 가이드 윤주형 씨를 만나 여름 궁전으로 향했다.

이 도시는 1703년 상트페테르부르크로 출발하여 1924년 레닌그라드로 불리다가 1991년도에 다시 상트페테르부르크로 회복된 도시다. 1970년도에 도시 전체가 유네스코의 세계문화유산으로 등록될 정도로 시내 중심부는 300년 전 모습 그대로를 볼 수 있다고 했다. 그리고 백야 현상으로 유명한 이곳은 레닌과 현재의 푸틴 대통령. 시인 푸시킨이 태어난 곳이다. 일 년에 한 달 정도 날씨가 좋다는데 우리가 오늘 그 행운을 누리고 있다.

버스(벤츠)는 계속하여 평야 지대의 직선으로 나 있는 도로를 달리고 있었다. 소나무 수림이 우거진 곳을 지나기도 하지만, 목초지나 채소 등 경작지는 보이지 않고 대부분 황무지로 방치되어 있었다. 식료품은 대부분 수입에 의존한다고 했다.

한국과 비자 면제는 푸틴의 막내 사위(윤종구 해군 제독의 차남 준원) 덕분이라고 했다. 버스는 별장들이 들어서 있는 곳을 지나 여름 궁전에 도착했다. 여름 궁전의 면적은 여의도와 비슷한데 울창한 수목과 곳곳에 호수들이 있어 많은 사람이 찾는 곳이다.

특히 표트르 대제의 거대한 여름 궁전 앞에 1714년 착수 9년 동안이나 걸려 완공된 144개의 분수를 만들고, 각 조형물을 황금으로 도금을 화려하게 장식을 해 두었는데 눈부실 정도였다. 그 규모와 수가 너무 많아 한 장의 사진으로 담을 수 없을 정도였다. 전기를 전혀 사용하지 않고 낙차를 이용한 수압으로 분수를 일으킨다는 것이 믿기지 않았다. 정중앙에 삼손이 사자의 입을 찢는 조형물의 분수는 21m를 자랑했다. 크고 작은 황금빛의 화려한 조형물이 정 대칭으로 설치하였다.

11시 정각에 장엄한 음악과 함께 분수 쇼를 한다고 하니 기대가 크다. 그동안 우리 일행은 울창한 숲속 곳곳에 아름다운 꽃으로 조성한 정원 등 다양한 볼거리를 둘러보았다. 여러 곳의 분수탑에서 쏟아지는 물소리가 푸른 숲에 시원하게 젖어들고 있었다.

분수쇼가 끝난 곳을 뒤돌아보면서 한 장

11시가 가까워지자 수백 대의 버스가 밀려들고 수천 명의 관광객이

인산인해를 이루어 그 넓은 지역 어디에서도 영상을 잡기가 어려울
정도였다. 더디어 장엄한 음악과 함께 하얀 물기둥이 황금빛 조형물
을 물들이는 환상적인 분수 쇼가 시작되자 모두들 탄성과 함께 영상
을 담느라 북새통을 이루었다. 필자도 힘들게 동영상으로 일부를 담
아냈다. 분수 쇼가 끝나도 흥분이 채 가라앉지 않았는지 한동안 관
광객이 자리를 뜨지 않았다.

여름 궁전 분수 쇼

미려한 자태의 여름 궁전 앞
계단으로 펼쳐지는
금빛 광채의 삼손 분수를 비롯한
다양한 황금 예술의 형상들
눈이 시리도록 빛나는 황금빛 향연이
탄성의 메아리로 녹아들고

울창한 숲의 정중앙을 가르며
바다를 향해 직선으로 탁 트인
기나긴 수로 따라
고요한 풍광은 은빛 숨결로 젖어들었다.

장엄하게 울려 퍼지는 음악 속에
자연 낙차를 이용한 거대한 분수 쇼는
수천수만의 관광객 가슴을

흥분의 도가니로 물들이고

살아 숨 쉬는 찬란한 예술의

황홀한 분수 쇼에

한동안 자리를 뜨지 못하는 감동이

긴 여운으로 흘렀다.

※여름 궁전은 러시아 상트페테르부르크 시 교외(29km)에 있음

11시 반이 지나서야 현장을 겨우 빠져나와 버스에 올랐다. 러시아 현지식(現地食)으로 중식을 하기 위해 가는 도중 도로변에 G7 정상회의를 하였다는 푸틴의 14개 별장 중 하나인 거대한 별장을 차창으로 보았다.

중식 후 시내 중심부 네바강(Neva river)변에 있는 겨울 궁전(에르미타쥐 박물관)에 도착했다. 세계 3대 박물관 중의 하나라는데, 건물 외관도 화려했지만, 그 규모도 어마어마해 보였다. 도로변에는 입장을 위해 햇빛 아래서 기다리는 엄청난 관광객을 보고 놀랐다. 우리 일행을 안내하는 가이드 윤주형 씨의 사전예약으로 그 많은 사람을 제치고 먼저 입장할 수 있었다.

발 디딜 틈조차 없을 정도로 많은 관광객들 사이로 본관의 입구서부터 현란한 황금빛 단장의 분위기에 놀라면서 2층으로 올라갔다. 벽면에 게시된 대형사진으로 시작된 역사의 향기를 이어폰을 통하여 가이드의 설명을 들으면서 관람은 계속되었다.

자칫하면 일행을 놓칠 수 있어 수시로 인원 점검과 행선지를 손짓하면서 진행을 했다. 북새통을 이루고 있는 이곳에서 다른 관광객과

차별화된 가이드의 실력을 볼 수 있었다. 화려한 장식의 가구와 비품, 유명인들의 대리석 석상, 왕의 대관식 방, 중세의 화려한 생활 작품 등을 숨 가쁘게 정신없이 둘러보았다.

대기하고 있는 입장객들

관람을 마치고 대기하고 있는 버스에 올라 '마뜨료쉬가(전통인형)' 등 매장을 둘러보고 네바 강 유람선을 타러 갔다. 101개의 섬과 365개 다리가 있는 운하의 도시를 둘러보기 위해서다. 도중에 넵스키대로와 구해군성 본부를 지나 성이삭 성당 부근에서 하차하여 운하에 대기한 유람선에 올랐다. 유람선은 운하를 이리저리 지나 대형여객선이 정박해 있는 발틱해 쪽 네바강으로 나왔다.

강 위에서 구해군성 본부를 중심으로 부챗살처럼 도로망을 구축하여 상트페테르부르크 어디에서나 볼 수 있다고 하는 그 해군성 본부를 지났다.

네바강에서 바라본 해군성 본부 도로 바로 맞은편 강변의 거대한 겨울 궁전과 멀리 황금빛 탑과 돔 등 강변 주위의 아름다운 풍광을 영상으로 담고 담았다. 유람선은 다시 수많은 다리와 유람선이 북적이는 운하로 진입하였다. 한 시간여를 관광한 후 하선하였다.

버스는 알렉산드라 대왕 동상이 있는 겨울 궁전 광장을 지나서 300년 전 역사의 향기를 풍기는 넵스키 대로의 석조건물 등을 감명 깊게 둘러보았다.

300년 전, 늪지대인 이곳을 시가지로 웅장하게 조성하면서 운하 양측으로 그 당시 사용한 것으로 보이는 큰 붉은 대리석 축조물은 그 옛날 주민들을 얼마나 혹사하였는지 짐작으로 알 것 같았다.

다시 성 아삭 성당 앞에서 1818년부터 만든 니콜라이 1세 대형 동상을 영상으로 담고 어젯밤 투숙했던 호텔로 돌아왔다.

2015년 8월 26일 (수) 흐림

오늘은 4시에 기상하여 5시에 호텔을 나와 헬싱키로 향했다. 아침 식사는 도시락으로 고속도로 버스에서 해결했다. 고속도로의 반원형 방음벽도 특이했지만, 그 위에 도로를 품에 안은 듯 도로 중앙으로 반원형으로 굽은 이색적인 가로등이 밝은 빛을 쏟아내고 있어 동영상으로 담아 보았다. 끝없는 평원 울창한 숲을 지나갔다. 곳곳에 도로 확장공사를 하고 있었다.

옅은 안개가 내려앉으며 멋진 풍광 속에 상쾌한 아침을 열면서 계속하여 인가도 경작지도 없는 대평원 수림 속을 달렸다. 도로변에 수벽을 이루는 소나무는 모두 직립(直立)의 적송(赤松)이었고 간혹 자작나무도 일부 있었다. 우리나라 임상(林相)을 생각하면 부럽기 한이 없었다. 눈이 많이 내리는 지역이라 그러한지 캐나다처럼 나뭇가지가 1m 내외로 짧고, 또 아래로 처져있었다.

아침 8시경, 러시아 국경 출국장에 도착했다. 그러나 2시간 이상 출국심사를 늦추는 바람에 모두 불평이 많았다. 관광객이 많아서도 아니었다. 심지어는 우리 일행을 1/3 정도 심사하다가 중단하고 늦게 온 자국민을 2곳에서 모두 처리하는 것을 보고 분통을 터트리기도 했지만 달리 방법이 없었다. 기다림의 통증이 소중한 추억으로 남으리라 생각하면서 참고 또 참았다. 세계 어디를 가도 이런 곳은 없었기에 이런 경험도 처음이다. 가이드 이야기는 중국이나 독일인이면 더욱 고생했을 것이라 하니 말문이 막혔다.

2시간이나 걸려 출국심사를 마치고 약 1km 떨어진 핀란드 입국심사는 34명에 대해 여권 대조 심사를 일일이 하여도 20분도 소요되지 않았다. 역시 선진국답게 여행객의 편의를 도모하고 있었다.

핀란드 국경을 통과하고 얼마 지나지 않아 노랗게 익은 밀밭(한국은 6월에 수확이 끝남)과 초지 지대가 울창한 숲 사이로 그림 같은 풍경으로 펼쳐지고 있었다. 1917년에 소련으로부터 독립한 핀란드는 19만 개가 넘는 호수와 자작나무로 유명하다. 그리고 노키아로도 유명한 나라이다. 약간의 기복이 있는 구릉 지대와 붉은 바위의 암반지대가 많았다.

일부 노란 단풍으로 물드는 자작나무들이 시선을 즐겁게 했다. 자작나무가 많다고는 해도 도로변에 보이는 것은 소나무가 70~80%는 되어 보였다. 숲속에 간혹 주택도 보였다. 고속도로변은 캐나다처럼 철망 울타리로 야생동물의 출입을 막고 있었다. 간혹 수림(樹林) 사이로 나타나는 그림 같은 호수가 풍광을 더하고, 도로 중앙에 가느다란 높은 지주 위에 잠자리처럼 달린 가로등이 도로 전 구간에 설치되어 있는 것 같아 잘사는 나라답게 보였다. 헬싱키 시내에 들어서니 가랑비가 내리기 시작했다. 아직도 시내 중심에는 전차가 다니고 그 좌우로 2개 차선을 일반 차가 다녔다.

오후 1시가 지나, 시내 중심에 있는 식당에 도착하니 젊은 현지 가이드 서정애 씨가 반갑게 우리 일행을 맞이했다. 핀란드는 스웨덴의 지배를 660년, 소련의 지배를 108년 합계 약 770년 세월을 나라 없는 서러움을 겪었다. 점심 식사 후, 러시아 동방정교인 우스펜스키 사원과 1818년에 준공한 헬싱키 대성당, 암석교회 등을 차례로 둘러볼 예정이다.

핀란드는 면적 338,145평방킬로미터, 인구 530만 명이고, 그중 50만 명 정도가 헬싱키에 살고 있단다. '사우나'라는 세계 공통으로 쓰이는 말도 핀란드에서 명명하였다고 한다.

먼저 헬싱키 성당에 도착했다. 다행히 비는 그쳤다. 성당 앞 원로원 광장을 중심으로 정부청사가 있고, 가까이 바닷가에는 헬싱키 시청이 있고, 그 옆으로는 대통령 궁 등이 있었다.

원로원 광장과 성당

원로원 광장 중앙에는 알렉산드라 2세 동상이 있었다. 이곳저곳 영상을 담고 바닷가 시청이 있는 곳으로 내려갔다. 발트해는 염분이 적어 민물 같은 맛을 느낀다고 했다. 바닷가 노점상들이 늘어서 있는데, 한국말을 모두 잘하고 있어 한국 사람이 얼마나 많이 오는지 짐작이 갔다. 시내에는 맥주 전차라는 붉은 전차를 운행하고 있었다. 붉은 화강암을 깨뜨려 만든 암석 교회에서 아름다운 공명(共鳴)을 체험하고 시벨리우스공원으로 갔다.

1860년에 태어난 핀란드의 유명한 음악가 시벨리우스(Jean Sibelius)를 기리기 위해 만들었다고 한다. 공원 내는 24톤의 은빛 강철 600개 파이프 오르간 형상의 조형물과 그 옆에 시벨리우스 두상(頭像)을 나란히 만들어 두었다.

숲의 향긋한 공기를 음미하면서 공원을 잠시 통과하니 해안가는 많은 하얀 요트들이 정박해 있어 풍경이 그림같이 아름다웠다. 이곳 핀란드는 겨울에는 70일이 해가 뜨지 않고, 여름에는 50일이 해가 지지 않는다고 했다.

헬싱키 관광을 마치고 오후 5시경, 숲속 4차선을 고속도로를 달려 옛 수도였던 투르크로 향했다. 역시 도로변에는 곳곳에 경작지와 초지 등이 숲속에 펼쳐지고 있었다.

오후 7시경에 투르크 항구에 도착했다. 이곳에서 스톡홀름으로 가는 크루즈를 탈 예정이다. 저녁 8시에 크루즈선(5만7천 톤, 수용인원 2,800명 규모임)에 승선하였다. 총 11층으로 되어 있고 승강기는 5층에서 탔다. 8층에서 내리니 수백 미터(?)나 되어 보이는 긴 복도가 배가 얼마나 큰가를 실감케 했다.

필자는 8885호실(8층의 815호실)에 여장을 풀고 7층의 뱃머리에 있는 운동장보다도 넓어 보이는 식당으로 갔다. 마침 섬 위로 떨어지는 붉은 빛을 토하는 낙조(落照)를 영상으로 담고, 와인을 곁들인 저녁식사를 하였다. 술이 무제한 공급되었기에 여흥을 즐기다 선실에 들어오니 원형 창문에 반달의 달빛이 흘러들고 있었다.

　호수보다 조용한 검푸른 바다 위로 하얀 달빛 길은 아름다운 섬으로 이어지고 있어 환상적이었다. 고즈넉한 분위기에 잠시 젖었다가 하루의 피곤을 둔탁한 엔진의 규칙적인 소리에 잠을 실었다.

2015년 8월 27일 (목) 맑음

　　　새벽 4시에 일어나 창밖을 내다보니 소리 없이 미끄러지는 크루즈 선박 따라 여명(黎明)에 얼굴을 드러내는 아름다운 섬들이 손에 잡힐 듯 사람을 유혹했다. 섬들은 가만히 있고 배와 옅은 뭉게구름이 함께 흘러가는 착각을 일으켰다.
　5시에 지난밤, 식당에서 아침 식사를 한 후 스톡홀름 항구에 하선하였다. 기다리고 있던 현지 가이드 박지은 씨를 만나 대기하고 있던 버스(벤츠)에 올라 구시가지인 감라스탄(Gamlastan)을 지났다.

스웨덴의 면적은 450,295평방킬로미터 이고 인구는 980만 명이다. 이중 스톡홀름에는 210만 명이 사는데, 20%는 이민자라 했다. 그리고 한인은 2,000명 정도이고 한인 입양자는 1만 명이 넘는데, 지금도 한인 입양을 선호한다고 했다.

도중에 '엔코' 백화점을 지났다. 스톡홀름은 5개의 섬으로 구성되어 있다. 바다의 만을 중심으로 현대식 건물이 즐비하고 수많은 선박이 정박해 있어 무척 풍요로워 보였다. 과도한 복지정책 때문에 그 유명한 볼보 회사가 중국으로 넘어가고 스카니아 자동차 하나만 남았단다.

구시가지 전망대에서 바라보니 멀리 대형 크루즈 선박이 2대나 정박해 있고, 수많은 크고 작은 유람선 등을 품에 안은 항만을 중심으로 스톡홀름의 아름다운 시가지 전경의 풍광을 한눈에 내려다볼 수 있었다.

전망대에서 본 스톡홀름 전경

골목길을 잠시 둘러보고 가까이에 있는 아침 햇살에 빛나는 왕궁 옆 (대교)에 도착했다. 이곳에서 왕의 대관식과 자녀 결혼식을 한다고 했다.

1520년에 일어난 살육으로 인한 피의 광장이라 불리는 곳의 앞 노벨 초상화가 게시된 건물이 박물관인데 역대 노벨상 수상자들의 흔적들이 있다고 했다. 굳게 닫힌 문 때문에 외관만 둘러보았다.

이어 스톡홀름 항만의 중심에 있는 시청사로 가는 도중 8만 개의 크리스털로 만든 탑을 지났다. 화려한 야간 조명을 보지 못해 아쉬웠다. 시청사에 도착하여 매년 12월 10일이면 개최되는 시청사 내 노벨상 수상자 만찬장을 찾았다. 1,300명이나 수용하고 벽면 천장 부근에 만개의 장엄한 오르간의 울림이 있다고 했다.

이어 2층에 있는 순금 10kg로, 1,800만 개의 조각으로 모자이크한 황금의 방은 노벨상 수상자들의 만찬 후 여흥을 즐기는 곳이라 했다. 눈부신 황금의 방을 영상으로 담고 시청을 나왔다.

다시 버스는 바사호반에 위치한 동물섬 옆에 있는 바사 박물관을 둘러보았다. 1625년에 3년 동안 건조한 목선 전함(길이 69m, 높이 48.8m, 탑승 인원 450명, 탑재포 64문 등)이 1628년 8월 10일 출항 15분 만에 침몰(기준을 무시한 왕의 무리한 요구 때문에)한 후 333년이 지난 1956년에 인양하였는데, 98%가 원형 그대로인 목선을 보니 그 옛날 섬세하고 화려한 선박기술을 감탄하지 않을 수 없었다.

한식으로 식사한 후, 버스는 아름다운 항구도시 스톡홀름에 대한 아쉬움을 뒤로 하고 2시 간여를 미지의 세계를 향하여 숲속 6차선 도로를 달렸다.

도중에 먹구름에 실려 온 소나기가 내리다가 쾌청한 파란 하늘을 내주기도 했다. 그리고 산뜻한 많은 경작지와 목장지대를 통과했다. 바다와 같은 보른호반을 따라 콧노래를 흥얼거리면서 신나게 달리다가 도중에 윈쇠핑에서 간단히 중국식으로 저녁 식사 후, 다시 헴세달로 2시간 정도를 달렸다. 조용한 음악을 듣기도 하고 해박한 신현주 가이드의 스칸디나비아 반도의 역사 이야기를 들으면서 끝없이 달렸다.

새롭게 펼쳐지는 이국땅 우리나라 가을을 연상케 하는 완숙(完熟)한 넓은 밀밭을 지나가는가 하면 해안이나 호반에 이색적이고 아름다운 별장들이 무료함을 달래 주었다. 오후 7시가 지나 헴세달에 있는 QUALITY hotel 207호에 투숙했다.

💬 COMMENT

雲泉 / 수영　행복하세요. 제가 직접 북유럽 여행하는 기분입니다. 상세하게 여행기를 적어주셨기 때문에 글만 읽어도 여행 기분이 납니다. 멀리도 여행하시고 여행 수기 감사합니다.

윤우 김보성　선생님에 여행일지에 매번 감탄하게 됩니다. 고맙습니다. 환절기 건강하시기를 기원합니다.

백　초　이 글 쓸 때 머릿속에 담아 놓았다 쓴 것인지 그날그날 메모로 적어 놨다 쓰는 건지 궁금하오. 한 권의 책이 되겠네요. 한참 읽고 갑니다. 너무 멋집니다. 소산 시인, 수필가님.

아　사　오　감사합니다. 본인이 꼭 러시아를 여행하는 기분으로 잘 보고 음미했습니다. 2부 기대하고 있겠습니다.

예　화　북유럽 여행하는 기분입니다. 좋은 글 봅니다. 성불하십시오.

鄕卿 윤기숙　고운 여행기 아름답습니다.

은　빛　잘 써주신 여행기 덕분에 북유럽 여행을 앉아서 하는 것 같습니다. 고맙습니다.

雲海 이성미　러시아라고 하면 1990년대 이전까지는 동토의 나라 또는 철의 장막의 나라 등으로 불리면서 알려지지 않은 나라였죠. 궁금하기도 하고 또 공산주의라고 해서

국민들이 공산 정치하에서 억압되어 살아가는 나라로 상상하면서 춥고 어둡게 생각했던 곳입니다. 이제는 누구나 여행할 수 있는 곳이기에 가보고 싶은 욕구가 큰 나라지요. 세세하게 설명까지 해 주셔서 잘 봤습니다. 고맙습니다.

진　달　래　상세히 적어주신 북유럽여행기, 가고 싶은 충동이지만, 직장으로 마음뿐입니다. 멋진 여행기 즐감합니다. 한번 가보도록 하겠습니다.

북유럽
여행기

2부

2015. 8. 23. ~ 9. 2.

러시아, 핀란드, 스웨덴, 덴마크, 노르웨이

2015년 8월 28일 (금) 맑음

　　　　오늘도 가벼운 설렘을 안고 8시에 호텔을 나와 헬싱보리 선착장으로 향했다. 지평선 멀리멀리 풍력 발전기가 멋지게 돌고, 왕복선 4차선의 제한속도는 시속 120km로 붉은 전광판이 안내하고 있었다. 소요시간은 1시간 정도 예정이다.

크론보루 성

　　수확을 앞둔 황금 들판에 산재한 숲속의 서구식 독립주택이 그림같이 자리하고 있었다. 우리 일행은 안락한 벤츠 버스를 탄 채 FERRY에 승선 15분 만에 덴마크의 헬싱괴르 항구에 도착했다. 이어 흰 돛대가 숲을 이루는 요트장 옆에 1574년 축조하여 400여 년간 통과세를 받아온 셰익스피어 작품, 『햄릿』의 배경으로도 유명한 고풍스런 크론보루 성(Kronborg Slot, 2000년도에 세계문화유산으로 등재됨)을 둘러보았다. 이곳에도 많은 관광객이 찾아들고 있었다.

그리고 "죽느냐 사느냐 이것이 문제로다."의 명언을 남긴 햄릿이 태어난 고향이라 했다.

덴마크는 면적 43,094평방킬로미터, 인구는 560만 명, 1인당 국민소득 6만7천 불, 그리고 7천여 개의 섬으로 구성되었다. 교민은 180명 정도이나 입양자는 9,000명이나 된다고 했다.

덴마크는 인어공주로 유명한 안데르센이 있고, 특히 제약 강국으로, 후시딘과 인슈린을 생산하여 전 세계에 공급하고 조선기술도 세계 최고 수준이라 했다. 그린란드를 속령으로 두고 있어 새우등 해산물이 풍부하고 특히 석유도 생산한다고 하니 정말 부러운 나라였다.

코펜하겐까지는 약 50분 소요되는데, 도로 양안에는 대평원 목초지라 낙농대국(酪農大國)답게 보였다. 셀란섬에 있는 수도 코펜하겐은 인구 54만 명이다. 1870년, 세계 최초로 풍력 발전기를 개발하여 현재 3,000여 대의 풍력 발전기로 청정전기를 생산하고 있단다.

코펜하겐 시내에서 현지 가이드 손향란 씨의 안내를 받았다. 제일처음 인어공주상이 있는 레슨 해협 해안가로 갔다. 수심은 깊으나 염분이 적어 갯내음이 나지 않는 것이 특징이다. 해안가에 수많은 관광객의 카메라 세례를 받는 청동 인어공주상은 1913년도에 맥주회사 칼스버그 회장의 비용 부담으로 조각가 에드바르트 에릭슨이 제작했다.

덴마크는 사회복지제도가 잘된 나라이나 월급을 적게 받는 사람은 40%, 많이 받는 사람은 70%까지 세금을 받아 교육(학교), 병원은 전부 무료, 65세 이상은 평생 매월 모두 똑같이 150만 원씩 받는다고 했다.

케피온 분수대

뷔페 음식도 바이킹족의 나눠 먹는 식습관에서 유래되었고, 보청기도 세계 최고를 자랑한다는 가이드의 설명을 들으면서 해안가 왕관으로 장식한 왕관 정자가 있는 곳을 둘러보았다. 이곳이 여왕의 배가 정박하는 곳이라 했다. 이어 가까이에 있는 성공회 성당과 북유럽 전설의 주인공 케피온 분수대를 동시에 영상에 담고 왕궁으로 향했다.

왕궁으로 들어가는 넓은 광장 입구에는 시원한 물줄기를 자랑하는 분수가 있고 광장 중심으로 왕궁과 영빈관, 박물관과 왕실 자제들이 거주하는 건물이 있다. 광장 중앙의 거대한 프레데릭 5세의 기마 동상 뒤편으로는 유럽에서 가장 큰 돔을 자랑하는 프레데릭스 교회가 있다. 11시에 정장을 한 수십 명의 왕실 근위병들의 음악에 맞춰 교대식이 있었는데, 인파가 너무 많아 동 장면을 영상에 겨우 담았다.

다음은 800년의 전통을 자랑하는 코펜하겐 대학을 지나 1840년에 조성된 티볼리 공원 앞에서 하차하여 도로를 건너 코펜하겐 시청 광장에 도착했다. 시청사 주변을 외관만 보고 대로변에 있는 안데르센의 대형 동상을 둘러보고 국회의사당으로 갔다.

도로변에는 프레데릭 8세의 동상 뒤로 석조대형건물은 옛날에는 왕실로 이용했지만, 지금은 국회의사당으로 사용하고 있다. 건물 좌측으로 갔다. 이곳이 국회의사당 정문으로 사용하고 있는 곳이다. 출입문 좌우로 대부분 자전거로 출퇴근하는 국회의원들의 자전거 주차장이 이색적이다. 운전수를 국비로 두고 비서도 8명을 두는 등 온갖 호사와 특권을 누리는 우리나라 국회의원들이 이곳을 보고 모방했으면 좋겠다.

도로변을 나올 때 자전거를 타고 가는 한 사람을 가리키며 현지가이드가 저 사람도 유명한 장관이라 했다. 여왕이 자전거를 타고 시내로 나왔을 때 경호원을 왜 대동하지 않았느냐고 하자 "560만 덴마크 국민이 내 보디가드라고 했다." 하니 정말 본받을만한 민주화된 사회 분위기였다.

국회의사당의 우측으로 시야에 확 들어오는 4마리 용틀림의 첨봉 조각은 1618년에 건립했고 지금은 상공회의소로 이용한다고 했다. 간혹 낙엽이 떨어지는 시원한 가을 같은 날씨가 오늘의 여행을 즐겁게 했다.

시내를 벗어나면서 코펜하겐에서 가장 아름답다는 아름다운 운하를 차창으로 영상에 담고 오후 4시가 지나서 노르웨이로 가기 위해 DFDS SEAWAYS 대형 유람선(5만톤)에 승선했다.

이번에는 배의 밑창 2047호실에 여장을 풀어놓고 7층 면세점을 둘러본 후, 식사를 하기 위해 8층 창가에 앉아 해안가에 있는 숲속의 별장들과 그 뒤에 있는 아파트 위로 하얀 뭉게구름의 아름다움을 감상하고 있는데, 갑자기 먹장구름이 몰려와 뭉게구름과 대조를 이루는 한 폭의 진풍경을 영상에 담는 행운을 누렸다. 그리고 먹장구름 뒤로는 비가 쏟아지고 있고 검은 구름이 몰려간 우측 해상에는 바다

수평선과 가운데는 흰 구름, 상층에는 검은 구름이 떡시루처럼 연출하고 있었다.

한 시간쯤 지났을까 맑은 하늘이 나타나면서 말로만 듣던 화려하고 거대한 쌍무지개(하나는 빛이 약했음)가 나타났는데, 여자 승객들은 발을 동동거릴 정도로 환호했다. 필자도 해수면에 정확히 반원을 그리는 무지개를 열심히 영상으로 담았다.

승객이 많아 저녁 식사가 8시로 예약되어 불평하였으나 8층 뱃머리의 식당 창가에 앉으니 마침 약간 검은 구름을 머리에 쓴 활활 타는 붉은 낙조(落照)가 바다를 녹일 듯이 내려앉는데 많은 사람들이 식사를 멈추고 영상으로 담아내고 있었다.

와인을 곁들여 붉은 낙조를 담아 먹는 저녁 식사는 평생 잊지 못할 환상적인 분위기였다. 지난밤에는 크루즈의 8층에서 잠을 청했지만, 오늘은 2층(5층에서 승하선을 함) 바닷속 엔진 위에서 자야 했다.

2015년 8월 29일 (토) 맑음

　　　　잠수함처럼 바닷속 2층 엔진 위에서 자면 소음 때문에 잠을 설칠 것으로 걱정했는데, 8층에서 자는 것과 거의 비슷한 소음이었다. 며칠 만에 잠을 푹 자고 나니 기분이 상쾌했다.

　아침 7시에 선상 식사를 하고 크루즈선 전망대로 올라가 오슬로 항구를 바라보니 우거진 숲속의 풍경이 무척 아름답고 아늑해 보였다.

　정확히 오전 9시 45분에 오슬로 항구에 하선했다. 장장 17시간을 선상에서 보낸 셈이다. 필자 생애에 제일 오랫동안 배를 탔던 것 같다. 노르웨이는 면적 323,802평방킬로미터, 인구는 480만 명이다. 그중 약 59만 명이 수도 오슬로에 살고 있다.

오슬로 시청 뒤편

현지가이드 김성곤 씨를 만나 제일 먼저 가장 오래된 중세 시설의 하나인 아케르스후스 성 축성을 외관을 둘러보면서 오슬로 시청 광장에서 하차했다. 노르웨이의 3대 미항의 하나인 시청 뒤편을 둘러보았다.

분수 동상을 중심으로 우측 노란색 건물은 노벨상 수상자의 수상내력이 전시되어 있다고 했다. 그 옆으로 많은 배가 정박한 곳은 옛날의 조선소였단다. 좌측으로는 돌출된 공원이 멋진 풍광을 자랑하고 있었다.

시청 뒤편 광장은 오슬로 탄생 900주년 행사 부대시설이 곳곳에 있었다. 다시 시청 정문으로 들어가 중앙 홀의 대형벽화를 둘러본 후, 시청 앞에 있는 오슬로 최대의 번화가 칼 요한스 거리로 갔다.

역시 거리는 행사 준비로 아침부터 도로는 혼잡했다. 우측으로 약간 떨어진 곳에 있는 노벨상 수상자들이 머무는 그랜드 호텔이 시야에 들어왔다. 그리고 반대편 좌측 멀리로는 오슬로 종합대학이 손짓하고 있었다. 이어 150m(?) 정도 떨어진 곳의 노르웨이에서 가장 큰 국립 미술관으로 갔다. 많은 인상파 화가들의 작품들이 전시된 곳을 둘러보았다.

미술에 대해 잘 모르지만 가이드의 열정 어린 설명으로 무엇인가 조금은 알 것 같았다. 19번 방 뭉크의 방은 사진 촬영이 금지되어 있어 아쉬웠다. 미술관 경비원들이 곳곳에 지키고 있었다. 뭉크는 2만여 점의 작품을 남겼는데, 그중 절규라는 대표 원작은 사방으로 큰 볼트로 고정해 두었다. 이 절규라는 작품을 1,290억에 낙찰되었다는데 과연 그만한 가치가 있는지 미술에 문외한(門外漢)인 필자로서는 좀처럼 이해가 되지 않았다.

다음은 서둘러 노르웨이 조각가 비겔란드의 조각 공원(Vigeland Sculpture Park)으로 갔다. 32헥타르의 공원에 길이 850m의 거리에 조성된 조각상은 1907~1942년도까지 제작되었다고 한다. 출입구를 들어서면 청동조각상이 100여m(?) 이상 이어지고, 중앙에 육 인의 건

장한 남자가 받드는 분수대, 그리고 높은 곳의 정중앙에 위치한 메인
탑(높이 17.3m, 무게 약 180톤, 121명의 남녀가 괴로움을 몸부림치는 형상이
생동감 있게 묘사됨)을 둘러보았다.

관람이 끝나는 지점에서 버스에 승차하여 시내의 지하도로를 빠져
나와 한식으로 점심을 하고 1994년 동계올림픽 개최지였던 릴레함메
르 지역을 거쳐 아름다운 산장 마을 돔바스(Dombas)로 향했다. 도로
변의 밀은 수확이 한창이고 수많은 초지와 숲속의 별장 같은 집들의
목가적(牧歌的)인 풍경은 정말 아름다웠다. 앞으로 7시간을 버스로
이동 예정이다.

버스는 노르웨이에서 가장 큰 미에사(Miosa) 호수(365평방킬로미터)
의 호반을 따라 끊임없이 달려 동계올림픽이 열렸던 인구 2만6천 명
의 도시, 릴레함메르(Lillehammer)에서 잠시 휴식을 취했다. 도시 뒤
멀리 숲 사이로 스키장이 보였다.

(※ Ski = 나무판자라는 뜻으로, 노르웨이에서 나온 어원이라 했다.)

가도 가도 이어지는 노란 밀밭과 초록빛 목초지가 숲 사이로 이어지고 있었다. 노르웨이는 82%가 산이고, 경작지는 3.2% 정도라 했다. 그리고 국립공원이 45개가 있다.

버스는 호반을 따라 계속 가는데 곳곳에 캠핑카가 많이 보였다. 풍요로운 삶을 누리고 있는 것 같아 부러웠다. 페르킨트의 애인을 기리며 애달픈 사랑의 사연이 녹아있는 빈스트라 지역 골짜기를 지났다. 그리그(Grieg) 작곡의 솔베이지 노래(가이드가 준비한 CD로 흘러나오는)를 조용히 음미하면서 통과했다. 이어지는 초록의 초원 사이의 옥수하천(玉水 河川)물이 환상의 조화를 이루는 싱싱한 자연풍광이 가슴을 설레게 했다. 그리고 흑사병으로 8명만 살아남았다는 비극의 오따(Otta)지 마을도 지났다.

버스는 옥(玉) 같은 물이 부서지는 계곡을 지나는가 싶더니 이내 멀리 만년설을 배경으로 광활한 초원이 나타났다. 첩첩산중에 넓은 초원이 있는 것에 놀라고 이 초원을 발아래로 하여 버스는 산 중허리를 돌아가고 있었다. 그리고 한참을 더 가서 오후 9시 20분경에 돔바스 마을의 BJORUGARD 木造 Hotel 115실에 여장을 풀었다. 산장같이 단층으로 길게 늘어선 낭하가 있는 독특한 양식의 호텔이었다.

2015년 8월 30일 (일) 맑음

　　　호텔주위의 산들이 만년설을 이고 있고 고산지대라 그런지 날씨가 쌀쌀했다. 아침 7시 15분에 아름다운 절경을 자랑하는 게이랑에르 마을의 피요르드로 향했다.

만년설 협곡을 지나는데 험준한 산 능선 곳곳에서 하얀 포말을 일으키며 춤을 추며 흘러내리는 폭포에 시종 시선을 뗄 수가 없었다. 철로(협궤)도 일반도로와 함께 나란히 지나가고 수직암벽을 타고내리는 천상의 실 폭포랑 푸른 계곡물에 연이은 목초지의 연초록 융단, 곳곳에 산재된 산장 같은 주택들 모두가 꿈속에 그려보는 그림 같은 풍경이 계속되고 있었다.

경이로운 풍광을 이루는 '도깨비 절벽'이라는 험산도 지났다. 이어 버스는 1936년도에 8년 만에 완공했다는 '요정의 길'로 들어섰다. 이곳 입구에도 황금빛 밀과 고운 초록의 목초지가 있었다.

갈지 자(之)의 험한 도로를 따라 오르는데, 여자들은 공포의 비명을 지를 정도로 험난했다. 2곳에서 수백 미터 높이를 자랑하는 수량이 풍부한 폭포가 굉음을 자랑하며 요란한 폭포수를 쏟아내는데 모두들 영상에 담느라 정신이 없었다.

좁은 길을 굽이굽이 올라와 분지에 도착하자 모두들 아찔한 길을

무사히 올라온 버스 기사에게 수고의 박수를 보냈다. 요정의 길 고개에서 지나온 골짜기와 부근의 만년 설산을 영상으로 담았다. 암벽과 바위에는 두꺼운 이끼가 세월을 헤아리고 있었다. 이곳에는 대형 주차장과 매점 휴게실 등이 있었다.

만년설에서 녹아내리는 물이 작은 호수를 이루고 있었는데, 나무가 자라지 않는 툰드라 지역이라 했다. 무성한 이끼를 발로 밟아보고 영상으로 담았다. 이 높은 곳에도 방목하는 양 떼가 지나가는데 신기하게 보였다. 영상 4~5도나 되는지 손이 시릴 정도로 기온이 차가웠다. 내려가는 길도 '독수리 요새'라 불리는 도로도 길이 험했다.

도중에 지붕 위에 풀 등으로 피복한 희태(Hytte)라는 별장(?)은 처음 보는 것으로, 토굴처럼 여름에는 시원하고 겨울에는 따뜻할 것 같았다. 아이디어가 돋보이는 집으로 이곳저곳에 많이 보였다.

산록으로 내려오니 수확이 끝난 딸기밭도 간혹 보였지만 대부분 초지(草地)였다. 아름다운 절경을 자랑하고 세계 자연유산으로 등재된 게이랑애르(Geiranger Fiord)로 가기 위해 도중에 작은 피요르드를 버스와 함께 Ferry에 승선하여 15분 만에 건너편 작은 마을 선착장에 도착했다.

주위의 험산의 정상 부근은 안개구름이 신비의 빛으로 흘러내리고, 터널을 지날 때는 일방도로를 지나는 것처럼 좁아 반대편에서 차량이 올까 두려울 정도로 좁았다. 드디어 게이랑애르 피요르드 전망대에 도착하여 전체를 조망하면서 아름다운 풍광을 영상으로 담았다. 그리고 처음 보는 바위틈에 자라는 희귀식물의 야생화 꽃과 열매도 함께 담았다.

선착장으로 내려가는 길도 절벽 꼬부랑길이라 여자들의 비명 소리와 함께 차선도 없는 길을 차들이 용케도 잘 비켰다. 작은 마을 선착장에 도착하여 유람선 Ferry호에 11시에 버스와 함께 승선하여 16km를 한 시간 정도 운행 예정이다.

운행 도중에 곳곳에 아름다운 풍광을 한국말(세계 각국의 관광객이 많이 있었지만)로 설명을 해주니 상당히 반갑고 편리했다. 크고 작은 폭포. 실 폭포 등이 주위의 아름다운 풍광에다 비말(飛沫)을 쏟아내니 환상적이었다.

피요르드(FJORD)

억겁의 세월. 빙하가 빚어놓은
수직 절벽의 험산(險山) 골마다
깊숙이 파고든 짙푸른 바닷물
고요의 숨결로 넘실거리고

능선마다 눈부신 만년설, 천상의 물이
암벽을 타고내리는 수많은 폭포들
새하얀 비말(飛沫)을 휘날리는 절경은
대자연을 신비로 물들었다.

골골마다 춤을 추며 흐르는 하얀 포말(泡沫)들
적송(赤松) 사이의 초록 융단으로 흘러들고
알록달록 그림 같은 전원주택들과
환상의 조화, 별천지를 이루었다.

수많은 터널을 지나고, 다리를 건너도
유람선을 타도, 도로를 돌고 돌아도
골짜기마다 가득한 물, 물의 천국

유리알 같은 수면 위로 투영(投影)된
주위의 풍광이 감동으로 젖어드는

가도 가도 끝없는 수백 킬로미터 피요르드
아련한 추억의 향기로 떠오른다.

　특히 7자매 폭포는 백미였고 마주 보는 곳에는 수량이 풍부한 총각 폭포(?)가 위세를 떨치고 있었다. 만년설의 시원한 공기를 마시면서 풍광을 즐기다 보니 어느새 여객선은 헬레실트 선착장에 12시 10분

에 도착했다.

이곳에서 수량이 많은 폭포 하나를 영상에 담고 다시 험산을 갈지 자로 올라 큰 산을 넘었다. 그리고 한참을 달려 노드(NORD) 피요르드를 끼고 있는 식당에서 노르웨이 현지식(現地食)으로 점심을 했다. 많은 손님들 대부분이 한국 사람들이었다.

협곡 깊숙이 파고든 바닷물, 골이 깊어서인지 몰라도 호수같이 잔 물결도 없는 유리알 같은 수면 위로 투영되는 주위의 풍광은 숨을 멎게 할 정도로 아름다웠다.

버스는 아름다운 피요르드를 돌고 돌아 세계에서 가장 크고 오래된 만년설을 자랑하는 요스테달 빙원(면적 487평방킬로미터, 빙원 두께 30m~600m)의 한 자락인 뵈이아 빙하를 향해 달렸다. 돌 하나에도 천연 이끼로 덮여 그 포근함과 주위의 풍광들이 시종일관 설렘의 극치를 맛보았다. '송달(204km)'이라는 피요르드를 지나기도 했다.

길고 짧은 수많은 터널을 지나 반원형의 멋진 지형을 가진 뵈이아 빙하의 손에 잡힐 듯 두꺼운 만년설을 탄성으로 둘러보았다.

그리고 피얼란드에 있는 빙하 박물관에서 각종 전시물을 돌아보고 대형화면에 장엄한 음악과 함께 헬기로 촬영한 만년설 영화를 관람했다. 버스는 다시 골짜기마다 바닷물이 가득한 이름 모를 피요르드를 끼고 끝없이 달렸다. 가랑비가 내린 뒤라 험산의 산허리에 안개구름을 걷어 올리는 풍경과 도로 연변의 초록빛 목장에 별장 같은 주택들이 다양한 지형에 아름다운 그림처럼 펼쳐지고 있었다.

송내 피요르드의 구간인 만헬러(Mannheller)에 도착 Ferry에 승선하여 10여 분 만에 포드네스(Podnes)에 도착하여 한참을 달려 라르달에 도착 LINDSTROM hotel 201실에 투숙했다.

2015년 8월 31일 (월) 맑음

아침 7시 10분에 호텔을 나왔다. 산악열차를 타러 가는 도중에 2000년 11월에 완공하여 기네스북에 등재된 세계 최장의 레르달(Laerdal = 5년 7개월 공사 기간 동안 공사비 1,500억 유로, 길이 24.5km) 터널을 지났다. 이 공사로 인하여 한 시간 단축된다고 하였다.

터널 중간 3곳에 빙하를 상징하는 푸른빛을 내는 공간에서는 유턴이 된다고 했다. 그리고 운전자의 편의를 위해 구간마다 잔여 km 팻말이 있었다. 터널 통과하는 데 약 18분 소요되었다. 터널을 통과해서 노르웨이에서 4대 피요르드 중 가장 긴(204km) 송내 피요르드의 지류인 아울란드(29km)를 지났다.

플롬에서 산악열차를 타고 뮈르달(Myrdal)로 향하는데 험산계곡의 신선한 아침 햇살이 눈부시다. 플롬 산악열차는 1940년 11월에 개

통되었는데, 열차(플롬 스바나)는 20km를 최고 경사 55도, 시속 최고
40km로 달린다.

24개의 터널을 통과하고 많은 폭포를 아름다운 자연 풍광 속에서
감상할 수 있다. 도중에 탄성이 터져 나오는 웅장한 Hyos fall(높이
93m) 폭포가 있는 곳은 5분간 하차하여 감상케 했다. 이곳저곳 만년
설의 눈물이 두꺼운 이끼를 타고 흘렀다.

180도 회전터널을 통과하니 산 정상 부근의 넓은 기차역이 나왔다.
우리가 타고 온 파란색 열차에서 내려 잠시 주위의 풍광을 즐기다가
반대편의 붉은 열차로 갈아탔다.

이 열차는 이곳 뮈르달에서 보스 마을까지 갈 예정이다. 소요시간
은 약 한 시간 예정이다. 열차는 출발부터 긴 터널을 지났다. 산의 능
선 따라 만년설 때문에 어디든지 크고 작은 폭포가 하얀 포말을 쏟
아내고 있었다.

큰 산정 호수의 호반에는 알록달록 그림 같은 마을도 지났다. 열차

는 종점인 아름다운 호수가 내려다보이는 보스 마을에 도착했다. 우리 일행은 대기하고 있던 버스로 베르겐으로 향했다. 호숫물이 흘러내리는 협곡을 따라 내려가다가 탄성이 절로 나는 그림 같은 풍경이 연속되는 하르당게르(170km) 피요르드를 따라 내려갔다. 도중에 경마장에 있는 식당에서 한식으로 점심을 한 후 터널을 4개 통과하면서 20여 분 달리니 베르겐(Bergen) 항구에 도착했다.

베르겐은 인구 26만 명으로 오슬로로 수도를 옮기기 전에는 200년 동안 노르웨이의 수도였기에 시민들의 자긍심이 대단하단다. 19세기까지 노르웨이의 가장 큰 도시로 천 년의 역사를 가진 도시다.

제일 먼저 14세기에 한자(Hansa = 집단이라는 뜻)동맹으로 발틱해 연안 도시가 참여하여 어업과 해상무역이 활발할 때 독일인을 비롯한 한자동맹 상인들의 숙소와 물류창고를 위해 지은 목조건물(5층)이 아직도 상점 등으로 이용되고 있다.

1702년에 건립된 브뤼겐 거리의 이 목조건물들을 둘러보았다. 1979년도 유네스코 지정문화유산으로 등재될 정도로 항구에 자리 잡은 독특하면서도 아름다운 연속된 건물들이다. 그리고 인근의 어시장도 돌아보았다.

베르겐 항구에는 유람선을 비롯하여 화려한 요트와 다양한 선박들과 몰려드는 관광객들로 활기가 넘쳤다. 버스는 오슬로로 가기 위해 햄세달로 향했다. 스텔하임에 있는 아름다운 폭포 있는 곳에서 30분 정도 휴식을 취하고 구드방겐 터널(11.6km)을 통과했다. 사고로 통제되었다가 오늘 개통되었다니 다행이었다.

다시 버스는 레르달 터널(24,5km)을 통과하였고 1056년 바이킹족들의 지었다는 교회 26개 중 가장 보존상태가 좋은 보로콘드 지역의 스타브 교회(목조)의 독특한 양식의 오래된 건물도 영상으로 담았다.

스타브 교회

　얼마를 달렸을까? 버스는 나무 하나 없는 고산지대를 달리는데 이
곳이 말로만 듣던 추위가 연상되는 툰드라 지역이었다. 난생처음 보
는 것이라 식물의 분포와 생태가 신기하기만 했다. 간혹 희태 지붕을
비롯해 주택들이 산재해 있는데, 별장(?)인지 겨울에는 산처럼 쌓이는
눈이 올 때는 어떻게 하는지 궁금했다. 도로변에 일본의 북해도처럼
설봉(雪棒, 5m 내외)을 곳곳에 꽂아 두었다.

　산정 호수처럼 물이 있는 넓은 평지도 나타났다. 주변의 식물은 거
의 습기를 머금고 있는 이끼였다. 영상으로 담고 또 담아 두었다. 툰
드라 지역을 지나 한참을 달려 햄세달의 산 8부 능선에 있는 호텔로
올라갔다. 도중에 지붕에 잔디가 많은 희태 집이 집단으로 있는 곳을
지나는데 이곳은 스키인들의 별장이라고 했다. 역시 이색적인 풍경이
라 동영상으로 담아 두었다.

　스키장을 콘도라와 함께 한눈에 조망할 수 있는 곳에 위치한
SKARSNUTEN Hotel은 3층 내외의 여러 동(棟)의 목조건물은 주

위의 아름다운 풍광과 조화를 이루고 있었다.

산 8부 능선에 있는 이색적인 호텔

매년 11월부터 다음 해 4월까지 열리는 스키장을 관전하기에 편리한 장소였다. 다소 두꺼운 옷을 입고 있어도 추위를 느낄 정도로 쌀쌀한 날씨다. 저녁 식사 후 1005호실에 투숙했다.

2015년 9월 1일 (화) 흐림

　　　호텔에서 아침 식사 후, 오슬로 공항으로 서둘러 출발했다. 오슬로 공항 주변 완경사지 산에는 독일가문비 나무가 무성하게 자라고 있었다.

여행을 끝낸 오슬로 공항에는 비가 내리고 있었다. 오전 11시에 도착하여 출국 수속을 밟고 13시 10분에 SU2175 소형 비행기로 모스크바로 향했다. 소요시간은 2시간 30분 예정이다. 상공에서 바라본 모스크바 주변은 끝없이 펼쳐지는 평야 지대에 숲이 울창하고 경작지는 가끔 보였다. 시내가 가까울수록 산재된 APT와 주택들이 많이 보였다.

모스크바 공항에서 3시간여를 머물다 현지 시간 밤 9시에 SU250 러시아 항공기로 인천 공항으로 출발했다. 역시 대형 비행기인데도 승객이 만원이었다. 9월 2일, 오전 11시 50분경에 인천 공항에 무사히 도착했다.

💬 **COMMENT**

白雲 / 손경훈   앉아서 북유럽 여행을 하는 호강을 누려 봅니다. 고맙습니다.

최 정 식   글이 하도 상세하여 독자가 실제 여행하는 듯한 착각을 불러일으킬 정도입니다.

雲海 이성미   역시 동화의 나라답게 건축물의 색깔 및 모양도 예쁘네요. 여행 중 일일이 메모도 하고 자료도 조사한 덕에 오랫동안 기억에 남으시리라 생각됩니다. 앞으로도 좋은 곳 찾아다니며 여행하시고 후기를 꼭 오려주시면 감사하겠습니다. 정말 수고 많으셨습니다. 선생님, 감사합니다.

낙락장송2(경태교)   멋진 곳을 다녀오시었군요. 큰맘 먹어야 구경할 수 있는 곳. 소산 님 덕에 아주 멋진 구경 잘했습니다.

썬 파 워   북유럽 여행기, 어느 한 곳 명소가 아닌 곳이 없군요. 긴 해설과 함께 멋진 영상에 즐감해 봅니다. 소산 시인님! 감사합니다!

꽃 망 울   북유럽 여행기, 넘 멋지군요. 자세한 설명과 함께 잘 보고 가네요.

눈 보 라   우와아, 문재학 님 5개국을 여행하시고 오셨네요. 사진을 보면서 소상히 설명해주셔서 덕분에 즐감 잘합니다. 고맙습니다.

소당 / 김태은   하나하나 상세히 설명을 써 주시여 쉽게 알 수 있어 고마워요. 수고 많이 하셨어요, 긴 글 쓰시느라.

손 회 장	소산 님! 이번에도 멋진 여행을 하고 오셨군요. 언제나 자세한 여행기를 적어주시니 마치 제가 여행지에 있는 듯합니다. 언젠가 제가 저곳을 여행하게 된다면 꼭 소산 님의 여행기를 다시 읽어 보고 가렵니다.
佳詠海雲김옥자	기행문이 몇 부작으로 이루어질 법한 내용이네요. 요모조모 상세한 기록 감사합니다. 참 뜻깊은 시간 되셨겠어요. 복지 제도가 잘되어 있는 덴마크 참 살기 좋은 나라라 여겨지는군요. 문재학 선생님, 감상 잘하였습니다.
백 초	나도 못 가 본 동유럽. 여한이 없겠소. 무사히 다녀와 여행기를 수필로, 감사.
더 불 어	자세한 내용까지 열정이 대단하십니다. 멋진 구경 잘하고 갑니다.

은퇴자의 세계 일주 1: 유럽

펴 낸 날   2023년 12월 25일

지 은 이   문재학
펴 낸 이   이기성
편집팀장   이윤숙
기획편집   윤가영, 이지희, 서해주
표지디자인 윤가영
책임마케팅 강보현 김성욱
펴 낸 곳   도서출판 생각나눔
출판등록   제 2018-000288호
주   소   경기도 고양시 덕양구 청초로 66, 덕은리버워크 B동 1708, 1709호
전   화   02-325-5100
팩   스   02-325-5101
홈페이지   www. 생각나눔.kr
이 메 일   bookmain@think-book.com

• 책값은 표지 뒷면에 표기되어 있습니다.
ISBN   979-11-7048-642-8(04810)
SET ISBN   979-11-7048-641-1(04810)